清宮正面圖。

康熙元年所鑄的銅錢，背面的兩個滿字是「寶泉」。

清帝御轎。

清宮御書房——此書房為韋小寶常到之所。

康熙二十歲時畫像

CANG-HY.
Empereur de la Chine et de la Tartarie
Orientale Agé de 44.

康熙四十四歲時畫像

康熙四十五歲時畫像（外國人所繪）

康熙畫像（中國人所繪）

清朝皇太后（隆裕）在御花園中的便裝像，身旁五人為大小太監。

清皇太后（慈禧）的臥榻。圖中人並非康熙時的皇太后，臥榻亦非其所用，但服裝形式、臥榻體製，當無大異。

清皇太后（隆裕）朝服像

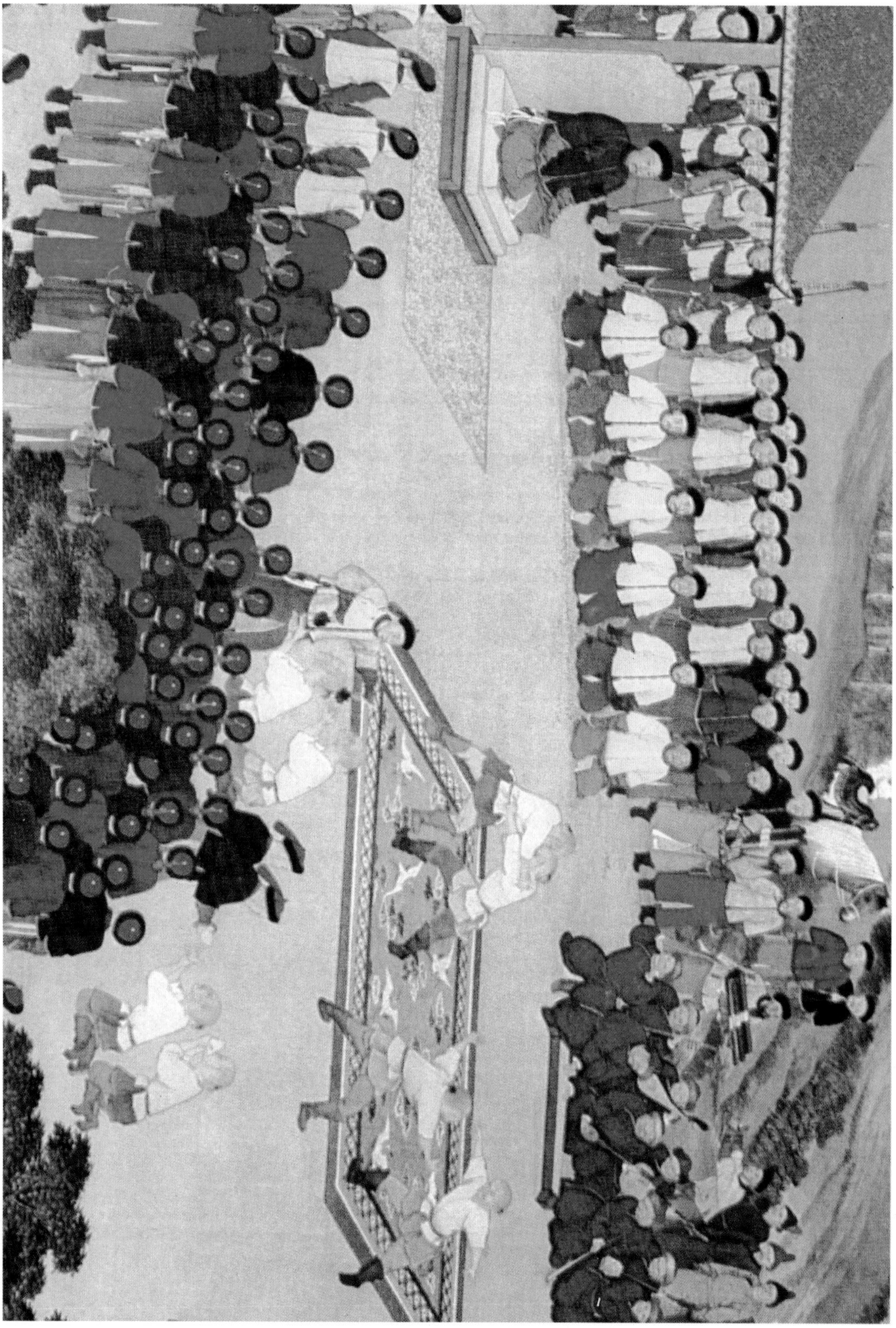

清帝觀看布庫摔跤比武，圖中的皇帝是乾隆。錄自清宮所藏「塞宴四事圖」。

清嘉慶行樂圖——嘉慶皇帝是康熙的曾孫。韋小寶在宮中做小太監時，與圖中捧琴、捧書的小太監的裝束相同。本圖原藏清宮壽皇殿。

清代木刻「秦淮八艷圖」之一——由此可見到清代妓女的裝束情狀。

天地會義興公司的腰憑。
義興公司是天地會對外所用的虛假名稱之一。

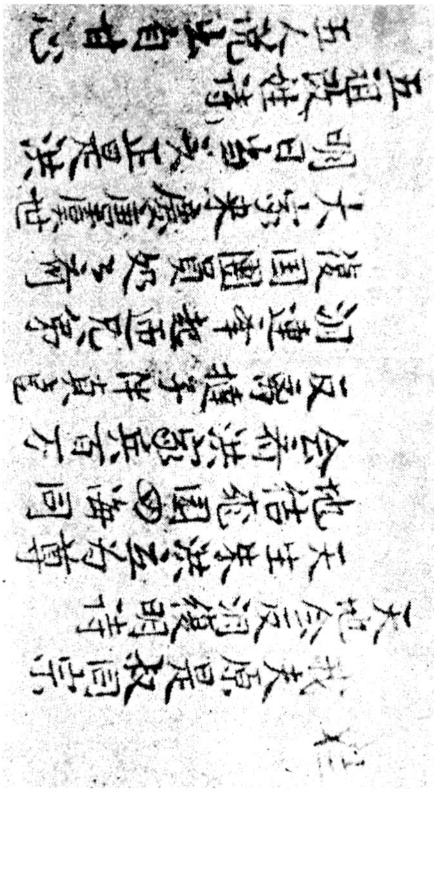

天地會反清復明詩原抄本。

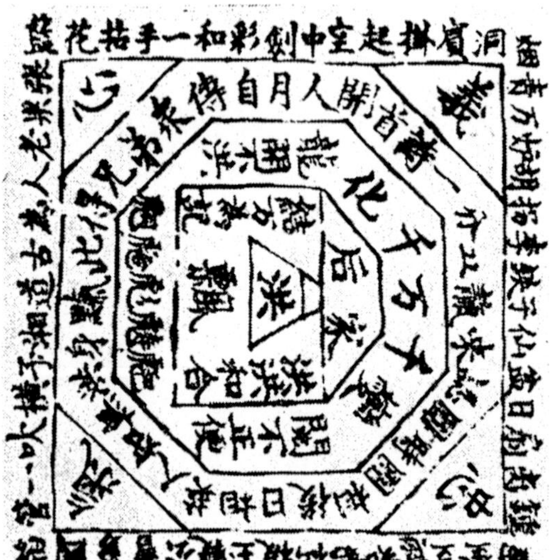

天地會的腰憑，類似於會員證。

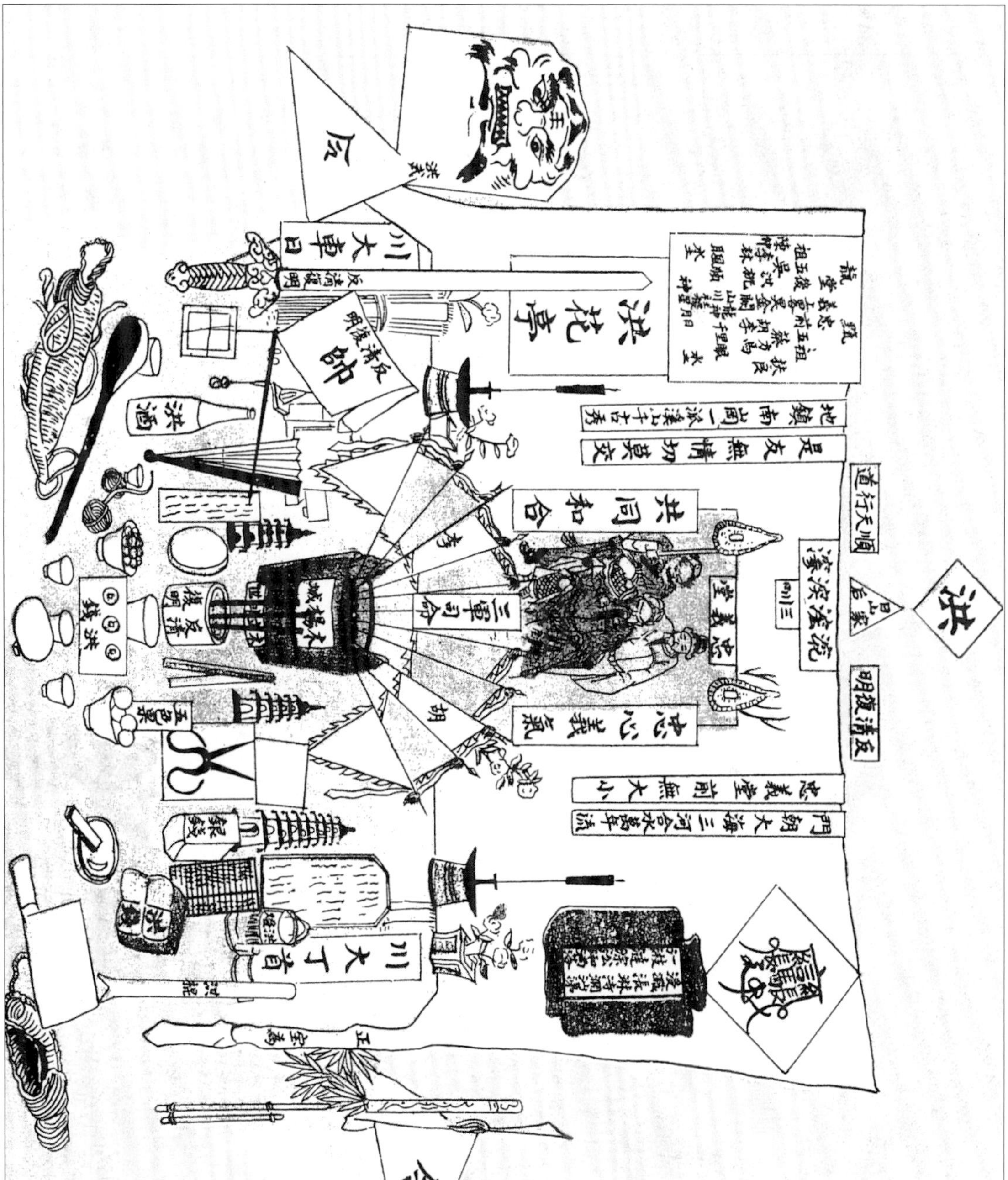


天地會香堂陳設圖。

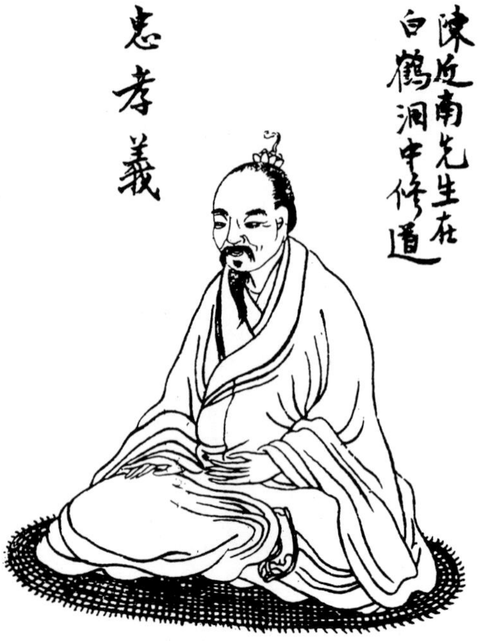

本頁及左頁圖／天地會首腦人物畫像。與前頁均錄自蕭一山《近代秘密社會史料》。

肆房胡德帝

居湖南湖北打白旗烏帶掛 福補郡 濼溧堂

弍房方大洪

居廣東惠州打紅旗綠帶掛 金蘭郡 洪順堂

叁房馬昭興

居廣西雲南打赤旗青帶掛 蓮漳郡 家后堂

五房李識開

居江南浙江打綠旗紅帶掛 隴西郡 澐漉堂

# Lộc đỉnh ký

Của KIM DUNG

## BA NGÀN LƯỢNG BẠC THƯỞNG

Từ nhỏ đến lớn khôn xuất thân từ nơi kỹ viện, chú bé vốn ra tai nghe toàn những lời dâm ô dơ dáng, mắt toàn thấy những cử chỉ lời lẽ điếm đàng, nào biết chi chữ nghĩa học hành ?

Cái câu sáo tôn danh đại tánh vừa rồi mà chú thốt lên, không phải là chú ta cố ý nói đùa, mà chính sự thật thường nghe khách làng chơi khi hỏi thăm tên họ nhau, rất hay dùng cái câu chót lưỡi đầu môi đó, nhưng vì chữ nghĩa chẳng thông. chú bé đem ra dùng đại để xưng tên họ mình mà không biết đó rằng dùng sai.

Và chú ta lại văn vẻ hỏi khách :

— Vậy còn tôn danh đại tánh của lão huynh là chi ?

Khách nhướng mày cười cười :

— Ta họ Mao... Mà Mao là cây cỏ chứ không phải Mao là lông beo lông chó đâu nhe chú mày ! Tên ta là Thập Bát, vậy Mao Thập Bát chính là tên họ ta đó ! Chú mày đã xem ta là bạn, nên ta mới nói tên thật ra đấy !

Chú bé Vỷ Tiểu Bảo vụt nhảy phắt dậy kêu lên :

— A ?... Hình như tôi có nghe người ta kháo với nhau : trong quan nha người ta định bắt ông bạn, nói ông bạn là tướng cướp biển. cướp sông gì gì đó !

Mao Thập Bát hừ khẽ lên một tiếng, cười lạt :

— Đúng như thế ! Vậy ngươi có sợ ta không ?

Vỷ Tiểu Bảo nhìn Mao miệng cười :

—Còn lâu! Có gì mà phải sợ chứ? Trong mình tôi không có tiền bạc cũng chẳng có châu báu ngọc ngà. Dù cho lão huynh có muốn cướp, cũng chẳng thèm cướp cái thằng bé mạt rệp này, thì lão huynh có thật là tướng cướp sông hay cướp biển tôi cũng chẳng ngán. Như trong chuyện Thủy Hử đó, Võ Tòng và Lâm Xung chẳng phải là những tay đại anh hùng hảo kiệt mà cũng vẫn là tướng cướp thì sao?

Mao Thập Bát gật gù hân hoan:

—Chú mày đem ta so sánh với Võ Tòng Lâm Xung thì khoái cho ta quá, nhưng cái việc quan nha muốn bắt ta, chú mày nghe do ai nóilại thế?

Vỷ Tiểu Bảo đáp :

— Trong thành Dương Châu nghe đâu nơi nào cũng có dán yết thị bố cáo về việc tróc nã tướng cướp biển Mao Thập Bát, trong bản yết nghị còn nói có quyền tha hồ giết chết hoặc bắt sống, ai giết lão huynh sẽ được triều đình thưởng cho năm ngàn lạng bạc, Còn như nếu biết chỗ mà báo tin, cũng sẽ được thưởng ba nghìn lạng bạc

Ngừng lại ngắm nghía khách một thoáng, chú bé lại nói :

— Bữa qua nơi trà quán, tôi còn nghe nhiều người bàn bạc là võ công của ông rất cao cường, đừng hòng ai mà giết, hoặc bắt sống ông nổi Chỉ còn cách rình ông ở đâu. len lén đi báo tin, may ra lãnh được. ba ngàn lượng bạc cũng đủ sướng chán rồi!

— Hừm!

Mao Thập Bát hừm lên một tiếng trong cổ họng và nghiêng đầu nheo mắt nhìn người bạn nhỏ nửa như trêu đùa, nửa như thách thức: «Sao chú mày chẳng đi báo để lãnh thưởng?»...

Ánh mắt đó đã làm cho chú bé họ Vỷ đâm ra suy nghĩ :

« Nếu mà mình lãnh được ba ngàn lượng bạc thưởng đó, mình sẽ trả nợ cho má ra khỏi chốn lầu xanh, khỏi cảnh bán trôn nuôi miệng nhóp nhơ. Ví dù mà má mình không chịu rời khỏi Lệ Xuân Viện thì

---

Xây Dựng

# LỘC ĐỈNH KÝ

nguyên tác của KIMDUNG ✶ dịch thuật HÀNGIANGNHAN

CHƯƠNG I

## ĐỆ TỬ THANH BAN TRUY NÃ BẠN ĐỒ THẰNG NHỎ CŨNG ĐÓNG VAI HÀO KIỆT

Người trong phòng thách thức không ai dám vào lại quát lên !

— Những quân đê tiện kia ! Các ngươi không dám vào thì lão gia cũng phải ra giếtcho kỳ hết khôngđể sống sót một mống, chứ chẳng buông tha.

Bọn diêm kiêu (những tay anh chị chạy hàng lậu) la lên một tiếng rồi cắm đầu chạy. Chỉ trong nháy mắt bọn chúng tan đi hết sạch.

Người kia ngồi trên giường cười ha hả rồi bảo thằng nhỏ :

— Hài tử ! Ngươi hãy... đóng cửa cài then lại.

Thằng nhỏ này rất khâm phục người kia. Gã dạ một tiếng chạy ra đóng cửa cài then rồi từ từ tiến lại trước giường. Trong phòng tối om lại thêm mùi máu tanh xông lên sặc sụa khiến gã phải buồn nôn.

Người kia lại bảo gã:

— Ngươi lượm lấy một thanh đoản kiếm ở dưới đất lên rồi đâm vào ba xác chết. mỗi xác đâm mấy nhát Bọn chúng đã chết rồi. bây giờ có sống lại cũng không phải là những tay kình địch. chẳng có gì đáng ngại

Thằng nhỏ cứ nhìn thấy lờ mờ cũng lượm một thanh đoản kiếmlên Trong lòng vẫn khiếp sợ, gã cầm kiếm mà chưa dám động thủ.

Người kia liền cười hỏi,

— Thằng quỉ nhát gan kia ! Người chết rồi mà ngươi không dám giết ư ?

Thằng nhỏ bản tính quật cường nghe nói khích liền nổi hào khí. vung kiếm lên đâm vào thi thể hai hán tử ôm nhất luôn mấy phát.

Lúc gã phóng kiếm đâm vào lưng đại hán cao lớn thì hắn bỗng «ối» lên một tiếng !

Thằng nhỏ sực nhớ ra đại hán này mới bị chém sả vai rồi ngất đi chứ chưa chết hẳn. Gã sợ quá giật bắn người lên, Thanh đoản kiếm trong tay rớt xuống đất đánh «choang» một tiếng .

Người trên giường lại cười hô hố nói :

— Té ra ngươi giết người sống, chứ không phải người chết.

Đại hán run bần bật một lúc nữa rồi mới chết thật,

Người kia khẽ hỏi :

— Ngươi có sợ không ?

Thằng nhỏ đáp :

— Tiểu tử,., không sợ.

Tuy miệng nói thế, nhưng thanh âm run bần bật tỏ ra gã khiết vía.

Người kia nói :

— Ai giết người lần đầu tiên cũng không khỏi run sợ nhưng sau giết người nhiều rồi dần dần quen đi thì không sợ gì nữa,

Thằng nhỏ lại dạ một tiếng,

Người kia nấp bắp :

— Ngươi.,, ngươi, .

Y chưa dứt lời đã ngã lăn tựa hồ ngất xỉu, xuýt té xuống đất,

Thằng nhỏ vội lại đỡ y, nhưng người y nặng quá, gã phải gắng sức mới đỡ lại được. Gã đặt đầu người kia xuống đất

《鹿鼎記》越南文譯文。右刊於一九六九年十一月十七日西貢《建設日報》，左刊於一九六九年十一月二十日西貢《電訊日報》。

大字版

# 鹿鼎記

金庸

②青木堂主

大字版金庸作品集㊿64

# 鹿鼎記 (2)青木堂主 「公元2006年金庸新修版」

*The Duke of the Mount Deer, Vol. 2*

作　　者／金　庸

封面設計／唐壽南　內頁插畫／姜雲行

發 行 人／王　榮　文
出版・發行／遠流出版事業股份有限公司
臺北市中山北路一段11號13樓
電話／25710297　傳真／25710197　郵撥／0189456-1

□2006年10月1日　初版一刷
□2022年3月16日　二版四刷

大字版　每冊380元（本作品全十冊，共3800元）
〔另有典藏版共36冊（不分售），平裝版共36冊，新修版共36冊，新修文庫版共72冊〕

ISBN　978-957-32-8144-3（套：大字版）
ISBN　978-957-32-8135-1（第二冊：大字版）
Printed in Taiwan

YLib 遠流博識網
http://www.ylib.com　E-mail:ylib@ylib.com

# 目錄

二人仍三掌相抵，比拚內力，太后左手中卻已多了一柄短兵刃蛾眉刺，正緩緩刺向海老公小腹。可是蛾眉刺挺到對方小腹前尺許之處，再也沒法前送半寸。

# 第六回　可知今日憐才意　即是當時種樹心

海老公問起今日做了甚麼事，韋小寶說了到鰲拜家中抄家，至於吞沒珍寶、金銀、匕首等事，自然絕口不提，最後道：「太后命我到鰲拜家裏拿兩部《四十二章經》……」海老公突然站起，問道：「鰲拜家有兩部《四十二章經》？」韋小寶道：「是啊。是太后和皇上吩咐去取的，否則的話，我拿來給了你，別人也未必知道。」

海老公臉色陰沉，哼了一聲，冷冷的道：「落入了太后手裏啦，很好，很好！」待會廚房中送了飯來，海老公只吃了小半碗便不吃了，翻著一雙無神的白眼，仰起了頭只想心事。

韋小寶吃完飯，心想我先睡一會，到三更時分再去和那小宮女說話玩兒，見海老公呆呆的坐著不動，便和衣上床而睡。

他迷迷糊糊的睡了一會，悄悄起身，把那盒蜜餞糕餅揣在懷裏，生怕驚醒海老公，慢慢一步步的躡足而出，走到門邊，輕輕拔開了門閂，再輕輕打開了一扇門，突然聽得海老公問道：「小桂子，你去那裏？」

韋小寶一驚，說道：「我……我小便去。」海老公道：「幹麼不在屋裏小便？」韋小寶道：「我睡不著，到花園裏走走。」生怕海老公阻攔，也不多說，拔步往外便走，左足剛踏出一步，只覺後領一緊，已給海老公抓住，提了回來。

韋小寶「啊」的一聲，尖叫了出來，當下便有個念頭：「糟糕，糟糕，老烏龜知道我要去見那小宮女，不許我去。」念頭還未轉完，已給海老公摔在床上。

韋小寶笑道：「公公，你試我武功麼？好幾天沒教我功夫了，這一抓是甚麼招式？」海老公哼了一聲，道：「這叫『甕中抓鼈』，手到擒來。鼈便是甲魚，捉你這隻小甲魚。」韋小寶心道：「老甲魚捉小甲魚！」可是畢竟不敢出口，眼珠骨溜溜的亂轉，尋計脫身。

海老公坐在他床沿上，輕聲道：「你膽大心細，聰明伶俐，學武雖不肯踏實，但如由我來好好琢磨琢磨，也可以算得是可造之材，可惜啊可惜。」韋小寶問道：「公公，可惜甚麼？」海老公不答，只嘆了口氣，過了半晌，說道：「你的京片子學得也差不多了。幾個月之前，倘若就會說這樣的話，不帶絲毫揚州腔調，倒也不容易發覺。」

韋小寶大吃一驚，霎時間全身寒毛直豎，忍不住身子發抖，牙關輕輕相擊，強笑道：「公公，你……你今兒晚上的說話，眞是……嘻嘻……眞是奇怪。」

海老公又嘆了口氣，問道：「孩子，你今年幾歲啦？」韋小寶聽他語氣甚和，驚懼之情漸減，道：「我……我是十三歲罷。」海老公道：「十三歲就十三歲，十四歲就十四歲，爲甚麼是『十三歲罷』？」韋小寶道：「我媽媽也記不大淸楚，我自己可不知道。」這一句倒是眞話，他媽媽胡裏胡塗，小寶到底幾歲，向來說不大準。

海老公點了點頭，咳嗽幾聲，道：「前幾年練功夫走了火，惹上了這咳嗽的毛病，越咳越厲害，近年來自己知道是不大成的了。」韋小寶道：「我……我覺得你近來……近來咳得好了些。」海老公搖頭道：「好甚麼？一點也沒好。我胸口痛得好厲害，你又怎知道？」韋小寶道：「現下怎樣？要不要我拿些藥給你吃？」海老公嘆道：「眼睛瞧不見，藥是不能亂服的了。」韋小寶大氣也不敢透，不知他說這些話是甚麼用意。

海老公又道：「你機緣挺好，巴結上了皇上，本來嘛，也可以有一番大大的作爲。你沒淨身，我給你淨了也不打緊，只不過，唉，遲了，遲了。」

韋小寶不懂「淨身」是甚麼意思，只覺他今晚說話的語氣說不出的古怪，輕聲道：「公公，很晚了，你這就睡罷。」海老公道：「睡罷，睡罷！唉，睡覺的時候以後可多著呢，朝也睡，晚也睡，睡著了永遠不醒。孩子，一個人老是睡覺，不用起身，不會心口痛，不會咳嗽得難過，那不挺美麼？」韋小寶嚇得不敢作聲。

海老公問道：「孩子，你家裏還有些甚麼人？」

這平平淡淡一句問話，韋小寶卻難以回答。他可不知那死了的小桂子家中有些甚麼人，胡亂回答，多半立時便露出馬腳，但又不能不答，只盼海老公本來不知小桂子家中底細，才這樣問，便道：「我家裏只有個老娘，其餘的人，這些年來，唉，那也不用提了。」話中拖上這麼個尾巴，倘若小桂子還有父兄姊弟，就不妨用「那也不用提了」這六字來推搪。

海老公道：「只有個老娘，你們福建話，叫娘是叫甚麼的？」

韋小寶又是一驚：「甚麼福建話？莫非小桂子是福建人？他說我以前的說話中有揚州腔調，恐怕……恐怕……那麼他眼睛給我弄瞎這回事，他知不知道？」刹那之間，心中轉過了無數念頭，含含糊糊的道：「這個……這個……你問這個幹麼？」

海老公又嘆了口氣，說道：「你年紀小小，就這樣壞，嘿，到底是像你爹呢，還是像你媽？」韋小寶嘻嘻一笑，說道：「我是誰也不像。好是不大好，壞也不算挺壞。」

海老公咳了幾聲，道：「我是成年之後，才淨身做太監的……」韋小寶暗暗叫苦：「原來做太監要淨身，那就是割去小便的東西。他說知道我沒淨身，要是來給我淨身，那可乖乖龍的東……」只聽海老公續道：「我本來有個兒子，只可惜在八歲那年就死了。倘若活到今日，我的孫兒也該有你這般大了。那個茅十八，不是你爹爹罷？」

韋小寶顫聲道：「不……不是！辣塊媽媽的，當……當然不是。」心中一急，揚州話衝口而出。

海老公道：「我也想不是的。倘若你是我兒子，失陷在皇宮之中，就算有天大危險，我也會來救你出去。」韋小寶苦笑道：「就可惜我沒你這個好爹爹。」

海老公道：「我教過你兩套武功，第一套『大擒拿手』，第二套『大慈大悲千葉手』，這兩套功夫我都沒教全，你自然也只學了這麼一成半成，嘿嘿，嘿嘿。」韋小寶道：「是啊，你老人家最好將這兩套功夫教得我學全了。你這樣天下第一的武功，總得有個人傳了下來，給你老人家揚名，那才成話。」

海老公搖頭道：「『天下第一』四個字，那裏敢當？世上武功高強的，可不知有多少。我這兩套功夫，你這一生一世也來不及學得全了。」他頓了一頓，說道：「你吸一口氣，摸到左邊小腹，離開肚臍眼三寸之處，用力撳一撳，且看怎樣？」

韋小寶依言摸到他所說之處，用力一撳，登時痛徹心肺，不由得「啊」的一聲大叫出來，霎時間滿頭大汗，不住喘氣。近半個多月來，左邊小腹偶然也隱隱作痛，只道吃壞了肚子，何況只痛得片刻，便即止歇，從來沒放在心上，不料對準了一點用力撳落，竟會痛得這等厲害。

海老公陰惻惻的道：「很有趣罷？」韋小寶肚中大罵：「死老烏龜，臭老烏龜！」說道：「有一點點痛，也沒甚麼有趣。」

海老公道：「你每天早上去賭錢，又去跟皇上練武，你還沒回來，飯菜就送來了。我覺得這湯可不夠鮮，每天從藥箱之中，取了一瓶藥出來，給你在湯裏加上些料。只加這麼一點兒，加得多了，毒性太重，對你身子不大妥當。你這人是很細心的，可是我從來不喝湯，你一點也不疑心嗎？」韋小寶毛骨悚然，道：「我……我以爲你不愛喝湯。你……你又說喝了湯，會……會……咳……咳嗽……」海老公道：「我本來很愛喝湯的，不過湯裏有了毒藥，雖然份量極輕，可是天天喝下去，時日久了，總有點危險，是不是？」

韋小寶憤然道：「是極，是極！公公，你當眞厲害。」

海老公嘆了口氣，道：「也不見得。本來我想讓你再服三個月毒藥，這才放你出宮，那時你就慢慢肚痛了。先是每天痛半個時辰，痛得也不很兇，以後越痛越厲害，痛的時刻也越來越長，大概到一年以後，那便日夜不停的大痛，要痛到你將自己腦袋到牆上去狠狠的撞，痛得將自己手上、腿上的肉，一塊塊咬下來。」說到這裏，嘆道：「可惜我身子越來越不成了，恐怕不能再等。你身上中的毒，旁人沒解藥，我總歸是有的。小娃娃，你到底是受了誰的指使，想這計策來弄瞎我眼睛？你老實說出來，我立刻給你解藥。」

韋小寶年紀雖小，也知就算自己說了指使之人出來，他也決不能饒了自己性命，何況根本就沒人指使，說道：「指使之人自然有的，說出來只怕嚇你一大跳。原來你早知道我不是小桂子，想了這法子來折磨我，哈哈，哈哈，你這可上了我的大當啦！哈哈，哈哈！」他縱聲大笑，身子跟著亂動，右腿曲起，右手已抓住了匕首柄，極慢極慢的從劍鞘中拔出，不發出絲毫聲息，就算有了些微聲，也教笑聲給遮掩住了。

海老公道：「我上了你甚麼大當啦？」

韋小寶胡說八道，原是要教他分心，心想索性再胡說八道一番，說道：「湯裏有毒藥，第一天我就嚐了出來。我跟小玄子商量，他說你在下毒害我……」

海老公一驚，道：「皇上早知道了？」

韋小寶道：「怎麼會不知道？只不過那時我可還不知他是皇上，小玄子叫我不動聲色，留神提防，喝湯之時只喝入口中，隨後都吐在碗裏，反正你又瞧不見。」一面說，一面將匕首半寸半寸的提起，劍尖緩緩對準了海老公心口，心想若不是一下便將他刺死，縱然刺中了，他一掌擊下來，自己還是沒命。

海老公將信將疑，冷笑道：「你如沒喝湯，幹麼一按左邊肚子，又會痛得這麼厲害？」韋小寶嘆道：「想是我雖將湯吐了出來，差著沒嗽口，毒藥還是吃進了肚裏。」說著又將匕首移近數寸。只聽海老公道：「那也很好啊。反正這毒藥是解不了的，你中毒淺些，發作得慢些，吃的苦頭只有更大。」韋小寶哈哈大笑，長笑聲中，全身力道集於右臂，猛力戳出，直指海老公心口，只待一刀刺入，便即滾向床角，從床腳邊竄出逃走。

海老公陡覺一陣寒氣撲面，微感詫異，只知對方已然動手，更不及多想他是如何出手，左手揮出，便往戳來的兵刃上格去，右掌隨出，砰的一聲，將韋小寶打得飛身而起，撞破窗格，直摔入窗外的花園，跟著只覺左手劇痛，四根手指已給匕首切斷。

若不是韋小寶匕首上寒氣太盛，海老公事先沒覺警兆，這一下非戳中心口不可。但如是尋常刀劍，二人功力相差太遠，雖然戳中心口，也不過皮肉之傷，他內勁到處，掌緣若鐵，擊在刀劍之上，震飛刀劍，也不會傷到自己手掌。但這匕首實在太過鋒銳，海老公苦練數十年的內勁，竟不能將之震飛脫手，反無聲無息的切斷了四根手指。可是他右手一掌結結實實的打在韋小寶胸口，這一掌開碑裂石，非同小可，料得定韋小寶早已五臟俱碎，人在飛出窗外之前便已死了。

他冷笑一聲，自言自語：「死得這般容易，可便宜了這小鬼。」定一定神，到藥箱中取出金創藥敷上傷口，撕下床單，包紮了左掌，喃喃的道：「這小鬼用的是甚麼兵刃，怎地如此厲害？」強忍手上劇痛，躍出窗去，伸手往韋小寶跌落處摸去，要找那柄自己聞所未聞、見所未見的寶刀利刃。那知摸索良久，竟甚麼也沒摸到。

他於眼睛未瞎之時，窗外的花園早看得熟了，何處有花，何處有石，無不了然於胸。明明聽得韋小寶是落在一株芍藥花旁，這小鬼手中的寶劍或許已震得遠遠飛出，可是他的屍體怎會突然不見？

韋小寶中了這掌，登時氣爲之窒，胸口劇痛，四肢百骸似都已寸寸碎裂，一摔下地，險些便即暈去。他知此刻生死繫於一線，既沒能將海老公刺死，老烏龜定會出來追擊，當即奮力爬起，只走得兩步，腳下一軟，又即摔倒，骨碌碌的從一道斜坡上直滾下去。

海老公若手指沒斷，韋小寶滾下斜坡之聲自然逃不過他耳朵，但他重傷之餘，心煩意亂，加之做夢也想不到這小鬼中了自己這一掌竟會不死，雖然聽到聲音，卻全沒想到其中緣由。

這條斜坡好長，韋小寶直滾出十餘丈，這才停住。他掙扎著站起，慢慢走遠，周身筋骨痛楚不堪，幸好匕首仍握在手中，暗自慶幸：「剛才老烏龜將我打出窗外，我居然沒將匕首插入自己身體，當眞運氣好極。」

將匕首插入靴筒，心想：「西洋鏡已經拆穿，老烏龜既知我是冒牌貨，宮中是不能再住了。只可惜四十五萬兩銀子變成了一場空歡喜。他奶奶的，一個人那有這樣好運氣，橫財一發便是四十五萬兩？總而言之，老子有過四十五萬兩銀子的身家，只不過老子手段闊綽，一晚之間就花了個精光。你說夠厲害了罷？」肚裏吹牛，不禁得意起來。

又想：「那小宮女還巴巴的在等我，反正三更半夜也不能出宮，我這就瞧瞧她去，啊喲……」一摸懷中那隻紙盒，早已壓得一塌胡塗，心道：「我還是拿去給她看看，免她等得心焦。就說我摔了一交，將蜜餞糖果壓得稀爛，變成了一堆牛糞，不過這堆牛糞又甜又香，滋味挺美。哈哈，辣塊媽媽，又甜又香的牛糞你吃過沒有？老子就吃過。」

他想想覺得好玩，加快腳步，步向太后所住的慈寧宮，只走快幾步，胸口隨即劇痛，只得又放慢了步子。

來到慈寧宮外，見宮門緊閉，心想：「糟糕，可沒想到這門會關著，那怎麼進去？」正沒做理會處，宮門忽然無聲無息的推了開來，一個小姑娘探頭出來，月光下看得分明，正是蕊初。只見她微笑招手，韋小寶大喜，輕輕閃身進門。蕊初又將門掩上了，在他耳畔低聲道：「我怕你進不來，已在這裏等了許久。」韋小寶也低聲道：「我來遲啦。我在路上絆到了一隻又臭又硬的老烏龜，摔了一交。」蕊初道：「花園裏有大海龜嗎？我倒沒見過。你……你可摔痛了沒有？」

韋小寶一鼓作氣的走來，身上的疼痛倒也可以耐得，給蕊初這麼一問，只覺得全身骨肉無處不痛，忍不住哼了一聲。蕊初拉住他手，低聲問：「摔痛了那裏？」

韋小寶正要回答，忽見地下有個黑影掠過，一抬頭，但見一隻碩大無朋的大鷹從牆頭飛了進來，輕輕落地。他大吃一驚，險些駭呼出聲，月光下只見那大鷹人立起來，原來不是大鷹，卻是一人。這人身材瘦削，彎腰曲背，卻不是海老公是誰？

蕊初本來面向著他，沒見到海老公進來，但見韋小寶轉過了頭，瞪目而視，臉上滿是驚駭之色，也轉過身來。

韋小寶左手探出，已按住了她嘴唇，出力奇重，竟不讓她發出半點聲音，跟著右手急搖，示意不可作聲。蕊初點了點頭。韋小寶這才慢慢放開左手，目不轉睛的瞧著海老公。

只見海老公僵立當地，似在傾聽動靜，過了一會，才慢慢前行。韋小寶見他不是向自己走來，暗暗舒了口氣，心道：「老烏龜好厲害，眼睛雖然瞎了，居然能追到這裏。」又想：「只要我和這小宮女不發出半點聲音，老烏龜就找不到我。」

海老公向前走了幾步，突然躍起，落在韋小寶跟前，左手探出，扠住了蕊初的脖子。蕊初「啊」的一聲叫，但咽喉遭卡，這一聲叫得又低又悶。

韋小寶心念電轉：「老烏龜找的是我，又不是找這小宮女，不會殺死她的。」此時和海老公相距不過兩尺，嚇得幾乎要撒尿，卻一動也不動，知道只要自己動上一根手指，就會給他聽了出來。

海老公低聲道：「別作聲！不聽話就卡死你。輕輕回答我的話。你是誰？」蕊初低聲道：「我……我……」海老公伸出右手，摸了摸她頭頂，又摸了摸她臉蛋，道：「你是個小宮女，是不是？」蕊初道：「是，是！」海老公道：「三更半夜的，在這裏幹甚麼？」蕊初道：「我……我在這裏玩兒！」

海老公臉上露出一絲微笑，在慘淡的月光下看來，更顯得陰森可怖，問道：「還有誰在這裏？」側過了頭傾聽。

適才蕊初不知屏息凝氣，驚恐之下呼吸粗重，給海老公聽出了她站立之處。韋小寶和他相距雖近，呼吸極微，他一時便沒察覺。韋小寶想要打手勢叫她別說，卻又不敢移動手臂。幸好蕊初乖覺，發覺他雙眼已盲，說道：「沒……沒有了。」

海老公道：「皇太后住在那裏？你帶我去見她。」蕊初驚道：「公公，你……你別跟皇太后說，下次……下次我再也不敢了。」她只道這老太監捉住了自己，要去稟報太后。海老公道：「你求也沒用。不帶我去，立刻便扠死你。」手上微一使勁，蕊初氣為之窒，一張小臉登時脹得通紅。

韋小寶驚惶之下，終於撒出尿來，從褲襠裏一滴一滴的往下直流，幸好海老公沒留神，就算聽到了，也道是蕊初嚇得撒尿。

海老公慢慢鬆開左手，低聲道：「快帶我去。」蕊初無奈，只得道：「好！」側頭向韋小寶瞧了一眼，臉上神色示意他快走，自己決不供他出來，低聲道：「太后寢宮在那邊！」慢慢移動腳步。海老公的左手仍抓住她咽喉，和她並肩而行。

韋小寶尋思：「老烏龜定是去跟太后說，我是冒充的小太監，小桂子是給我殺死的，他自己的眼睛是給我弄瞎的，要太后立刻下令捉拿。他爲甚麼不去稟報皇上？是了，他知皇上對我好，告狀多半告不進。那……那便如何是好？我須得立即逃出宮去。啊喲，不好，這時候宮門早閉，又怎逃得出去？只要過得片刻，太后傳下命令，更加插翅難飛了。」

韋小寶正沒做理會處，忽聽得前面房中一個女子的聲音問道：「外邊是誰？」這聲音陰森森地，韋小寶聽得明白，正是太后的話聲，他一驚之下，便想拔腳就逃。卻聽得海老公道：「奴才海大富，給你老人家請安來啦。」聲音也陰森森地，殊無恭謹之意。

韋小寶大奇：「老烏龜是甚麼東西，膽敢對太后這等無禮？」念頭一轉，尋思：「老烏龜說話不討人喜歡，多半太后向來很討厭他，我何不乘機跟他胡辯一番？反正要逃是逃不出去的了。」這一著雖然行險，但想自己新立大功，皇上和太后都很喜歡，殺了個把小桂子，弄瞎幾隻海老烏龜的狗眼珠，也算不了甚麼大罪，當眞要緊之時，還可請把兄索額圖出頭說情。自己如拍腿一走，甚麼話都讓老烏龜說了，自己既然逃跑，自然作賊心虛，本來無罪反而變得有罪了。

又想：「太后若問我爲甚麼要殺小桂子？我說……我說，嗯，我說聽到小桂子和海老烏龜說太后和皇上的壞話，說了許許多多難聽之極的言論，我實在氣不過，忍無可忍，因此將小桂子一刀殺了，又乘機弄瞎了海老烏龜的眼睛。至於說甚麼壞話，那大可揑造一番。比賽打架，我打不過老烏龜。比賽撒謊吹牛，老烏龜怎是老子的對手？」想想得意起來，登時膽爲之壯，便不想逃了。他最怕的是海老公辯不過，跳上來一掌將自己打死，那可死得冤枉，因此待會在太后跟前辯白之時，務須站在一個安全之所，讓老烏龜捉不到、打不著。

只聽太后道：「你要請安，怎麼白天不來？半夜三更的到來，成甚麼體統？」海老公道：「奴才有件機密大事要啓稟太后，白天人多耳雜，給人聽到了，可不大穩便。」

韋小寶心道：「來了，來了！老烏龜告狀了。且聽他先說，待他說了一大半，我再插嘴不遲。我躲在那裏好？」看了看周遭形勢，選中了個所在，一步步挨到金魚池的假山之後，心想：「老烏龜如搶過來打我，撲通一聲，必先跌入金魚池中，我就立即搶入太后房中，老烏龜便有天大膽子，也不敢追進太后房中來打人。」

只聽太后哼了一聲，道：「有甚麼機密大事，你這就可以說了。」海老公道：「太后身邊沒旁人嗎？老奴才的話，可機密得很哪！」太后道：「你要不要進來查查？你武功了得，我身邊有沒有人，難道聽不出來？」海老公道：「奴才不敢進太后屋子，可否勞動太后聖駕，走出屋來，奴才有事啓稟。」太后哼了一聲，道：「你可越來越大膽了，這會兒又仗了誰的勢啦？膽敢這樣放肆！」

韋小寶聽到此處，心中大樂，暗暗罵道：「老烏龜，你可越來越大膽了，這會兒又仗了誰的勢啦？膽敢這樣放肆！」

海老公道：「奴才不敢！」太后又哼了一聲，說道：「你……你早就沒將我瞧在眼裏，今晚忽然摸了來，可不知搗甚麼鬼。」

韋小寶更加開心，忍不住想大聲幫太后斥罵海老公幾句，心道：「老烏龜啊老烏龜，你告狀還沒告成，先就碰了個大釘子，惹了一鼻子灰。看來用不著老子親自出馬，單是太后，就會將你一頓臭罵轟走了。」

只聽海老公道：「太后既不想知道那人消息，那也沒甚麼，奴才去了！」

韋小寶大喜，心道：「去得好，去得妙，去得刮刮叫。快快滾你媽的王八蛋！太后怎會想知道我的消息？」

卻聽得太后問道：「你有甚麼消息？」海老公道：「五台山上的消息！」太后道：「五台山？你……你說甚麼？」語音有些發顫。

月光下只見海老公伸手一戳，蕊初應手而倒。韋小寶一驚，心下有些難過，又想：「老烏龜害死了這小姑娘，待會我說出來，太后一定更加動怒。老烏龜再要告我的狀，那可就千難萬難。」只聽太后又問：「你……你傷了甚麼人？」海老公道：「是太后身邊的一個小宮女，奴才可沒敢傷她，只不過點了她穴道，好教她聽不到咱們說話。」

韋小寶放寬了心：「原來老烏龜沒殺她！」內心深處，隱隱又有點失望，海老公不殺這小宮女，自己的處境就不算十分有利。

太后又問：「五台山？你爲甚麼說五台山？」海老公道：「只因五台山上有一個人，是太后很關心的。」太后顫聲道：「你……你說他去了五台山？」海老公道：「太后如想知道詳情，只好請你移一移聖駕。三更半夜的，奴才不能進太后屋子，在這裏大聲嚷嚷的，這等機密大事，給宮女太監們聽到了，可不好玩。」

太后猶豫片刻，道：「好！」只聽得開門聲響，她腳步輕盈的走了出來。

韋小寶縮在假山之後，心想：「海老烏龜瞧不見我，太后可不是瞎子。」他不敢探頭張望，太后出來之時，一瞥眼間見到她身材不高，有點兒矮胖。他見過太后兩次，但兩次見到她時都是坐著。

只聽太后說道：「你剛才說，他去了五台山，那……那可是眞的？」海老公道：「奴才沒說有誰去了五台山。奴才只說，五台山上，有一個人恐怕是太后挺關心的。」太后頓了一頓，道：「好，就算你這麼說。他……他……那個人……去五台山幹甚麼？是在廟裏麼？」她本來說話鎭靜，但自從聽海老公說到五台山上有一個人之後，就氣急敗壞，似乎心神大亂。海老公道：「那人是在五台山的清涼寺中。」

太后舒了口氣，說道：「謝天謝地，我終於……終於知道了他……他的下落……他……他……他……」連說了三個「他」字，再也接不下口去，聲音顫抖得很厲害。

韋小寶好生奇怪：「那個人是誰？爲甚麼太后對他這樣關心？」不禁又擔憂起來：「難道是太后的父親、兄弟，又或許是她的老姘頭？對了，一定是老姘頭，如是父親、兄弟，那也不是甚麼機密大事，何必怕人聽見？老烏龜抓住了她的把柄，倘若定要她殺我，太后怕了老烏龜，說不定只好聽他的，這可有點兒不大妙。幸虧老子在這裏聽到了，老婊子如膽敢殺我，老子就一五一十的都抖了出來，我去跟皇上說，大夥兒鬧個一拍兩散。我怕了你老婊子不算英雄好漢。」

自盤古開天闢地以來，膽敢罵皇太后爲「老婊子」的，諒必寥寥無幾，就算只在肚裏暗罵，也不會很多。韋小寶無所忌憚，就算是他自己母親，打得他狠了，也會「爛婊子，臭婊子」的亂叫亂罵。好在他母親本來就是婊子，妓院中人人污言穢語，習以爲常，聽了也不如何生氣，只不過打在他小屁股上的掌力加重了三分，而口中也是「小雜種、小王八蛋」的對罵一場而已。

只聽太后喘氣很急，隔了半晌，問道：「他……他……他……在清涼寺幹甚麼？」海老公道：「太后眞的想知道？」太后道：「那還用多問？我自然想知道。」海老公說道：「主子是出家做了和尚。」太后「啊」的一聲，氣息更加急了，問道：「他……他眞的出了家？你……你沒騙我？」海老公道：「奴才不敢騙太后，也不用騙太后。」太后「哼」

的一聲，道：「他就這樣忍心，一心一意，只……只是想念那……那狐媚子，把國家社稷、祖宗百戰而創的基業……都抛到了腦後，我們母子，他……他更不放在心上了。」

韋小寶越聽越奇，心想：「甚麼國家社稷、祖宗的基業？老烏龜又叫那人作『主子』，那麼這人……這人難道不是太后的老姘頭？」

海老公冷冷的道：「主子瞧破了世情，已經大徹大悟。萬里江山、兒女親情，主子說都已如過眼浮雲，全都不再掛懷。」

太后怒道：「他爲甚麼早不出家，遲不出家，卻等那……那狐媚子死了，他才出家？國家朝廷、祖宗妻兒，一古腦兒加起來，在他心中，還及不上那狐媚子的一根寒毛。我……我……早知他……他是爲了那狐媚子，這才突然出走。哼，他既然走了，何必又要叫你來通知我？」她越說越怒，聲音尖銳，漸漸響了起來。

韋小寶說不出的害怕，隱隱覺得，他二人所說的那個人和那件事，委實非同小可。

海老公道：「主子千叮萬囑，命奴才決不可洩漏風聲，千萬不能讓太后和皇上得知。主子說道：皇上登基，天下太平，四海無事，他也放心了。」

太后厲聲道：「那爲甚麼你又來跟我說？我本來就不想知道，不要知道。他心中就只牽記那狐媚子一個，他兒子登基不登基，天下太平不太平，他又有甚麼放心不放心了？」

韋小寶聽到此處，心下大奇：「他們所說的難道是皇帝的爸爸？小皇帝的爸爸順治皇帝早已一命嗚呼了，小皇帝這才有皇帝做，莫非小皇帝另外還有個爸爸？」他於朝廷和宮中之事所知本來極少，除了知道小皇帝的爸爸是順治皇帝之外，其餘一無所知，就算太后和海老公說得再明白十倍，他也猜不到其中實情。

海老公道：「主子既然出了家，奴才本當在清涼寺中也出家爲僧，服侍主子。可是主子吩咐，他還有一件事放心不下，要奴才回京來查查。」太后道：「那又是甚麼事了？」海老公道：「主子說：董鄂妃雖然……」太后怒道：「在我跟前，不許提這狐媚子的名字！」

韋小寶心道：「原來那狐狸精叫做董鄂妃，那定是宮裏的妃子了。太后的老姘頭只愛這隻騷狐狸，不愛太后，因此太后大喝其醋。」

海老公道：「是，太后不許提，奴才就不提。」太后道：「他說那狐媚子又怎麼樣了？」海老公道：「奴才不明白太后說的是誰。主子從來沒提過『狐媚子』三字。」

太后怒道：「他自然不提這三個字，在他心中，那是『端敬皇后』哪。這狐媚子死了之後，他……他追封她爲皇后，拍馬屁的奴才們恭上謚法，叫甚麼『孝獻莊和至德宣仁溫惠』皇后，這稱號中沒『天聖』二字，他可還大發脾氣呢。又叫胡兆龍、王熙這兩個奴才學士，編纂甚麼《端敬后語錄》，頒行天下，也不怕醜。」（注一）

海老公道：「太后說得是，董鄂妃歸天之後，奴才原該稱她爲『端敬皇后』了。那

《端敬后語錄》，奴才身邊經常帶得一冊，太后要不要看？」

太后怒喝：「你……你……你……」走上一步，呼呼喘氣，忽似明白了甚麼，嘿嘿一笑，說道：「當時天下趨炎附勢之徒，人人都讀《端敬后語錄》，把胡王兩個奴才捏造的一番胡說八道，當成是天經地義，倒比《論語》、《孟子》還更要緊。可是現下又怎樣呢？除了你身邊還有一冊，你主子身邊還有幾册之外，那裏還見得到這鬼話連篇的《語錄》？」

海老公道：「太后密旨禁毀《端敬后語錄》，又有誰敢收藏？至於主子身邊，就算沒有，但端敬皇后當年說過的一字一句，他牢牢記在心頭，勝過身邊藏一冊《語錄》了！」太后道：「他……他叫你回北京來查甚麼事？」海老公道：「主子本來吩咐查兩件事，但奴才查明之後，發覺兩件事原來是一件事。」太后道：「甚麼兩件事、一件事了？」海老公道：「第一件事，要查榮親王是怎麼死的？」太后道：「你……你說那狐媚子的兒子？」海老公道：「奴才說的，是端敬皇后所生的皇子，和碩榮親王。」太后哼了一聲，道：「小孩子生下來不滿四個月，養不大，又有甚麼希奇了？」海老公道：「但主子說，當時榮親王突患急病，召御醫來診視，說道榮親王足陽明胃經、足少陰腎經、足太陰脾經俱斷，臟腑破裂，死得甚奇。」太后哼了一聲，道：「甚麼御醫有這樣好本事？多半是你說的。」

海老公不置可否，又道：「端敬皇后逝世，人人都道她是心傷榮親王之死，但究其實，卻是不然。她是給人用截手法截斷了陰維、陰蹻兩處經脈而死。」太后冷冷的道：「他居然會相信你異想天開的胡說。」海老公道：「主子本來也不信，後來奴才便試給他看，那還是在端敬皇后去世之後不久的事。一個月之中，奴才接連在五個宮女身上，截斷了她們的陰維、陰蹻兩處經脈。這五個宮女死時的症狀、模樣，和端敬皇后臨終之時一般模樣。單是一個宮女，還說是巧合，五個宮女都如此這般，主子就確信不疑了。」太后道：「嘿，可了不起！咱們宮中，居然有你這樣的大行家。」海老公道：「多謝太后稱讚。奴才的手法，跟那兇手不同。不過道理是一樣的。」

兩人默默相對，良久不語。海老公輕輕咳了幾聲，隔了好一會，才道：「主子命奴才回京來查明，害死榮親王和端敬皇后的是誰？」太后冷笑道：「那又何必再查？咱們宮中除你之外，又有誰能有這等身手？」海老公道：「那還是有的。端敬皇后一向待奴才很好，奴才只盼她多福多壽，如早知有人要加暗算，奴才便拚了老命，也要護衛她周全。」太后道：「你倒挺忠心哪。他用了你這樣的好奴才，也是他的福氣。」

海老公嘆了口氣，說道：「可惜奴才太也沒用，護衛不了端敬皇后。」

太后冷冷的道：「他朝拜佛，晚唸經，保祐你的端敬皇后從十八層地獄中早得超生，早升西方極樂世界，也就是了。」語氣之中，卻充滿了幸災樂禍之意。海老公道：

「拜佛唸經未必有用，不過善有善報，惡有惡報的話，總是對的。」頓了一頓，慢吞吞的道：「若是不報，時辰未到。」太后哼了一聲。

海老公道：「主子本來吩咐奴才查兩件事，奴才查明兩件事原是一件事。那知無意之中，另外又查到了兩件事。」太后道：「你查到的事兒也真多，那又是甚麼事了？」海老公道：「第一件事跟貞妃有關。」太后冷笑道：「狐媚子的妹子是小狐媚子，你提她幹甚麼？」

海老公道：「主子離宮出走，留書說道永不回來。太皇太后跟太后你兩位聖上的主意，說道國不可一日無君，於是宣告天下說主子崩駕。當世知道這個大秘密的，只有六人，那是你兩位聖上、主子本人、跟主子剃度的玉林大師，以及服侍主子的兩個奴才。這兩個奴才一個是侍衛總管赫巴察，這時候跟著主子在五台山出了家，另一個便是奴才海大富了。」

韋小寶聽到這裏，方始恍然，原來太后口中的「他」，海老公所說的「主子」，竟然便是順治皇帝。天下都道他已經崩駕，其實卻因心愛的妃子死了，傷心之極，到五台山清涼寺去做了和尚。這妃子所以會死，聽海老公的語氣，倒似是太后派遣武功高手將她害死的。他不禁頗爲得意，心想：「老烏龜說這大秘密天下只六人知道，那知道還得加上我韋小寶，天下可有七個人知道了。」但得意不了片刻，跟著便害怕起來，本來頗有點兒有恃無恐，料想在太后跟前跟海老公鬥口，未必輸給了老烏龜，此刻卻知大事不妙，若給他二人發覺自己在這裏偷聽，就算海老公殺不了自己，太后也決計不肯放過。只聽得喀喀兩聲輕響，竟是自己牙關相擊，忙使力咬住。幸好海老公恰在這時連聲咳嗽，靜夜之中，便只聽到他的氣喘和咳嗽之聲。

過了一會，海老公道：「當時貞妃自殺殉主，朝中都稱讚得了不得。但也有許多人悄悄的說，貞妃是給太后逼著殉葬的，自殺並非本意。」太后道：「這些無君無上的逆臣，早晚容他們不得。」海老公道：「不過他們的話倒也沒全錯，貞妃並不是甘心情願自殺的。」太后道：「你也說貞妃是給我逼殺的？」海老公道：「這個『逼』字，倒可以省去。」太后道：「你說甚麼？」海老公道：「貞妃是給人殺死的，不是逼得自殺。奴才曾詳細問過殯殮貞妃的仵工，得知貞妃大殮之時，全身骨骼寸斷，連頭蓋骨也都成爲碎片。這門殺人的功夫，好像叫做『化骨綿掌』，請問太后是不是？」太后道：「我怎知道？」

海老公道：「奴才聽說，世間有這樣一門『化骨綿掌』，打中人後，那人全身沒半點異狀，要過得一年半載之後，全身骨骼才慢慢的折斷碎裂。但出手殺貞妃之人，顯然功夫練得沒到家。那仵作起初給貞妃的屍體整容收拾，也沒甚麼特異，到得傍晚入殮，忽然屍體變得如同沒了骨頭一般，全身綿軟。他嚇得甚麼似的，只道是屍變，當時一句話也沒敢說。奴才威逼利誘，用上了不少苦刑，他才吐露眞相。太后，憑您聖斷，這門『化骨綿掌』的功力，打中人後，兩三天內骨骼便斷，只怕還不算十分深厚，是不是？」

太后陰森森道：「雖不算絕頂深厚，但也有些用處了。」海老公道：「自然有用，咳……咳……自然有用！殺得了貞妃，也殺得了孝康皇后！」

韋小寶心想：「他奶奶的，這老皇帝的皇后眞多，又有一個甚麼孝康皇后。他的皇后，只怕比咱們麗春院裏的小娘還多。」

太后顫聲道：「你……你又提孝康皇后幹甚麼？」韋小寶不知孝康皇后是康熙的生母，聽得太后語音大變，只感詫異，不明其中原由。

海老公道：「殮葬孝康皇后的，就是殮葬貞妃的那個仵作。」太后道：「那個該死的仵作，又胡說八道甚麼了？這人誣指宮事，罪該族誅。」海老公道：「太后要殺他，這時候卻已遲了。」太后道：「你已先殺了他？」海老公道：「不是。兩年多以前，奴才就已命他到五台山清涼寺，將這番情由稟告主子知道，然後叫他遠走蠻荒，隱姓埋名，以免殺身大禍。」太后顫聲道：「你……你……好毒辣的手段！」海老公道：「手段毒辣的另有其人，奴才自愧不如。」

太后默然半晌，問道：「你今晚來見我，有甚麼用意？」

海老公道：「奴才是來請問太后一件事，好回去稟告主子。端敬皇后、孝康皇后、貞妃、榮親王四人，都死於非命，主子也因此而棄位出家。下這毒手之人，是宮中的一位武功好手。奴才冒死來請問太后：這位武功高手是誰？奴才年紀老了，瞎了眼睛，又患了不治之症，便如風中殘燭一般，但如不查明這件事，未免死不瞑目。」

太后冷冷的道：「你一雙眼珠子早已瞎了，瞑不瞑目，也沒甚麼相干。」海老公說道：「奴才雖然眼睛盲了，心中卻是雪亮。」太后道：「你既心中雪亮，又何必來問我？」海老公道：「還是問一問明白的好，免得冤枉了好人。這幾個月來，奴才用心查察，要知道潛伏在宮中的這位武學高手是誰。本來極難查到，可是機緣巧合，無意中竟得知皇上身有武功。」

太后冷笑道：「皇上身有武功，那又怎地？難道是他害死了自己母親？」

海老公道：「罪過，罪過！這種忤逆之事是說不得的，倘是奴才說了，死後要入拔舌地獄，就是心中想一想，死後也不免進剜心地獄去受苦。」他咳了幾聲，續道：「奴才身邊有個小太監，叫做小桂子……」

韋小寶心頭一凜：「老烏龜說到我了。」

只聽海老公續道：「……他年紀只比皇上小著一兩歲，皇上很喜歡他，天天跟他比武摔跤，習練武藝。這小桂子的功夫，是奴才教的，雖然算不上怎麼樣，但在他這樣年紀的小孩中間，也算不容易了。」

韋小寶聽他稱讚自己，不由得大是得意。

太后道：「明師出高徒，強將手下無弱兵。」海老公道：「多謝太后金口。可是這小桂子跟皇上過招，十次中倒有九次是輸的。不論奴才教他甚麼武功，皇上的功夫總是勝了他一籌。看來教皇上武功的師父，比奴才是行得多了。奴才想來想去，宮裏的武學高手，也只有這位大行家了。只要尋到了這位大行家，那麼害死兩位皇后、一位皇妃、一位皇子的兇手，也就不難查到。」

太后道：「原來如此，你遠兜圈子，便是要跟我說這番話。」

海老公道：「太后說道明師必出高徒，這句話反過來也是一樣，高徒必有明師。皇上會使八八六十四式『八卦遊龍掌』，教他這掌法之人，就多半會使『化骨綿掌』。」太后問道：「你找到了這位武功高手沒有？」海老公道：「找到了。」太后冷笑道：「你好深的心計。你教小桂子跟皇上練武，這半年多來，便是在找尋皇上的師父。」

海老公嘆道：「那沒法子啊。小桂子是個陰毒的小壞蛋，奴才的一雙眼珠子，便是給他用毒藥毒瞎的。若不是爲了要把這件大事查得千眞萬確，本來決容不得這小壞蛋活到今朝。」太后哈哈一笑，道：「小桂子這孩子眞乖，毒瞎了你的眼睛，好得很，妙得很，明天我得好好賞他。」海老公道：「多謝太后。太后如下旨將他厚葬，小桂子在陰世也必感戴太后的洪恩。」太后問道：「你已殺了他？」海老公道：「奴才已經忍耐了很久，此後已用他不著了。」

韋小寶又驚又怒，尋思：「這老烏龜早就知道我不是小桂子，也早知他一雙眼睛是給我毒瞎的，原來他一直在利用老子，這才遲遲不下毒手。他教我功夫，全是爲了要察看皇上的武功，他奶奶的，早知這樣，我眞不該將皇上的武功詳詳細細的跟他說。你奶奶的，老烏龜以爲老子死了，可是老子偏偏就沒死，待會我來扮鬼，嚇你個屁滾尿流。」

海老公嘆了口氣，說道：「主子的性子向來很急，要做甚麼事，非辦到不可。只可惜他雖貴爲天子，心愛的人給人家害死，卻也救她不活了。主子出了家，對董鄂妃卻仍念念不忘。奴才離淸涼寺回宮之前，主子親筆寫了個上諭交給奴才，命奴才查明是誰害死端敬皇后，還有主子交給端敬皇后那經書的下落，再命奴才將這兇手就地正法。」

太后哼了一聲，說道：「他做了和尙，還能寫甚麼上諭？出家人念念不忘殺人害人，也不大像樣罷？」

海老公道：「因果報應，佛家也是挺講究的。害了人的，終究不會有好下場。不過奴才練功岔了經脈，鬧得咳嗽氣喘，周身是病，再加上眼睛瞎了，更加沒指望啦。」

太后道：「是啊，你周身是病，眼又瞎了，就算奉有他的密旨，也辦不了事啦！」

海老公嘆了口氣，說道：「不成啦，不成啦！奴才告辭太后，這就去了。」說著轉過身來，慢慢向外走去。

韋小寶心頭登時如落下一塊大石，暗想：「老烏龜這一去，我就沒事了。他只道我已死了，再也不會來找我。老子明兒一早溜出宮門，老烏龜如再找得著，老子服了你，跟你姓，我叫海小寶！」

太后卻道：「且慢！海大富，你上那裏去？」海老公道：「奴才已將一切都稟明了太后，那就回去等死。」太后道：「他交給你的事，你也不辦了？」海老公道：「奴才心有餘而力不足，況且也沒這天大的膽子，作亂犯上。」太后嘿嘿一笑，道：「你倒很識事務，也不枉了侍候我們這幾年。」海老公道：「是，是！多謝太后恩典。這些冤沉海底之事，也只有等皇上年紀大了，再來昭雪。」他咳嗽兩聲，說道：「皇上拿辦鰲拜，手段英明得很。皇上親生之母爲人所害，這件事也用不了等多少時候，皇上定會辦理，只可惜……只可惜奴才活不到那時候，等不到啦。」

太后走上幾步，喝道：「海大富，你轉來。」海老公道：「是，太后有甚麼吩咐？」太后厲聲道：「你剛才跟我胡說八道，這些……這些荒謬不堪的言語，已……已都跟皇上說過了？」語音發顫，顯是極爲激動。海老公道：「奴才明日一早，就去稟告皇上，但是……但是今晚迫不及待，先來稟告太后。」太后道：「很好，很好！」

突然間一聲勁風響起，跟著蓬蓬兩聲巨響。韋小寶吃了一驚，忍不住探頭張望，只見太后正繞著海老公的溜溜轉動，身法奇快，不斷發掌往他身上擊去。海老公端凝肅立，還手抵禦。韋小寶這一驚更加非同小可：「怎麼太后跟老烏龜打了起來？原來太后也會武功。」

太后每一掌擊出，便是呼的一聲響，足見掌上勁力厲害。海老公雙足不動，隨掌迎擊，拍出的掌力無聲無響。相鬥良久，太后始終奈何他不得。突然間太后身子飛起，雙掌從半空壓擊下來。海老公左掌翻轉，向上迎擊，右掌卻向太后腹上拍去。啪的一聲響，掌力相交，太后向後直飛出去。海老公一個踉蹌，身子晃了幾下，終於拿樁站住。

太后厲聲喝道：「好奴才，你……你……裝神弄鬼，以少林……少林……少林派武功教小桂子，原來自己是崆峒派的。」

海老公喘息道：「不敢，大家彼此彼此！太后以武當派武功教給皇上，想誘奴才上當。不過……不過那『化骨綿掌』是蛇島的功夫，奴才幾年前就知道了。」

韋小寶略一凝思，已然明白，心道：「他奶奶的，老烏龜奸猾得緊，他教我甚麼『大擒拿手』，甚麼『大慈大悲千葉手』，都是少林派武功，好讓太后以爲他是少林派的，其實卻是辣塊媽媽的崆峒派。只可惜太后的假武當派『八卦遊龍掌』，卻瞞不了老烏龜。」又想：「原來皇上的武功都是太后教的。」

突然背上出了一陣冷汗，心道：「啊喲，不好！太后會使『化骨綿掌』，難道……難道那四個人都是太后害的？啊喲！別的倒也罷了，皇帝的親生母親也是爲她所殺，海老公去跟皇帝一說，豈不是一場滔天大禍！皇上如殺不了太后，太后非殺皇上不可，那……那怎麼辦？」唯一的念頭便是拔腿就跑，儘快離開這是非之地，然後去通知皇帝，叫他千萬小心。可是他嚇得全身酸軟，拚命想逃，一雙腳恰似釘住了在地下，半分動彈不得。

只聽得太后說道：「事已如此，難道你還想活過今晚麼？」海老公道：「太后儘管去召喚侍衛到來。來的人越多越好，奴才便可將種種情由，說給衆人聽聽，總有一個人會將眞相傳入皇上耳中。」太后冷笑道：「哼，你倒打的好如意算盤。」她說話聲音甚爲緩慢，不住調勻呼吸。海老公道：「太后保重聖體，別岔了經脈。」太后道：「你倒好心！」

海老公的武功本來高過太后，雙眼既盲之後，便非敵手了。但他於數年之前，已從仵作口中查知，殺害孝康皇后和貞妃之人使的是「化骨綿掌」，這是遼東海外蛇島島主獨門秘傳的陰毒功夫。其時他不知兇手是誰，便即干冒奇險，暗練一項專門對付「化骨綿掌」的武功「陰陽磨」，雖然大傷身體，功夫卻已練成。

後來韋小寶和康熙皇帝練武，海老公推測，教皇帝武功之人便是殺害董鄂妃、孝康皇后諸人的兇手，日後勢將有一場大戰。他明知韋小寶害死了小桂子，又毒瞎了自己雙目，卻冒充小桂子來陪伴自己，心想這小孩子小小年紀，與自己素不相識，必是受人指使而來，多方以言語誘騙，想知道主使之人是誰，主使者自然多半便是兇手。可是韋小寶本來無人指使，並無底細可露。否則他再精乖十倍，畢竟年輕識淺，如何不給海老公套問出來？

海老公查問雖無結果，卻就此將計就計，教他武功，所教的武功卻又錯漏百出，好讓對方認定自己是少林派的，武功不過平平。此刻一動上手，太后立即吃了大虧。

太后在半年之前，便料定海老公是少林派，海老公卻知她的武當派武功是假裝的。兩人眼睛一明一盲，於對方武學派別的判斷，卻剛剛相反，海老公料敵甚明，太后卻一起始就料錯了。那也不是太后見識較差，只是海老公從仵作口中探知了眞相，太后卻直至此刻，終給蒙在鼓裏。再者，海大富心中，早當「教皇帝武功之人」爲死敵，太后卻直至此刻，才知海大富要致自己死命，否則的話，早就下旨令侍衛將他處死，也用不著自己動手。

海老公心想自己眼睛盲了，務須激得對方出手攻擊，方能以逸待勞，於數招之間便即取勝。適才說了半天，太后一直不露口風，不知害死董鄂妃、孝康皇后等人的到底是誰。「化骨綿掌」是陰邪狠毒的旁門功夫，按常理想來，若不是二十年左右的苦功不能練成。太后博爾濟吉特氏是科爾沁貝勒綽爾濟之女，家世親貴，累代大官，家中數世爲后，她在做閨女之時，便要出府門一步，也千難萬難，從小不知有多少奶媽丫鬟侍候，如何能去偏僻兇險的蛇島，學這等旁門功夫？她就算要學武功，也必是學些八段錦、五禽戲之類增強體魄的粗淺功夫，說甚麼也不會學這「化骨綿掌」。多半她身畔親信的太監、宮女之中，有這麼一個武功好手，只盼太后吩咐此人出手。那知自己一提到要去稟報皇帝，太后心中發急，不及細思，登時出手相攻。這一來，太后不但招認殺害四人乃自己下手，而三掌一對，便已受了極重內傷。海老公苦心孤詣的籌畫數年，一旦見功，不由得心下大慰。

太后受傷不輕，幾次調勻呼吸，都不濟事，緩緩的道：「海大富，你愛瞎造謠言，儘管胡說去。皇上年紀雖小，心裏可清楚得很，瞧他是聽你的，還是聽我的話。」

海老公道：「皇上初時自然不信奴才，多半還會下旨立時將奴才殺了。可是過得幾年，他會細細想的，他會越想越明白。太后，你這一族世代尊榮，太宗和主子的皇后，都出自你府上。就可惜這一場榮華富貴，在康熙這一朝中便完結了。」

太后哼了一聲，冷冷的道：「好得很，好得很！」

海老公又道：「主子吩咐奴才，一查到兇手，不管他是甚麼人，立時就殺了。可惜奴才武功低微，不是太后對手，只好出此下策，去啓奏皇上。」說著向外緩緩走去。

太后暗暗運氣，正待飛身進擊，突然間微風閃動，海老公陡然間欺身而近，雙掌猛拍過來。

海老公奉了順治之命，要將害死董鄂妃的兇手處死，他決意要辦成這件大事，甚麼啓奏皇上云云，只不過意在擾亂太后的神智，讓她心意煩躁，難以屏息凝氣，便可施展雷霆萬鈞的一擊。這一掌雖無聲無息，卻是畢生功力之所聚。適才他傾聽太后說話，已將她站立的方位拿揑得不差數寸，一掌拍出，直取太后胸口要穴。

太后沒提防他來得如此之快，閃身欲避，只要以快步移動身形數次，這惡監是個瞎子，便沒法得知自己處身所在，其時只有自己可以出手相攻，他只有隨掌抵禦，更無反擊之能。那知道身形甫動，海老公的掌力中宮直進，逼得她幾乎氣也喘不過來，只得右掌運力拍出。她原擬交了這掌之後，立即移步，但海老公所學神功「陰陽磨」掌上有股極大黏力，竟致無法移身，只得右掌加催掌力，和他比拚內勁。

海老公覺對方內力源源送來，心下暗喜，自己瞎了雙目，若與對方遊鬥，便處於極不利之境，但比拚內力卻和眼明眼盲無關。太后一上來便受了傷，氣息已岔，非一時三刻之間能夠復元，這等比拚內力，定要教她精力耗竭，軟癱而死。當下左掌陰力，右掌陽力，拚得片刻，陰陽之力漸漸倒轉，變成左掌陽力，右掌陰力。

在韋小寶看來，不過是太后一隻手掌和海老公兩隻手掌相抵，並無絲毫兇險。那知海老公的掌力便如是一座石磨，緩緩轉動，猶如磨粉，正在將太后的內力一點一滴的磨去。

韋小寶躲在假山之後，怕給太后發覺，偶然探頭偷看一眼，立即縮回，驀地裏眼前白光一閃，忙又探頭出去，見二人仍三掌相抵，太后左手中卻已多了一柄短兵刃蛾眉刺，正緩緩刺向海老公小腹，登時大喜，暗暗喝采：「妙極，妙極！老烏龜這一下子，非他媽的歸天不可。」

原來太后察覺對方掌力怪異，左手輕輕從懷中摸出一柄白金點鋼蛾眉刺，極慢極慢的向外遞出，刺尖漸漸向海老公小腹上戳去。可是蛾眉刺遞到相距對方小腹尺許之處，便再也遞不過去。卻是海老公雙掌上所發的「陰陽磨」勁力越催越快，太后的單掌已然抵敵不住，只覺得右掌漸漸酸軟無力，忍不住便要伸左掌相助。

她本想將蛾眉刺緩緩刺出，不帶起半點風聲，敵人就沒法察覺，但此刻右掌一掌之力已難支持，再也顧不得海老公是否察覺，左手運勁，只盼將蛾眉刺倏地刺出。那知便這麼瞬息俄延，左手竟已沒法前送半寸。靜夜之中，只聽得嗒嗒輕響，卻是海老公左手四指斷截處鮮血不斷流出，滴在地下。海老公越使勁催逼內力，鮮血湧出越多。

韋小寶見蛾眉刺上閃出的白光不住晃動，有時直掠到他臉上，足見太后的左手正在不停顫動，白光越閃越快，蛾眉刺卻始終戳不到海老公的小腹。

過得片刻，只見太后手中的蛾眉刺竟慢慢的縮回。韋小寶大驚：「啊喲，不好，太后打不過老烏龜！此時不走，更待何時？」他慢慢轉身，一步步的向外走去，每走出一步，便知離開險境遠了一步，放心了一分，腳步也便快了一些，待走到門邊，伸手摸到了門環，突然聽得身後傳來太后「啊」的一聲長叫。

韋小寶心道：「糟糕，太后給老烏龜害死了。」卻聽得海老公冷冷道：「太后，你漸漸油盡燈枯，再過得一炷香時分，你便精力耗竭而死。除非這時候突然有人過來，向我背心下手，我難以抵禦，才會給他害死！」

韋小寶正要開門飛奔而逃，突然聽得海老公的話，心道：「原來太后並沒死！老烏龜的話不錯，他雙手和太后拚上了，我如去刺他背心，老烏龜怎能分手抵禦？這是他自己說的，可怨不得旁人。」眼前正是打落水狗的大好良機，這現成便宜不撿，枉自為人了。韋小寶性喜賭博，輸贏各半，尚且要賭，如暗中作弊弄鬼，贏面佔了九成十成，這樣的賭錢機會，便要了他命也決不肯放過。要他冒險去救太后，那是無論如何不幹的，但耳聽得海老公自暴弱點，正是束手待縛、引頸就戮之勢，一塊肥肉放在口邊，豈可不吞？

他一伸手，便從靴筒中摸出匕首，快步向海老公背後直衝過去，喝道：「老烏龜，休得傷了太后！」提起匕首，對準他背心猛刺。

海老公一聲長笑，叫道：「小鬼，你上了當啦！」左足向後踹出，砰的一聲，踹在韋小寶胸口，登時將他踹得飛出數丈。

原來海老公和太后比拚內力，已操勝券，忽聽得有人從假山後走出，腳步聲正是平時聽得熟了的韋小寶，這小鬼中了自己一掌，居然不死，心下頗感詫異，生怕他出去召喚侍衛前來，救了太后，靈機一動，便出聲指點，誘他來攻自己背心。韋小寶臨敵應變的經驗不豐，果然上當。海老公這一腳踹正他胸口。韋小寶騰雲駕霧般身在半空，一口鮮血嘔了出來。

海老公左足反踢，早料到太后定會乘著自己勁力後發的一瞬空隙，左掌擊向自己小腹，是以踢中韋小寶後，想也不想，右掌便向前拍出，護住小腹，突然間手掌心一涼，跟著小腹上一陣劇痛。太后那柄白金點鋼蛾眉刺已穿破他手掌，插入了他小腹。他畢竟吃虧在雙目不能視物，縱然料到太后定會乘隙攻擊，卻料不到攻擊過來的並非掌力，而是一柄鋒銳之極的利器。他小腹爲蛾眉刺插入，左掌勁力大盛，將太后震出數步。

太后左足落地，立即又向後躍出丈餘，只覺胸口氣血翻湧，幾欲暈去，生怕海老公乘機來攻，慢慢又退了數步，倚牆而立。

海老公縱聲長笑，叫道：「你運氣好！你運氣好！」呼呼呼連接推出三掌，一面出擊，一面身子向前直衝。

太后向右躍開閃避，雙腿酸軟，摔倒在地，只聽得豁喇喇一聲響，一排花架給海老公的掌力推倒了半邊。太后筋疲力竭，再也動彈不得，驚惶之下，卻見海老公伏在倒塌的花架之上，動也不動了。

太后支撐著想要站起，但四肢便如棉花一般，全身癱軟，正想叫一名宮女出來相扶，隱隱聽得遠處傳來人聲，心想：「我和這惡監說話搏鬥，一直沒發高聲，可是他臨死時大叫大嚷，推倒花架，已驚動了宮監侍衛。這些人頃刻便至，見到我躺在這裏，旁邊死了一老一小兩名太監，成何體統？」勉力想要運氣，起身入房，這一口氣始終提不上來。

只聽得人聲漸近，正著急間，忽然一人走了過來，說道：「太后，你老人家安好罷？我扶你起身。」正是那小太監小桂子。太后又驚又喜，道：「你……你……沒給這惡人……踢死麼？」

韋小寶道：「他踢我不死的。」剛才他被海老公踢入花叢，吐了不少鮮血，定一定神，便站起身來，見海老公伏在花架上不動，忙躲在一棵樹後，拾起一塊石子向海老公投去，噗的一聲，正中後腦，海老公全不動彈。韋小寶大喜：「老烏龜死了！」但畢竟害怕，不敢上前察看，一時拿不定主意，該當奔逃出外，還是去扶太后，耳聽得人聲喧嘩，多人蜂擁而來，倘若逃出去，定會撞上，便即走到太后跟前，伸手將她扶起。

太后喜道：「好孩子，快扶我進去休息。」韋小寶道：「是！」半拖半抱，踉踉蹌蹌的將她扶入房中，放上了床，自己雙足酸軟，倒在厚厚的地毯上，呼呼喘氣。太后道：「你便躺在這裏，待會有人來，不可出聲。」韋小寶道：「是！」

過了一會，聽得腳步聲雜沓，許多人奔到屋外。燈籠火把的火光從窗格中照進來。有人說道：「啊喲，有個太監死在這裏！」另一人道：「是尚膳監的海老公。」一人提高聲音說道：「啓奏太后：園中出了些事情，太后萬福金安。」這樣說，意在詢問太后的平安。

太后問道：「出了甚麼事？」

她一出聲，外邊一衆侍衛和太監都吁了口大氣，只要太后安好，慈寧宮中雖然出事，也不會有太大的罪名。爲首的侍衛道：「好像是太監們打架，沒甚麼大事。請太后安歇，奴才們明日查明了詳奏。」太后道：「是了。」

只聽那侍衛首領壓住嗓子，悄聲吩咐手下將海老公的屍體抬出去。有一人低聲道：「這裏還有個小宮女的屍體。啊！這小宮女沒死，只不過昏了過去。」侍衛首領低聲道：「一併帶出去，待她醒轉後查問原因。」

太后道：「有個小宮女嗎？抱進我房來。」她生怕蕊初醒轉之後，向人洩漏了風聲。外面有人答應，一名太監將小宮女蕊初抱進房來，輕輕放在地下，向太后磕了個頭，退了出去。

這時太后身畔的衆宮女都已驚醒，個個站在房外侍候，只是不得太后召喚，不敢擅自進內。太后聽得一衆侍衛太監漸漸遠去，說道：「你們都去睡好了，不用侍候。」衆宮女答應了，便即散去。太后身有武功之事極爲隱秘，縱是貼身宮女，也不知曉。她朝晚都要練功，任何太監宮女，若非奉召，不得踏入房門，連伸手碰一碰門帷，也屬嚴禁。

太后調勻了一會氣息。韋小寶也力氣漸復，坐了起來，過得片刻，支撐著站起。太后見他胸口中了海老公力道極重的一腳，可是這小太監竟行動自如，還能將自己扶進房來，不知他練過甚麼功夫，便問：「除了跟這海大富外，你還跟誰練過功夫？」

韋小寶道：「奴才就跟這惡老頭兒練過幾個月武功。他教的武功大半是假的。這人壞得很，每天都在想殺我。」

太后嗯了一聲，道：「他的一雙眼睛，是你毒瞎的？」韋小寶道：「這老頭日日夜夜，都在背後詛咒太后，辱罵皇上，奴才聽了氣不過，又沒本事殺他，只好……只好……」太后道：「他怎樣罵我罵皇上？」韋小寶道：「說的都是無法無天的話，奴才一句也不敢記在心裏，一聽過即刻就忘記了。早忘得乾乾淨淨，再也想不起來了。」

太后點了點頭道：「你這孩子倒乖得很，今天晚上，你到這裏來幹甚麼？」

韋小寶道：「奴才睡在床上，聽見這惡老頭開門出外，怕他要出甚麼法子害我，於是悄悄跟在他後面，一直跟到了這裏。」

太后緩緩的道：「他向我胡說八道的那番話，你都聽見了。」韋小寶道：「這惡老頭的說話，奴才向來句句當他是放屁，太……太后你別見怪，奴才口出粗言，我可恨極了他。他每天罵我小烏龜，罵我祖宗，我知道他說的從來就沒一句眞話。」太后冷冷的道：「我是問你，海大富跟我說的話，你都聽見了沒有。你老老實實的回答。」

韋小寶道：「奴才遠遠躲在門外，不敢走近，這惡老頭耳朵靈得很，我一走近他便發覺了。我只見他在和太后說話，想偷聽幾句，可是離得太遠，聽來聽去聽不到。後來見到他膽敢冒犯太后，太也大逆不道，奴才便拚著命來救駕。他到底向太后說了些甚麼話，奴才不知道，他……他一定在訴說奴才的不是，說我毒瞎了他眼睛，這雖然不假，其餘的話，太后千千萬萬不可相信。大概太后不信他的話，這奴才竟敢冒犯太后。」

太后道：「哼！你機靈得很，乖覺得很。海大富說的話，你眞的沒聽見也好，假的沒聽見也好。只要將來有半句風言風語傳入我耳中，你知道有甚麼結果。」韋小寶道：「太后待奴才恩重如山，如有那一個大膽惡徒敢在背後說太后和皇上的壞話，奴才非跟他拚命不可。」太后道：「你能這樣，我就喜歡了。我過去也沒待你甚麼好。」韋小寶道：「從前皇上跟奴才摔跤練武，奴才不識得萬歲爺，言語舉動亂七八糟，太后和皇上一點也沒怪罪，這就是恩重如山了。否則的話，奴才便有一百個腦袋，也都該砍了。這惡老頭天天想殺奴才，幸好太后救了我性命，奴才當眞感激得不得了。」

太后緩緩的道：「你知道感恩，那就很好。你點了桌上的蠟燭。」

韋小寶道：「是！」打著了火，點亮了蠟燭。太后房中的蠟燭燭身甚粗，特別光亮。

太后道：「你過來，讓我瞧瞧你。」

韋小寶道：「是！」慢慢走到太后床前，只見她臉色雪白，更無半點血色，雙眉微豎，目光閃爍，韋小寶心跳加劇，尋思：「她……她會不會殺了我滅口？這時候我拔足飛奔，她定然追不上我，但如給她一把抓住，那可糟了！」他心中只想立刻發步便奔，一時卻下不了決心，只微一猶豫間，太后已伸出左手，握住了他右手。

韋小寶大吃一驚，全身一震，「啊」的一聲叫了出來。太后道：「你怕甚麼？」韋小寶道：「我……我沒怕，只不過……只不過……」太后道：「只不過甚麼？」韋小寶道：「太后待奴才恩重如山，奴才受甚麼驚甚麼的？」他聽人說過「受寵若驚」的成語，可是四個字中只記得二字。太后不知他說些甚麼，問道：「你爲甚麼全身發抖？」韋小寶道：「我……我沒有……沒有……」

太后如在此刻一掌劈死了他，日後更不必躭心他洩漏機密，可是一口眞氣說甚麼也提不上來，委實筋疲力竭，雖握住了韋小寶的手，其實手指間一點力氣也無，韋小寶只須微微一掙，便能脫身，當下微笑道：「你今晚立了大功，我重重有賞。」

韋小寶道：「是那惡老頭要殺奴才，幸得太后搭救性命，奴才可半點功勞也沒有。」太后道：「你知道好歹，我將來不會虧待你的，這就去罷！」輕輕放脫了他手。

韋小寶大喜，忙爬下磕了幾個頭，退了出去。太后見他衣襟上鮮血淋漓，顯是吐過不少血，可是跪拜磕頭之際，行動仍頗爲伶俐，不由得暗暗納罕。

韋小寶出房之時，向躺在地下的蕊初看了一眼，見她胸口緩緩起伏，呼吸甚勻，便如睡熟了一般，臉色紅潤，絕無異狀，心想：「過幾天我去找些糕餅果子來給你吃。」快步回到自己屋中，閂上了門，舒了口長氣，登時如釋重負。

這些日子來和海老公同處一室，時時刻刻提心吊膽，「現下老烏龜死了，再也不用怕有人來害我了。」突然之間，想起了燭光下的太后臉色，猛地裏打了個寒噤，心想：「在這皇宮裏不大太平，老子還是……還是……哈哈，還是拿到了那四十五萬兩銀子，回揚州去見媽媽的為妙。」想到自己性命尚在，四十五萬兩銀子失而復得，忍不住手舞足蹈起來。

高興了好一會，漸感疲倦，身子一橫，躺在床上便睡熟了。

注：

一、胡兆龍、王熙二學士奉旨編纂《端敬后語錄》，係當時事實，具見孟森所著〈清代史·世祖出家事考實〉一文。本書此段文字寫於一九七〇年一月，此後並無刪改。硬湊硬編之《語錄》必定傳世不久，自來皆然，不必智者而後知。

二、順治皇帝共有四位皇后。兩個是眞皇后。第一個歷史上稱為廢后，《清史稿》說她「麗而慧」，是順治之母的姪女。《清史稿》載稱：「上好簡樸，后則奢侈，又妒，積與上忤。」那時順治對董鄂妃十分寵愛，皇后喝醋，和皇帝不斷吵嘴。順治大怒之下，就下旨廢后。王公大臣一致反對，爭執了很久，結果還是於順治十年遭廢。順治當然想立董鄂妃爲后，但董鄂妃不是出身於皇親國戚的大貴族之家，因此只得另立母親家族中的一個少女爲后，後世稱爲孝惠皇后。立這個皇后，是出於他母親太后的主張，順治很不喜歡。《清史稿》載稱：「順治十一年五月，聘爲妃，六月册爲后。貴妃董鄂氏方幸，后又不當上旨。十五年正月，皇太后不豫，上責皇后禮節疏闕，命停應進中宮箋表，下諸王貝勒大臣議行。三月，以皇太后制，如舊制封進。聖祖即位，尊爲皇太后。」順治對董鄂妃愛情很專，一心要找皇后的麻煩，母親生病，就怪皇后服侍不好，要以此爲藉口廢她。但他母親極力維護娘家這個小輩，皇后方得保全。待康熙做了皇帝，這皇后便升爲皇太后。

另外兩個不算是眞正皇后。一個是康熙的親生母親，她父親佟圖賴是漢軍旗人，所以康熙有一半是漢人血統。她本來只是妃子，母以子貴，康熙做了皇帝後，也尊她爲皇太后。她在康熙二年二月去世。歷史上稱孝康皇后。另一個就是董鄂妃。《清史稿》說：「年十八入侍，上眷之特厚，寵冠後宮。」死後追封爲皇后，稱爲孝獻皇后，又稱端敬皇后。

鰲拜服藥後神智已失，渾不知背後有人來襲，利器戳到，竟不知閃避。匕首入背，鰲拜張口狂呼，雙手連著鐵銬亂舞。窗外一衆青衣人驚愕異常，便似見到了世上最希奇古怪之事。

# 第七回　古來成敗原關數　天下英雄大可知

韋小寶次晨起身，胸口隱隱作痛，又覺周身乏力，自知是昨晚給海老公打了一掌、踢了一腳之故，支撐著站起，但見胸口一大片血污，便除下長袍，浸到水缸中搓了幾搓，突然之間，袍上碎布片片脫落。他吃了一驚，將袍子提出水缸，只見胸口衣襟上有兩個大洞，一個是手掌之形，一個是腳底之形。他大為驚奇：「這……搞的是甚麼鬼？」一想到「鬼」字，登時全身寒毛直豎。

第一個念頭便是：「老烏龜的鬼魂出現，在我袍子上弄了這兩個洞。」又想：「老烏龜的鬼不知是瞎眼的，還是瞧得見人的？」盲人死了之後，變成的鬼是否仍然眼盲，這念頭在他心中一閃即過，沒再想下去，提著那件袍子怔怔出神，突然間恍然大悟：「不是鬼！昨晚老烏龜在我胸口打了一掌、踢了一腳，這兩個洞是他打出來的。哈哈，老子的武功倒也不錯，只吐了幾口血，也沒甚麼大不了。唉，不知可受了內傷沒有？老烏龜有隻藥箱，看有甚麼傷藥，還是吃一些爲妙。」

海老公既死，他所有的物品，韋小寶自然老實不客氣的都據爲己有，大模大樣的咳嗽一聲，將那口箱子打開，取出藥箱。藥箱中一瓶瓶、一包包的丸散甚多，瓶子上、紙包上也寫得有字，可是他識不了幾個字，又怎分辨得出那一包是傷藥，那一瓶是毒藥？其中有一瓶青底白點瓷瓶所盛的黃色藥粉，卻是怵目驚心，認得是當日化去小桂子屍體的「化屍粉」，只須在屍體傷口中彈上少些，過不多時，整具屍體連著衣服鞋襪，盡數化爲一攤黃水，這瓶藥粉自然碰也不敢碰。再想起只因自己加了藥粉的份量，海老公就此雙目失明，說甚麼也不敢隨便服藥，好在胸口也不甚疼痛，自言自語：「他媽的，老子武功了得，不服藥還不是很好？」

當下合上藥箱，再看箱中其餘物件，都是些舊衣舊書之類，此外有二百多兩銀子。這些銀子他自已毫不重視，別說索額圖答允了要給他四十五萬兩銀子，就是去跟溫有道他們擲擲骰子，幾百兩銀子也就輕而易舉地贏了來。

他在小桂子的衣箱中取出另一件長袍來披上，看到身上那件輕軟的黑色背心，不覺一怔：「老烏龜在我袍上打出兩個大洞，這件衣服怎地半點也沒破？這是從鰲拜藏寶庫中尋出來的，如不是寶衣，鰲拜怎會放在藏寶庫中？」轉念一想：「老烏龜打我不死、踢我不爛，說不定不是韋小寶武功了得，而是靠了鰲拜的寶衣救命。索大哥當日勸我穿上，大有先見之明，而我穿上之後不除下來，先見之明，倒也不小。」

正在自鳴得意，忽聽得外面有人叫道：「桂公公，大喜，大喜！快開門。」韋小寶一面扣衣鈕，一面開門，問道：「甚麼喜事？」

門外站著四名太監，一齊向韋小寶躬身請安，齊聲道：「恭喜桂公公。」韋小寶笑道：「大清早的，這麼客氣幹甚麼啊？」一名四十來歲的太監笑道：「剛才太后頒下懿旨去內務府，海大富海公公得病身亡，尚膳監副總管太監的職司，就由桂公公升任。」另一名太監笑道：「我們沒等內務府大臣轉達恩旨，就巴巴的趕來向你道喜，今後桂公公經管尚膳監，那眞是太好了！」

韋小寶做太監升級，也不覺得有甚麼了不起，但想：「太后升我的級，是叫我對昨晚之事不可洩漏半點風聲。其實就是不升我，老子可也不敢多口，腦袋搬了家，嘴巴一起跟著搬，還能多口嗎？不過太后既然提拔我，總不會再殺我了，倒大可放心。」想到此節，登時眉花眼笑，從海大富的銀兩中取出銀子，每人送了五十兩報信費。

一名太監道：「咱們宮裏，可從來沒一位副總管像你桂公公這般年輕的。宮裏總管太監十四位，副總管太監八位，頂兒尖兒的人物，一古腦兒就只二十二位。本來連三十歲以下的也沒有。桂公公今天一升，明兒就和張副總管、王副總管他們平起平坐，可眞了不起！」另一人道：「大夥兒就只知桂公公在皇上跟前大紅大紫，想不到太后對你也這般看重，只怕不到半年，便升作總管了。以後可得對兄弟們多多提拔！」

韋小寶哈哈大笑，道：「都是自己人、好兄弟，還說甚麼提拔不提拔？那是太后和皇上恩典，老……老……我桂小寶又有甚麼功勞？」他硬生生將「老子」二字嚥入口中，好不辛苦，又道：「來來來，大夥兒到屋中坐坐，喝一杯茶！」

那中年太監道：「太后的恩旨，內務府總得下午才能傳來。大夥兒公請桂公公去喝上一杯，慶賀公公飛黃騰達，快馬連升。桂公公，你現下是五品的官兒，那可不小啊。」其餘三人跟著起鬨，定要拉韋小寶去喝酒。韋小寶雖近日受人奉承已慣，但馬屁之來，畢竟聽著受用，當即鎖上了門，笑嘻嘻的跟著四人去喝酒。

四人之中，兩個是太后身邊的近侍，奉太后之命去內務府傳旨，最先得到消息。其餘二人是尙膳監的太監，一個管採辦糧食，一個管選購菜餚，最是宮中的肥缺。二人一早聽到海大富病死消息，立即守在內務府門外，寸步不離，要知道何人接替海大富的遺缺，立即趕去打點，以便保全職位。四人將韋小寶請到御廚房中，恭恭敬敬的請他坐在中間首席。御廚知道這個小孩兒打從明天起便是自己的頂頭上司，自是打起全副精神，烹調精美菜餚，只怕便是太后和皇帝，平時也吃不到這般好菜。

韋小寶不會喝酒，順口跟他們胡說八道。一名太監嘆道：「海公公為人挺好，可惜身子差了點，又瞎了眼睛，這幾年來雖說管尚膳監的事，但一個月之中，難得有一兩天來御廚房。」另一名太監道：「幸得大夥兒忠心辦事，倒也沒出甚麼岔子。」又一名太監道：「海老公是先帝爺喜歡的老臣子，若不是靠了老主子的舊恩典，尚膳監的差使早派了別人啦。桂公公得皇上和太后寵幸，那可大不相同啦。咱們大樹底下好遮蔭，辦起事來可就方便得多了。」先一人道：「聽說海公公昨天是咳嗽死的。」

韋小寶道：「是啊，海公公咳嗽起來，常常氣也喘不過來。」服侍太后的太監道：「今天清早，御醫李太醫來奏報太后，說海公公患的是癆病入骨，風濕入心，多年老病發作，再也治不好了。生怕癆病傳給人，一早就將他屍體火化了。太后嘆了好一會兒氣，連說：『可惜，可惜！海大富這人，倒是挺老實的！』」

韋小寶又驚又喜，知道侍衛、御醫、太監們都怕擔代干係，將海公公遭殺身亡之事隱瞞不報，正好迎合了太后心意。韋小寶心道：「甚麼癆病入骨，風濕入心？老烏龜尖刀入腹，掌力穿心，那才是眞的。」

喝了一會酒，尚膳監兩名太監漸漸提到，做太監的生活清苦，全仗撈些油水，請韋小寶不可像海公公那麼固執，一切事情要辦得圓通些。韋小寶有些明白，有些不明白，只好唯唯否否，吃完酒後，兩名太監將一個小包塞在他懷裏，回房打開來一看，原來是兩張銀票，每張一千兩。這「一千兩」三字，他倒是認得的，心想：「還沒上任，先收二千，油水倒挺不錯啊！還可以，還可以！」

申牌時分，康熙派人來傳他到上書房，笑容滿面的道：「小桂子，太后說你昨晚又立了大功，要升你的級。」

韋小寶心想：「我早就知道啦！」立即裝出驚喜交集之狀，跪下磕頭，說道：「奴才也沒甚麼功勞，都是太后和皇上的恩典。」

康熙道：「太后說，昨晚有幾名太監在園裏打架，驚吵太后，你過去趕開了，處置得當。你小小年紀，倒識大體。」韋小寶站起身來，說道：「識大體嗎，也不見得。不過我知道，有些事情聽了該當牢牢記住，有些事情應該立刻忘得乾乾淨淨，半點不剩。太監們打架，說的話挺難聽，自然誰也不可多提。」

康熙點點頭，笑吟吟的道：「小桂子，咱二人年紀雖然不大，可得做幾件大事出來，別讓大臣們瞧小了，說咱們不懂事。」韋小寶道：「正是。只要皇上定下妙計，有甚麼事，交給奴才去辦便是。」康熙道：「很好！鰲拜那廝作亂犯上，我雖饒了他不殺，可是這人黨羽衆多，只怕死灰復燃，造起反來，可大大不妙。」韋小寶道：「正是！」

康熙道：「我早知鰲拜這廝倔強，因此沒叫送入刑部天牢囚禁，免得他胡言亂語，一直關在康親王府裏。剛才康親王來奏，說那廝整日大叫大嚷，口出不遜的言語。」說到這裏，放低了聲音，道：「這廝說我用小刀子在他背心上戳了一刀。」

韋小寶道：「那有此事？對付這廝，何必皇上親自動手？這一刀是奴才戳的，奴才去跟康親王說明白好了。」

康熙親自動手暗算鰲拜，此事傳聞開來，頗失爲君的體統，他正爲此發愁，聽韋小寶這般說，心下甚喜，點頭道：「這事由你認了最好。」沉吟片刻，說道：「你去康親王家裏瞧瞧，看那廝幾時才死。」韋小寶道：「是！」康熙道：「我只道他中了一刀，轉眼便死，因此饒了他性命，沒料到這廝如此硬朗，居然能挺著，還在那裏亂說亂話，煽惑人心，早知如此……」言下頗有惜意。

韋小寶揣摸康熙之意，是要自己悄悄將他殺了，便道：「我看他多半挨不過今天。」

康熙傳來四名侍衛，命他們護送韋小寶去康親王府公幹。

韋小寶先回自己住處，取了應用物事，騎了一匹高頭大馬，在四名侍衛前後擁衛之下，向康親王府行去，在街上左顧右盼，得意洋洋。

忽聽得街邊有個漢子道：「聽說擒住大奸臣鰲拜的，是一位十來歲的小公公？」另一人道：「是啊，少年皇帝，身邊得寵的公公，也都是少年。」先一人道：「是不是就是這位小公公？」另一人道：「那我可不知道了。」

一名侍衛要討好韋小寶，大聲道：「擒拿奸臣鰲拜，便是這位桂公公立的大功。」

鰲拜虐殺漢人，殘暴貪賂，衆百姓恨之入骨，一旦遭拿，辦罪抄家，北京城內城外歡聲雷動。小皇帝下旨擒拿之時，鰲拜恃勇拒捕，終於爲一批小太監打倒，這事也已傳得滿城皆知。衆百姓加油添醬，繪聲繪影，各處茶館中的茶客個個說得口沫橫飛，甚麼鰲拜飛腿欲踢皇帝，甚麼幾名小太監個個武功了得，怎樣用「枯藤盤根」式將鰲拜摔倒，鰲拜怎樣「鯉魚打挺」，衆小監怎樣「黑虎偷心」，一招一式，倒似人人親眼目睹一般。

這幾天中，只要有個太監來到市上，立即有一羣閒人圍了上來，打聽擒拿鰲拜的情形。此刻聽得那侍衛說道，這個小太監便是擒拿鰲拜的大功臣，街市之間立即哄動，無數百姓鼓掌喝采。韋小寶一生之中，又怎有過這樣的榮耀，不由得心花怒放，自己心中也當眞成了大英雄。一衆閒人只是礙著兩名手按腰刀的侍衛在前開路，心有所忌，否則早已擁上來圍住韋小寶看個仔細、問個不休了。

五人來到康親王府。康親王聽得皇上派來內使，忙大開中門，迎了出來，擺下香案，準備迎接聖旨。

韋小寶笑道：「王爺，皇上命小人來瞧瞧鰲拜，別的也沒甚麼大事。」

康親王道：「是，是！」他在上書房中見到韋小寶一直陪在康熙身邊，又知他擒拿鰲拜出過大力，忙笑嘻嘻的挽住他手，說道：「桂公公，你難得光臨，咱們先喝兩杯，再去瞧鰲拜那廝。」當即設下筵席。四名侍衛另坐一席，由王府中的武官相陪。康親王自和韋小寶在花園中對酌，問起韋小寶的嗜好。

韋小寶心想：「我如說喜歡賭錢，王爺就會陪我玩骰子，他還一定故意輸給我。贏他的錢，這叫做勝之不武。」便道：「我也沒甚麼喜歡的。」

康親王尋思：「老年人愛錢，中年少年人好色，太監可就不會好色了。這小太監喜歡甚麼，倒難猜得很。這孩子會武功，如送他寶刀寶劍，在宮裏說不定惹出禍來，得擔上好大干係。啊，有了！」笑道：「桂公公，咱們一見如故。我廐中養得有幾匹好馬，請你去挑選幾匹，算是小王送給你的一個小禮如何？」

韋小寶大喜，道：「怎敢領受王爺賞賜？」

康親王道：「自己兄弟，甚麼賞不賞的？來來來，咱們先看了馬，回來再喝酒。」攜著他手同去馬廐。康親王吩咐馬夫，牽幾匹最好的小馬出來。

韋小寶心頭不悅：「爲甚麼叫我挑小馬？你當我是只會騎小馬的孩子嗎？」見馬夫牽了五六匹小駒出來，笑道：「王爺，我身材不高，便愛騎大馬，好顯得不太矮小。」

康親王立時會意，拍腿笑道：「是我胡塗，是我胡塗。」吩咐馬夫：「牽我那匹玉花驄出來，請桂公公瞧瞧。」

那馬夫到內廐之中，牽出一匹高頭大馬，全身白毛，雜著一塊塊淡紅色斑點，昂首揚鬣，神駿非凡。黃金轡頭，黃金踏鐙，馬鞍邊上用銀子鑲的寶石，單是這副馬身配具，便不知要值多少銀子，若非王公親貴，便再有錢的達官富商，也不敢用這等華貴的鞍韉。韋小寶不懂馬匹優劣，但見這馬模樣俊美，鞍韉華麗，忍不住喝采：「好漂亮的馬兒！」

康親王笑道：「這匹馬是西域送來的，是有名的大宛馬，別瞧牠身子高大，年紀可還小得很，只兩歲另幾個月。漂亮的馬兒，該當由漂亮人來騎。桂兄弟，你就選了這匹玉花驄怎樣？」韋小寶道：「這……這是王爺的坐騎，小人如何敢要？王爺另外賞賜一匹尋常的好了。」康親王道：「桂兄弟，你這等見外，那太瞧不起兄弟了。難道你不肯結交我這個朋友？」韋小寶道：「唉，小人在宮中是個……是個低賤之人，怎敢跟王爺交朋友？」

康親王道：「咱們滿洲人爽爽快快，你當我是好朋友，就將我這匹馬騎了去，以後大夥兒不分彼此。否則的話，兄弟可要大大的生氣啦！」說著鬍子一翹，一副氣呼呼的模樣。

韋小寶大喜，便道：「王爺，你……你待小的這樣好，眞不知如何報答才是？」

康親王道：「說甚麼報答不報答的？你肯要這匹馬，算是給我面子。」走過去在馬臀上輕拍數下，道：「玉花，玉花，以後你跟了這位公公去，可得乖乖的。」向韋小寶道：「兄弟，你試著騎騎看。」

韋小寶笑應：「是！」在馬鞍上一拍，飛身而起，上了馬背。他這幾個月武功學下來，拳腳上的眞實功夫沒學到甚麼，縱躍之際，畢竟身子矯捷。

康親王讚道：「好功夫！」牽著馬的馬夫鬆了手，那玉花驄便在馬厩外的沙地上繞圈小跑。韋小寶騎在馬背之上，只覺又快又穩。他絲毫不懂控馬之術，生怕出醜，兜了兩個圈子，便即躍下馬背，那馬便自行站住了。

韋小寶道：「王爺，可眞多謝你厚賜了！小人這就去瞧瞧鰲拜，回來再來陪你。」康親王道：「正是，這是奉旨差遣的大事。小兄弟，請你稟報皇上，說我們看守得很緊，這廝就算身上長了對翅膀，也逃不了。」韋小寶道：「這個自然。」康親王道：「要不要我陪你去？」韋小寶道：「不敢勞動王爺大駕。」

康親王每次見到鰲拜，總給他罵得狗血淋頭，原不想見他，當即派了本府八名衛士，陪同韋小寶去查察欽犯。

八名衛士引著韋小寶走向後花園，來到一座孤另另的石屋之前，屋外十六名衛士手執鋼刀把守，另有兩名衛士首領繞著石屋巡視，確是防守得十分嚴密。衛士首領得知皇上派內使來巡查，率領衆衛士躬身行禮，打開鐵門大鎖，推開鐵門，請韋小寶入內。

石屋內甚是陰暗，走廊之側搭了一座行灶，一名老僕正在煮飯。那衛士首領道：

「這鐵門平時輕易不開，欽犯的飲食就由這人在屋裏煮了，送進囚房。」韋小寶點頭道：「很好！你們王爺想得挺周到。鐵門不開，這欽犯想逃就難得很了。」衛士首領道：「王爺吩咐過的，欽犯倘若要逃，格殺勿論。」

衛士首領引著韋小寶進內，走進一座小堂，便聽得鰲拜的聲音從裏面傳了出來，正在大罵皇帝：「你奶奶的，老子出死入生，立了無數汗馬功勞，給你爺爺、爹爹打下一座花花江山。你這沒出息的小鬼年紀輕輕，便不安好心，在老子背後捅我一刀子。老子做了鬼也不饒你！」

衛士首領皺眉道：「這廝說話無法無天，眞該殺頭才是。」

韋小寶循聲走到一間小房的鐵窗之前，探頭向內張去，只見鰲拜蓬頭散髮，手上腳上都戴了銬鐐，在室中走來走去，鐵鍊在地下拖動，發出鏗鏘之聲。

鰲拜陡然見到韋小寶，叫道：「你……你……你這罪該萬死、沒卵子的小鬼，你進來，你進來，老子扠死你！」雙目圓睁，眼光中如要噴出火來，突然發足向韋小寶疾衝，砰的一聲，身子重重撞在牆上。

雖明知隔著一座厚牆，韋小寶還是一驚，退了兩步，見到他猙獰的形相，不禁害怕。

衛士首領安慰道：「公公別怕，這廝衝不出來。」韋小寶定了定神，見鐵窗上的鐵條極粗，石牆極厚，而鰲拜身上所戴的腳鐐手銬又極沉重，登時精神大振，說道：「又怕他甚麼？你們幾位在外邊等我，皇上吩咐了，有幾句話要我問他。」衆衛士齊聲答應退出。鰲拜兀自在厲聲怒罵。

韋小寶笑道：「鰲少保，皇上吩咐我來瞧瞧你老人家身子好不好。你罵起人來，倒也中氣十足，身子硬朗得很哪，皇上知道了，必定歡喜得緊。」

鰲拜舉起雙手，將鐵銬在鐵窗上撞得噹噹猛響，怒道：「你奶奶的，你這狗娘養的小雜種。你去跟皇帝說，用不著他這麼假心假意，要殺便殺，鰲拜還怕了不成？」

韋小寶見他將鐵窗上粗大的鐵格打得直晃，眞怕他破窗而出，又退了一步，笑道：「皇上可沒這麼容易就殺了你。要你在這裏安安靜靜的住上二三十年，等到心中眞的懊悔了，爬著出去向皇上磕幾百個響頭，皇上念著你從前的功勞，說不定便饒了你，放了你出去。不過大官是沒得做了。」

鰲拜厲聲道：「你叫他快別做這淸秋大夢，要殺鰲拜容易得很，要鰲拜磕頭，卻是千難萬難。」

韋小寶笑道：「咱們走著瞧罷，過得三年五載，皇上忽然記起你的時候，又會派我來瞧瞧你。鰲大人，你身子保重，可千萬別有甚麼傷風咳嗽、頭痛肚痛。」

鰲拜大罵：「痛你媽的王八羔子！小皇帝本來好好地，都是給你們這些狗娘養的漢狗教壞了。老皇爺倘若早聽了我的話，朝廷裏一個漢官也不用，宮裏一隻漢狗也不許進來，那會像今日這般亂七八糟？」

韋小寶不去理他，退到廊下行灶旁，見鍋中冒出蒸氣，揭開鍋蓋，見煮的是一鍋豬肉白菜，說道：「好香哪！」那老僕道：「給犯人吃的，沒甚麼好東西。」韋小寶道：「皇上吩咐我來查察犯人的飲食，可不許餓壞了他。」那老僕道：「好教公公放心，餓不了的。王爺叮囑了，每天要給他吃一斤肉。」韋小寶道：「你舀一碗給我嘗嘗，如虧待了欽犯，我要王爺打你板子。」老僕惶恐道：「是，是！小人不敢虧待了欽犯。」忙取過碗來，盛了一碗豬肉白菜，豬肉特多，雙手恭恭敬敬的遞上，又遞上一雙筷子。

韋小寶接過碗來，喝了一口湯，不置可否，向筷子瞧了瞧，說道：「這筷子太髒，你給我好好的擦洗乾淨。」那老僕忙道：「是，是！」接過筷子，到院子中水缸邊去用力擦洗。

韋小寶轉過身子，取出懷中一包藥末，倒入那碗豬肉白菜，隨即將紙包放回懷裏，將菜碗晃動幾下，藥末都溶入了湯裏。他知康熙要殺鰲拜，卻要做得絲毫不露痕跡，從上書房中出來時便有了主意，回到住處，從海老公的藥箱中取出十來種藥末，也不管有毒無毒，胡亂混在一起，包了一包，心想這十幾種藥粉之中，必有兩三種是毒藥，給他服了下去，定然死多活少。

那老僕擦完筷子，恭恭敬敬的遞過。韋小寶接過筷子，在鰲拜那碗豬肉中不住攪拌，說道：「嗯，豬肉倒也不少。平時都這麼多嗎？我瞧你很會偷食！」那老僕道：「每餐都有不少豬肉，小人不敢偷食的。」心下詫異：「這位小公公怎麼知道我偷犯人的肉吃，可有點希奇！」

韋小寶道：「好，你送去給犯人吃罷。」那老僕道：「是，是！」又裝了三大碗白飯，連同那大碗白菜豬肉，裝在盤裏，捧去給鰲拜。

韋小寶提著筷子在鍋邊輕輕敲擊，心下甚是得意，尋思：「鰲拜這廝吃了我這碗加料大補的豬肉白菜，若不七孔流血，也得……也得八孔流血而死。」他本來想另說一句成語，但肚中實在有限，只好在「七孔流血」之下，再加上一孔。

他放下碗筷，踱出門去，和守門的衛士們閒談了片刻，心想這當兒鰲拜多半已將一碗豬肉吃了個碗底朝天，向衛士首領道：「咱們再進去瞧瞧！」衛士首領應道：「是！」

兩人剛走進門，忽聽得門外兩人齊聲吆喝：「甚麼人？站住了！」跟著颼颼兩響射箭之聲。那衛士首領吃了一驚，忙道：「公公，我去瞧瞧。」急奔出門。韋小寶跟著出去，只聽錚錚之聲大作，十來名青衣漢子手執兵刃，已和衆衛士動上了手。韋小寶大驚：「啊喲，鰲拜的手下人來救他了。」

那衛士首領拔劍指揮，只吆喝得數聲，一男一女分從左右夾擊而上。護送韋小寶的四名御前侍衛便在左近，聞聲來援，加入戰團。那些青衣漢子武功甚強，霎時間已有兩名王府衛士屍橫就地。

韋小寶縮身進了石屋，忙將門關上，正要取門閂支撐，突然迎面一股大力湧到，將他推得向後跌出丈餘，四名青衣漢子衝進石屋，大叫：「鰲拜在那裏？鰲拜在那裏？」一名長鬚老者一把抓起韋小寶，問道：「鰲拜關在那裏？」韋小寶向外一指，說道：「關在外邊的地牢裏。」兩名青衣人便向外奔出。外邊又有四名青衣人奔了進來，疾向後院竄去，突然有人叫道：「在這裏了！」長鬚老者大怒，舉刀向韋小寶砍落。韋小寶急閃避開。旁邊一名青衣人提腿在他屁股上一腳，只踢得韋小寶飛出丈許，摔入後院。

六名青衣人齊去撞擊囚室鐵門。鐵門甚牢，頃刻間卻怎撞得開？只聽得外面鑼聲鏜鏜急響，王府中已發出警號。一名青衣人叫道：「須得趕快！」長鬚老者道：「廢話，誰不知道要快？」一名青衣漢子見一時撞不開鐵門，提起手中鋼鞭去撬窗上鐵條，撬得幾下，兩根鐵條便彎了。這時又有三名青衣漢子奔了進來。囚室外地形狹窄，九個人擠在一起，施展不開手腳。

韋小寶悄悄在地下爬出去，沒爬得幾步，便給人發覺，挺劍向他背心上刺到。韋小寶向左閃讓，那人長劍橫掠，嗤的一聲，在他背心長袍上拉了條口子。韋小寶幸得有寶衣護身，這一劍沒傷到皮肉，驚惶下躍起身來，斜刺衝出。另一名青衣漢子罵道：「小鬼！」舉刀便砍。韋小寶一躍而起，見出路給人擋住，便抓住囚室窗上的鐵條，身子臨空懸掛。使鋼鞭的青衣漢子正在撬挖鐵條，見韋小寶阻在窗口，揮鞭擊落。

韋小寶無路可退，雙腳穿入兩條鐵條之間。兩根鐵條已給撬得彎了，他身子瘦小，竟從空隙間穿過，一鬆手，已鑽入了囚室。噹的一聲響，鋼鞭擊上了鐵條。

外邊的青衣漢子紛紛呼喝：「我來鑽，我來鑽。」那使鋼鞭的漢子探頭欲從空隙中鑽進。可是十三四歲的韋小寶鑽得過，這漢子身材肥壯，卻那裏鑽得進？

韋小寶從靴筒中拔出匕首，暗叫：「救兵快來，救兵快來！」耳聽得外面銅鑼聲、呼喝聲、兵刃撞擊聲響成一團。突然間呼的一聲，一股勁風當頭壓落。韋小寶一個打滾，滾出數尺。只聽得嗆啷啷一聲大響，臉上泥沙濺得發痛，他不暇回顧，急躍而起。只見鰲拜雙手舞動鐵鍊，嗬嗬大叫，亂縱亂躍，這時那使鋼鞭的青衣漢子正從窗格中鑽進來，鰲拜連手銬帶鐵鍊往他頭上猛力擊下，這青衣漢子登時腦漿迸裂而死。

韋小寶驚奇不已：「他怎麼將來救他的人打死了？」隨即明白：「啊喲，他吃了我的加料肉湯，雖然中毒，卻不是翹辮子去見閻羅皇，而是發了瘋！」

窗外眾漢子大聲呼喝，鰲拜舉起手銬鐵鍊，往鐵窗上猛擊。韋小寶心想：「他如回身打我，老子可得歸天！」慌亂下不及細想，提起匕首，猛力向鰲拜後心戳去。

鰲拜服藥後神智已失，渾不知背後有人來襲，利器戳到，他竟不知閃避，波的一聲，匕首直刺入背。鰲拜張口狂呼，雙手連著鐵銬亂舞。韋小寶順勢往下一拖，那匕首削鐵如泥，直切了下去，鰲拜的背脊一剖爲二，立即摔倒。

窗外一衆青衣人霎時之間人人驚愕異常，便似見到了世上最希奇古怪之事。三四人同時大叫：「這小孩殺了鰲拜！這小孩殺了鰲拜！」

那長鬚人道：「撬開鐵窗，進去瞧明白了，是否眞是鰲拜？」當下便有二人拾起鋼鞭，用力扳撬窗上鐵條。兩名王府衛士衝進室來，長鬚人揮動彎刀，一一砍死。一名青衣漢子提起短槍，隔窗向韋小寶不住虛刺，令他沒法走近窗格傷人。

過不多時，鐵條的空隙擴大，一個青衣瘦子說道：「待我進去！」從鐵條空隙間跳進囚室。韋小寶舉匕首向他刺去。那瘦子舉刀一擋，嗤的一聲響，單刀斷爲兩截。那瘦子一驚，手中斷刀向韋小寶擲出。韋小寶低頭閃避，雙手手腕已給那瘦子抓住，順勢反到背後。另一個青衣漢子舉刀架在他頸中，喝道：「不許動！」

窗上的鐵條又撬開了兩根，長鬚人和一名身穿青衣的禿子鑽進囚室，抓住鰲拜的辮子，提起頭來一看，齊聲道：「果是鰲拜！」長鬚人想將屍首推出窗外，但銬鐐上的鐵鍊牢牢釘入石牆，一時沒法弄斷。那瘦子拿起韋小寶的匕首，嗤嗤嗤嗤四聲響，將連在鰲拜屍身上的鐵鍊都割斷了。長鬚人讚道：「好刀！」將屍身從窗格中推出，外邊的青衣漢子拉了出去。那瘦子將韋小寶推出，餘下三人也都鑽出囚室。

長鬚人號令：「帶了這孩子走！大夥兒退兵！」衆人齊聲答應，向外衝出。一名青衣大漢將韋小寶挾在脅下，衝出石屋。只聽得颼颼聲響，箭如飛蝗般射來。王府中二十餘名衛士不住放箭，康親王提刀親自督戰。

衆青衣人爲箭所阻，衝不出去。抱著鰲拜屍首的是個道士，叫道：「跟我來！」舉起屍身擋在身前。康親王見到鰲拜，不知他已死，又見韋小寶爲刺客拿住，大叫：「停箭！別傷了桂公公！」韋小寶心想：「康親王倒有良心，老子會記得你的！」

王府弓箭手登時停箭。那些青衣漢子高聲吶喊，衝出石屋。那長鬚人手一揮，四名漢子疾向康親王衝去。衆衛士大驚，顧不得追敵，都來保護王爺，豈知這是那長鬚人聲東擊西之計，餘人乘隙躍上圍牆，逃出王府。攻擊康親王的四名漢子輕功甚佳，並不與衆衛士交手，東一竄、西一縱，似乎伺機要殺康親王，待得同伴盡數出了王府，四人幾聲呼嘯，躍上圍牆，連連揮手，十餘件暗器紛向康親王射去。衆衛士連聲驚呼，揮兵刃砸打暗器，但還是有一枝鋼鏢打中了康親王左臂。這麼一陣亂，四名青衣漢子又都出了王府。

韋小寶給一條大漢挾在脅下飛奔，但聽得街道上蹄聲如雷，有人大叫：「康親王府中有刺客！」正是大隊官軍到來增援。

一衆青衣漢子奔入王府旁的一間民房，閂上了大門，又從後門奔出，顯然這些人幹事之前，早就把地形察看明白，預備了退路。在小巷中奔行一程，又進了一間民房，仍從後門奔出，轉了幾個彎，奔入一座大宅。

各人立即除下身上青衣，迅速換上各種破爛衣衫，頃刻間都扮成了鄉農模樣，挑柴的挑柴，挑菜的挑菜。一名漢子用麻繩牢牢綁住韋小寶。兩名漢子推過一輛木車，車上有兩隻大木桶，將鰲拜的屍身和韋小寶分別裝入桶中。韋小寶心中只罵得一句：「他媽的！」頭上便有無數棗子倒下來，將他蓋沒，桶蓋蓋上，甚麼也瞧不見了。

跟著身子晃動，料想木車推出了大門。棗子之間雖有空隙，不致窒息，卻也呼吸困難。韋小寶驚魂略定，心想：「這些鰲拜的家將部屬把老子拿了去，勢必要挖出老子的心肝來祭鰲拜。最好是途中遇上官兵，老子用力一滾，木桶翻倒，便露出了馬腳。」可是四肢給緊緊綁住，那裏動得分毫？木桶外隱隱傳來轔轔車聲，身子顛簸不已，行了良久，又那裏遇到官兵了？韋小寶咒罵一陣，害怕一陣，忽然張口咬了一枚棗子來吃，倒也肥大香甜，吃得幾枚，驚懼之餘，極其疲倦，過不多時，竟爾沉沉睡去。

一覺醒來，車子仍然在動，只覺全身酸痛，想要轉動一下身子，仍半分動彈不得，心想：「老子這次定然逃不過難關了，待會只好大罵一場，出一口心中惡氣，再過二十年，又是一條好漢。」又想：「幸虧我已將鰲拜殺了，否則這廝讓這批狗賊救了出去，老子又給他們拿住，一樣的難以活命，死得可不夠本。鰲拜是朝廷大官，韋小寶只不過是麗春院的一個小鬼，一命換一命，老子便宜之極，哈哈，大大便宜！」既沒法逃命，只好自己如此寬解，雖說便宜之極，心中卻也沒半點高興。

過了一會，便又睡著了，這一覺睡得甚久，醒來時發覺車子所行地面平滑，行得一會，車子停住，卻沒人放他出來，讓他留在棗子桶中。

過了大半天，韋小寶氣悶之極，又要矇矓睡去，忽聽得豁喇一響，桶蓋打開，有人捧出他頭頂的棗子。韋小寶深深吸了口氣，大感舒暢，睜開眼來，只見黑沉沉地，頭頂略有微光。有人雙手入桶，將他提起，橫抱在手臂之中，旁邊有人提著一盞燈籠，原來已是夜晚。韋小寶見抱著他的是個神色肅穆的老者，處身所在是一個極大的院子。

那老者抱著韋小寶走向後堂，提著燈籠的漢子推開長窗。韋小寶暗叫一聲：「苦也！」不知高低，但見一座極大的大廳之中，黑壓壓的站滿了人，少說也有二百多人。這些人一色青衣，頭纏白布，腰繫白帶，都戴了喪，臉含悲憤哀痛之色。大廳正中設著靈堂，桌上點燃著八根極粗的藍色蠟燭。靈堂旁掛著幾條白布輓聯，豎著招魂幡子。韋小寶在揚州之時，每逢大戶人家有喪事，總是去湊熱鬧，討賞錢，乘人忙亂不覺，就順手牽羊，拿些器皿藏入懷中，到市上賣了，便去賭錢，因此靈堂的陳設看得慣了，一見便知。

他在棗桶中時，早料到會遭剖心開膛，去祭鰲拜，此刻事到臨頭，還是嚇得全身皆酥，牙齒打戰，格格作響。那老者將他放下，左手抓住他肩頭，右手割斷了綁住他手足的麻繩。韋小寶雙足酸軟，沒法站定。那老者伸手到他右脅之下扶住。

韋小寶見廳上這些人顯然都有武功，自己只怕一個也打不過，要逃走那是千難萬難，但左右是個死，好在綁縛已解，總得試試，最不濟逃不了，給抓了回來，一樣的開心剖膛，難道還能多開一次，多剖一回？反正人已死了，也不會再痛。

他偷眼瞧廳上衆人，見各人身上都掛揷刀劍兵刃。一名中年漢子走到靈座之側，說道：「今日大……大仇得報，大……大哥你可以眼閉……眼閉了。」一句話沒說完，已泣不成聲。他一翻身，撲倒在靈前，放聲大哭。廳上衆人跟著都號啕大哭。

韋小寶心道：「辣塊媽媽，老子來罵幾句。」但立即轉念：「我開口一罵，這些烏龜王八蛋馬上向老子動手，可逃不了啦。」斜眼見托著自己的老者正自伸衣袖拭淚，便想轉身就逃，但身後站滿了人，只須逃出一步，立時便給人抓住，心想時機未到，不可鹵莽。

人叢中一個蒼老的聲音喝道：「上祭！」一名上身赤裸、頭纏白布的雄壯大漢大踏步走上前來，手托木盤，高舉過頂，盤中鋪著一塊紅布，紅布上赫然放著一個血肉模糊的人頭。韋小寶險些兒暈去，心想：「辣塊媽媽，這些王八蛋要來割老子的頭了。」又想：「這是誰的頭？是康親王嗎？還是索額圖的？不會是小皇帝的罷？」木盤舉得甚高，看不見首級面容。那大漢將木盤放在供桌上，撲地拜倒。大廳上哭聲又振，衆人紛紛跪拜。

韋小寶心道：「他媽的，此時不走，更待何時？」轉身正欲奔跑，那老者拉拉他衣袖，輕輕在他背上一推。韋小寶四肢綁縛解開不久，血脈尙未行開，腿上沒半點氣力，給他一推之下，立即跪倒，見衆人都在磕頭，只好跟著磕頭，心中大罵：「賊鰲拜，烏龜鰲拜。老子一刀戳死了你，到得陰間，老子又再來戳你幾刀！」

有些漢子拜畢站起身來，有些兀自伏地大哭。韋小寶心想：「男子漢大丈夫，這般大哭也不怕羞？鰲拜這王八蛋有甚麼好，死了有甚麼可惜？又用得著你們這般大流馬尿？」

衆人哭了一陣，一個高高瘦瘦的老者走到靈座之側，朗聲道：「各位兄弟，尹香主的大仇已報，鰲拜這廝終於殺頭，實是咱們天地會青木堂的天大喜事……」

韋小寶聽到「鰲拜這廝終於殺頭」八個字，耳中嗡的一聲，又驚又喜，一個念頭閃電似的鑽入腦中：「他們不是鰲拜的部屬，反是鰲拜的仇人？」那高瘦老者下面的十幾句話，韋小寶全然聽而不聞，過了好一會，定下神來，才慢慢將他說話聽入心中，但中間已然漏了一大截，只聽他說道：「……今日咱們大鬧康親王府，殺了鰲拜，全師而歸，韃子勢必喪膽，於本會反淸復明的大業，實有大大好處。本會各堂的兄弟們知道了，一定佩服咱們青木堂有智有勇，敢作敢爲。」

衆漢子紛紛說道：「正是，正是！」「咱們青木堂這次可大大的露了臉。」「蓮花堂、赤火堂他們老是自吹自擂，可那有青木堂這次幹得驚天動地！」「這件事傳遍天下，只怕到處茶館中都要編成了故事來唱。將來把韃子逐出關外，天地會青木堂名垂不朽！」「甚麼把韃子逐出關外？要將衆韃子斬盡殺絕，個個死無葬身之地。」

衆人你一言，我一語，似乎精神大振，適才的悲戚之情，頃刻間一掃而空。

韋小寶聽到這裏，更無懷疑，知道這批人是反對朝廷的志士。他在遇到茅十八之前，在揚州街坊市井之間，便常聽人說起天地會反淸的種種俠義事跡。當年淸兵攻入揚州，大肆屠殺，奸淫擄掠，無惡不作，所謂「揚州十日，嘉定三屠」，委實慘不堪言。揚州城中幾乎每一家人家，都有人在這場大屠殺中遭難。因之對反淸義士的欽佩，揚州人比之別地人氏又多了幾分。其時離「揚州十日」的慘事不過二十幾年，韋小寶從小便聽人不斷說起淸軍的惡行，又聽人說史閣部如何抗敵殉難，某人又如何和敵兵同歸於盡。這次茅十八和衆鹽梟在麗春院中打架，便是爲了強行替天地會出頭而起，一路上聽他說了不少天地會的英雄事蹟，又有甚麼「爲人不識陳近南，就稱英雄也枉然」等等言語，心中早已萬分嚮往仰慕，這時親眼見到這一大羣以殺胡虜爲己任的英雄豪傑，不由得大爲興奮，一時竟忘了自己是胡虜朝廷中「小太監」的身分。

那高瘦老者待人聲稍靜，續道：「咱青木堂這兩年中，時時刻刻記著尹香主尹大哥的大仇，人人在萬雲龍大哥靈前瀝血爲誓，定要殺了鰲拜這廝爲尹大哥報仇。尹香主當時慷慨就義，江湖上人人欽仰，今日他在天之靈，見到了鰲拜這狗頭，定會仰天大笑。」

眾人都道：「正是，正是！」

人叢中一個雄壯的聲音道：「兩年前大夥兒立誓，若殺不得鰲拜，我青木堂人人都是狗熊灰孫子，再也沒臉在江湖上行走。今日終於雪了這場奇恥大辱。我姓樊的這兩年來飯也吃不飽、覺也睡不好，日思夜想，就是打算怎生爲尹香主報仇，爲青木堂雪恥，大夥兒終於心願得償，哈哈，哈哈！」許多人都跟著他大笑。

那高瘦老者說道：「好，我青木堂重振雄風，大夥揚眉吐氣，重新抬起頭做人。這兩年來，青木堂兄弟們個個都似無主孤魂一般，在天地會中聚會，別堂的兄弟只消瞧我一眼，冷笑一聲，我就慚愧得無地自容，對會中的大事小事，不敢插嘴說一句話。雖然總舵主幾次傳了話來開導咱們，說道爲尹香主報仇，是天地會全體兄弟的事，決不是青木堂一堂的事。可是別堂兄弟們卻不這麼想啊。自今而後，那可大不相同了！」

另一人道：「對，對，李大哥說得對，咱們乘此機會，一鼓作氣，轟轟烈烈的再幹他幾件大事。鰲拜這惡賊號稱『滿洲第一勇士』，今日死在咱們手下，那些滿洲第二勇士、第三勇士、第四勇士，自然個個怕得要死了！」

眾人一聽，又都轟然大笑。

韋小寶心想：「你們一會兒哭，一會兒笑，倒像小孩兒一般。」

人叢中忽然有個冷冷的聲音說道：「是我們青木堂殺了鰲拜麼？」

眾人一聽此言，立時靜了下來，大廳中聚著二百來人，片刻之間鴉雀無聲。

過了良久，一人聲音粗壯，說道：「殺死鰲拜的雖另有其人，但那也是咱們青木堂攻入康親王府之後，那人乘著混亂，才將鰲拜殺死。」先前那人又冷冷的道：「原來如此。」那聲音粗壯之人大聲道：「祁老三，你說這話是甚麼意思？」

那祁老三仍然冷言冷語：「我又有甚麼意思了？沒有意思，一點也沒有意思！只不過別堂中兄弟倘若說道：『這番青木堂可眞威風啦！但不知殺死鰲拜的，是貴堂中那一位兄弟？』這句話問了出來，只怕有些兄難以回答。大家不妨想想，這句話人家會不會問？只怕一千個人中，倒有九百九十九個要問罷！大夥兒自吹自擂，儘往自己臉上貼金，未免……未免有點……嘿嘿，大夥兒肚裏明白！」

眾人盡皆默然，都覺他說話刺耳，聽來極不受用，但這番話卻確是實情，難以辯駁。

過了好一會，那高瘦老者道：「這個清宮中的小太監陰錯陽差，殺了鰲拜，那自是尹香主在天之靈暗中祐護，假手於一個小孩兒，除此大奸。大家都是鐵錚錚的男子漢，也不能抹著良心說假話。」眾人面面相覷，有的不禁搖頭，本來興高采烈，但想到殺死鰲拜的並非青木堂兄弟，而是個清宮太監，登時都感大爲掃興。

那高瘦老者道：「這兩年來，本堂無主，大夥兒推兄弟暫代執掌香主的職司。現下尹香主的大仇已報，兄弟將令牌交在尹香主靈前，請眾兄弟另選賢能。」說著在靈座前跪倒，雙手拿著一塊木牌，拜了幾拜，站起身來，將令牌放在靈位之前。

一人說道：「李大哥，這兩年之中，你將會務處理得井井有條，這香主之位，除了你之外，又有誰能配當？你也不用客氣啦，乘早將令牌收起來罷！」

衆人默然半晌。另一人道：「這香主之職，可並不是憑著咱們自己的意思，要誰來當就由誰當。那是總舵委派下來的。」

先一人道：「規矩雖是如此，但歷來慣例，每一堂商定之後報了上去，上頭從來沒駁回過，所謂委派，也不過是例行公事而已。」

另一人道：「據兄弟所知，各堂的新香主，向來都由舊香主推薦。舊香主或者年老，或者有病，又或臨終之時留下遺言，從本堂兄弟中挑出一人接替，可就從來沒有自行推選的規矩。」

先一人道：「尹香主不幸爲鰲拜所害，那有甚麼遺言留下？賈老六，這件事你又不是不知，又幹麼在這裏挑眼了？我明白你的用意，你反對李大哥當本堂香主，乃是心懷不軌，另有圖謀。」

韋小寶聽到「賈老六」三字，心下一凜，記得揚州衆鹽梟所要找的就是此人，轉頭向他瞧去，果見他頭頂光禿禿地，一根小辮子上沒賸下幾根頭髮，臉上有個大刀疤。

那賈老六怒道：「我又心懷甚麼不軌，另有甚麼圖謀了？崔瞎子，你話說得清楚些，可別含血噴人。」

那姓崔之人少了一隻左目，大聲道：「哼，打開天窗說亮話，青木堂中，又有誰不知你想捧你姊夫關夫子當香主。關夫子做了香主，你便是國舅老爺，那還不是大權在手，要風得風、要雨得雨嗎？」

賈老六大聲道：「關夫子是我姊夫，那是另一回事。這次攻入康王府，是關夫子率領的，終於大功告成，奏凱而歸，憑著我姊夫的才幹，他不能當香主嗎？李大哥資格老，人緣好，我並不反對他。不過講到本事，畢竟還是關夫子行些。」

崔瞎子突然縱聲大笑，笑聲中充滿了輕蔑之意。賈老六怒道：「你笑甚麼？難道我的話說錯了？」崔瞎子笑道：「沒有錯，咱們賈六哥的話怎麼會錯？我只覺得關夫子的本事太也厲害了些。五關是過了，六將卻沒斬，老蔡陽更加沒殺。事到臨頭，卻將一個大仇人鰲拜，讓人家小孩兒一刀殺了。」

突然人叢中走出一人，滿臉怒容在靈座前一站，韋小寶認得他便是率領眾人攻入康親王府的那長鬚人。他一部長鬚飄在胸前，模樣威嚴。原來此人姓關，名叫安基，因鬍子生得神氣，又是姓關，人家便都叫他關夫子。他雙目瞪著崔瞎子，粗聲說道：「崔兄弟，你跟賈老六鬥口，說甚麼都可以，我姓關的可沒得罪你。大家好兄弟，在萬雲龍大哥靈前賭過咒，罰過誓來，說甚麼同生共死，你這般損我，是甚麼意思？」

崔瞎子心下有些害怕，退了一步，說道：「我……我可沒敢損你。」頓了一頓，又道：「關二哥，你……你如贊成推舉李大哥作本堂香主，那麼……那麼做兄弟的給你磕頭賠罪，算是我說錯了話。」

關安基鐵青著臉，說道：「磕頭賠罪，那怎麼敢當？本堂的香主由誰來當，姓關的可不配說這句話。崔兄弟，你也還沒當上天地會的總舵主，青木堂的香主是誰，還輪不到你來說話。」

崔瞎子又退了一步，大聲道：「關二哥，你這話不也明擺著損人嗎？我崔瞎子是甚麼腳色，便再投十八次胎，也挨不上當天地會的總舵主。我只是說，李力世李大哥德高望重，本堂之中，再也沒那一位像李大哥那樣，教人打從心窩裏佩服出來。本堂的香主若不是請李大哥當，只怕十之八九的兄弟們都會不服。」

人叢中有一人道：「崔瞎子，你又不是本堂十之八九的兄弟，怎知十之八九的兄弟們心中不服？我看啊，李大哥人是挺好的，大夥兒跟他老人家喝喝酒、聊聊天、晒晒太陽，那再好不過了。可是說到做本堂香主，只怕十之八九的兄弟們心中大大的不以爲然。」

又一人道：「我說呢，張兄弟的話對得不能再對。德高望重又怎麼樣？咱們天地會是反淸復明，又不是學孔夫子，講甚麼仁義道德。德高望重，就能將韃子嚇跑嗎？要找德高望重之人，私塾中整天『詩云子曰』的老秀才可多得很。」衆人一聽，都笑了起來。

一名道人道：「依你之見，該當由誰來當本堂香主？」那人道：「第一、咱們天地會幹的是反清復明大事。第二、咱們青木堂要在天地會各堂之中出人頭地，幹得有聲有色。衆兄弟中那一個最有才幹，最有本事，大夥兒便推他爲香主。」那道人道：「最有才幹、最有本事，依貧道看來，還是以李大哥爲第一。」

人叢中數十人都大聲叫嚷起來：「我們推關夫子！李大哥的本事怎及得上關夫子？」

那道人道：「關夫子做事有股衝勁，這是大家都佩服的……」許多人叫了起來：「是啊！那還有甚麼說的？」那道人雙手亂搖，叫道：「且慢，且慢，聽我說完。不過關夫子脾氣暴躁，動不動就發火罵人。他眼下在本堂中不過是一個尋常兄弟，大夥兒見到他，心中已先怕了三分。他一做香主，只怕誰也沒一天安穩的日子過。」一人道：「關夫子脾氣近來好得多了。他一做香主，只會更好。」

那道士搖頭道：「江山易改，本性難移。關夫子的脾氣，是幾十年生成的，就算按捺得住一時，又怎能按捺得一年半載？青木堂香主是終身之事，不可由於一個人的脾氣不好，鬧得弟兄們失和。大家人心渙散，不免誤了大事。」

賈老六道：「玄貞道長，我瞧你的脾氣，也不見得有甚麼高明。」

那道人道號玄貞，聽他這麼說，哈哈一笑，說道：「正是各人之事自家知，貧道脾氣不好，得罪人多，所以儘量少開口。不過推選香主，乃本堂大事，貧道忍不住要說幾句了。貧道脾氣不好，不做香主，並不礙事。那一位兄弟瞧著不順眼，不來跟我說話，也就罷了，遠而避之，也就是了。但如貧道做了香主，豈能不理不睬，遠而避之？」

賈老六道：「又沒人推你做香主，爲甚麼要你出來東拉西扯？」

玄貞勃然大怒，厲聲道：「賈老六，江湖上朋友見到貧道之時，多尊稱一聲道長，便是總舵主，也是客客氣氣。那有似你這般無禮的。你……你狗仗人勢，想欺侮到我玄貞頭上，可沒那麼容易！我明明白白跟你說，關夫子要當本堂香主，我玄貞第一個不贊成！他要當這香主，第一就須辦到一件事。這件事要是辦到了，貧道說不定就不反對。」

賈老六聽他說「狗仗人勢」，心下本已十分生氣，只是一來玄貞道人武功高強，他當眞動了怒，可也眞不敢和他頂撞；二來這道人在江湖上名頭甚響，總舵主對他客氣，確也不假。自己要擁姊夫做本堂香主，此人如一力作梗，實是一個極大的障礙。聽他說只要姊夫辦到一件事，便不反對他做香主，心下一喜，問道：「那是甚麼事？你倒說來聽聽。」

玄貞道人道：「關夫子第一件要辦的大事，便須和『十足眞金』賈金刀離婚！」

此言一出，衆人登時鬨堂大笑，原來玄貞道人所說的「十足眞金」賈金刀，便是關夫子的妻室、賈老六的嫡親姊姊。她手使兩把金刀，人家和她說笑，常故意詢問：「關嫂子，你這兩口金刀，到底是眞金還是假金？」她一定鄭重其事的道：「十足眞金，十足眞金！那有假的？」因此上得了個「十足眞金」的外號。玄貞道人要關夫子和妻子離婚，豈不是擺明了要賈老六的好看？其實「十足眞金」賈金刀爲人心直口快，倒是個好人。她兄弟賈老六人也不壞，只是把姊夫抬得太高，關夫子又脾氣暴躁，得罪人多，大家背後不免閒話甚多。

關安基手一伸，砰的一聲，在桌上重重一拍，喝道：「玄貞道長，你說甚麼話來？我當不當香主，有甚麼相干，你幹甚麼提到我老婆？」

玄貞道人還未答話，人叢中一人冷冷的道：「關夫子，尹香主可沒得罪你，你拍他的靈座幹甚麼？」原來關安基適才一拍，卻是拍在靈座之上。

關安基心中一驚，他人雖暴躁，倒機靈得很，大聲道：「是兄弟錯了！」在靈位之前跪倒，拜了幾拜，說道：「尹大哥，做兄弟的盛怒之下，在你靈枱上拍了一掌，實在是兄弟的不是，請你老人家在天之靈，不可見怪。」說著砰砰砰的叩了幾個響頭。餘人見他如此，也就不再追究。

崔瞎子道：「大家瞧！關夫子光明磊落，人是條漢子，就是脾氣暴躁，沉不住氣。他做錯了事，即刻認錯，那當然很好。可是倘若當了香主，一件事做錯了，往往干係極大，就算認錯，又有甚麼用？」

關安基本來聲勢洶洶，質問玄貞道人爲何提及他妻子「十足眞金」賈金刀，但盛怒之下，在尹香主靈枱上拍了一掌，爲人所責，雖然立即向尹香主靈位磕頭，衆兄弟不再追究，氣勢終於餒了，一時不便再和玄貞道人理論。玄貞也就乘機收篷，笑道：「關夫子，你我自己兄弟，一同出死入生，共過無數患難，犯不著爲了一時口舌之爭，失了兄弟間的和氣。剛才貧道說的笑話，請你包涵，回家別跟賈金刀嫂子說起，否則她來揪貧道鬍子，可不是玩的。」衆人又都笑了起來。關安基對這道人本有三分忌憚，只好付之一笑。

衆人你一言，我一語，有的說李大哥好，有的說關夫子好，始終難有定議。

忽有一人放聲大哭，一面哭，一面說道：「尹香主啊尹香主，你在世之日，我青木堂中何等和睦，衆兄弟眞如至親骨肉一般，同心協力，幹那反淸復明的大事。不幸你爲鰲拜這奸賊所害，我青木堂中，再沒第二人能如你這般，旣有人緣，又有本事。尹香主啊，除非你死而復生，否則我青木堂只怕要互相紛爭不休，成爲一盤散沙，再也不能如你在世之時那般興旺了。」衆人聽到他這等說，許多人忍不住又都流起淚來。

有一人道：「李大哥有李大哥的好處，關夫子有關夫子的好處，兩位都是自己好兄弟，可不能爲了推舉香主之事，大夥兒不和。依我之見，不如請尹香主在天之靈決定。咱們寫了李大哥和關夫子的名字，大夥兒向尹香主靈位磕頭，然後拈鬮決定，最是公平不過。」許多人隨聲附和。

賈老六大聲道：「這法兒不好。」有人道：「怎麼不好？」賈老六道：「拈鬮由誰來拈？」那人道：「大夥兒推舉一位兄弟來拈便是了。」賈老六道：「只怕人有私心，生了弊端。」崔瞎子怒道：「在尹香主靈前，誰有這樣大的膽子，敢作弊欺瞞尹香主在天之靈？」賈老六道：「人心難測，不可不防。」崔瞎子罵道：「操你奶奶的，除非是你想作弊。」賈老六怒道：「你這小子罵誰？」崔瞎子怒道：「是我罵了你這小子，卻又怎麼？」賈老六道：「我忍耐已久，你罵我奶奶，那可無論如何不能忍了。」唰的一聲，拔出了鋼刀，左手指著他喝道：「崔瞎子，咱哥兒到外面院子中去比劃比劃。」

崔瞎子慢慢拔出了刀，道：「這是你叫陣，我被迫應戰。關夫子，你親耳聽到的。」關安基道：「大家兄弟，不可爲這件事動刀子。崔兄弟，你罵我舅子，那是你不對。」崔瞎子道：「我早知你要分派我的不是。你還沒做香主，已是這樣，若是做了，那還了得？」關安基怒道：「難道你罵人祖宗，那就對了？你操我小舅子的奶奶，我小舅子的奶奶，就是我老婆的奶奶，那你算是我的長輩嗎？」

衆人忍不住大笑，一時大堂之中，亂成一團。賈老六見姊夫爲他出頭，更是氣盛，提了刀便要往庭中闖去，卻有人伸手攔住，勸道：「賈老六，你想你姊夫當香主，可不能得罪人太多，遇到了事，須得讓人一步。」崔瞎子慢慢收刀入鞘，說道：「我也不是怕了你，只不過大家義氣爲重，自己兄弟，不能動刀子拚命。總而言之，關夫子要當香主，我姓崔的說甚麼也不能贊成。關夫子的氣還好受，賈老六的氣卻受不了。閻王好見，小鬼難當！」

韋小寶站在一旁，聽衆人你一言我一語的爭執不休，有的人粗口詈罵，又有人要動刀子打架，冷眼旁觀，頗覺有趣。初時他以爲這些人是鰲拜的部屬，不免要殺了自己祭奠鰲拜，待知這些人恨極了鰲拜，心中登如一塊大石落地，可是聽得他們口口聲聲的說甚麼「反清復明」，又躭心起來：「他們自然認定我是清宮裏的小太監，不論如何辯白，他們定然不信。待得香主選定之後，第一件事就會來殺了我。那不是反清復明嗎？眼前的『清人』，除了老子之外，又怎有旁人？再說，我在這裏，把他們的甚麼秘密都聽了去，就算不殺我滅口，也必將我關了起來，永世不得超生。老子這還是溜之大吉的爲妙。」慢慢一步一步的退到門邊，只盼廳中情勢再亂，便逃了出去。

只聽得一人說道：「拈鬮之事，太也玄了，有點兒近乎兒戲。我說呢，還是請李大哥和關夫子以武功來決勝敗，拳腳也好，兵刃也好，點到爲止，不可傷人。大夥兒站在旁邊睜大了眼瞧著，誰勝誰敗，清清楚楚，誰也沒異言。」

賈老六首先贊成，大聲道：「好！就是比武決勝敗，倘若李大哥勝了，我賈老六就擁李大哥爲香主。」

他這一句話一出口，韋小寶立時心想：「你贊成比武，那定是你姊夫的武功勝過了李大哥，還比甚麼？」連韋小寶都這麼想，旁人自是一般的想法，擁李派登時紛紛反對，有的說：「做香主是要使全堂兄弟和衷共濟，跟武功好不好沒多大關係。」「眞的要比武決定誰做香主，如果本堂兄弟中，有人武功勝過了關夫子，是不是又讓他來當香主呢？」「這不是推香主，那是擺擂台了。關夫子不妨擺下擂台，讓天下英雄好漢都來打擂台。」「倘若鰲拜這奸賊不死，他是『滿洲第一勇士』，關夫子的武功未必便勝得過他，打了擂台之後，難道便請鰲拜來做咱們香主？」衆人一聽，忍不住都笑了出來。

正紛亂間，忽有人冷冷的道：「尹香主啊尹香主，你一死之後，大家都瞧你不起了。在你靈前說過的話，立過的誓，都變成放他媽的狗屁了。」

韋小寶認得這人的聲音，知道是專愛冷言冷語的祁老三。衆人立時靜了下來，跟著幾個人同時問道：「祁老三，你這話是甚麼意思？」

祁老三冷笑道：「哼，我姓祁的當年在萬雲龍大哥和尹香主靈前磕過頭，在手指上刺過血，還立下重誓，決意爲尹香主報仇，親口說過：『那一個兄弟殺了鰲拜，爲尹香主報得大仇，我祁彪清便奉他爲本堂香主，忠心遵奉他號令，決不有違！』這一句話，我祁老三是說過的。姓祁的說過話算數，決不是放狗屁！」

霎時之間，大廳中一片寂靜，更無半點聲息。原來這句話，大廳上每個人都說過的。

隔了一會，還是賈老六第一個沉不住氣，說道：「祁三哥，你這話是沒錯，這幾句話大家都說過，連我賈老六在內，說過的話，自然不能含糊。可是……可是……你知，我知，大家都知，殺死鰲拜的，是這個……這個……」他轉身尋覓韋小寶，突然看見韋小寶一隻腳已跨出了廳門，正要向外逃跑，大叫：「抓住他，別讓他走了！」

韋小寶拔足欲奔，刹那之間，六七個人撲了上去，十幾隻手同時抓在他身上，將他硬生生的拖回。

韋小寶高聲大叫：「喂，喂，烏龜兒子王八蛋，你們拖老子幹甚麼？」他想這次反正活不成了，不如罵個痛快再說。人叢中走出一個身穿秀才衣巾的人來，說道：「小兄弟，且莫罵人。」韋小寶認得他聲音，道：「你是祁老三？」那人正是祁老三祁彪清，愕然道：「你認得我？」韋小寶道：「我認得你媽！」祁彪清有三分書獃子脾氣，不知他這是罵人的言語，更加奇怪了，問道：「你怎會認得我媽？」韋小寶道：「我跟你媽是老相好、老姘頭！」衆人哈哈大笑，都道：「這小太監油嘴滑舌！」祁彪清臉上一紅，道：「取笑了。」隨即正色問道：「小兄弟，你幹麼要殺鰲拜？」

韋小寶靈機一動，大聲道：「鰲拜這奸賊做了不少壞事，害死了咱們漢人的無數英雄好漢，我韋小寶跟他誓不兩立。我……我好端端一個人，卻給他捉進皇宮，做了太監。我恨不得將他斬成肉醬，丟在池塘裏餵王八。」他知道越是說得慷慨激昂，活命的機會越大。

大廳上衆人你瞧瞧我，我瞧瞧你，都感驚異。

祁彪清問道：「你做太監做了多久？」韋小寶道：「甚麼多久了？半年也還不到。我原是揚州人，卻給他捉到北京了來。辣塊媽媽的，臭鰲拜死了也要上刀山、下油鍋、滾釘板、穿骨頭的賊鰲拜。」一連串揚州罵人的言語衝口而出。

一個中年漢子點頭道：「他倒眞是揚州人。」他說的也是揚州口音。

韋小寶道：「阿叔，咱們揚州人，給滿洲韃子殺得可慘了，一連殺了十天，從朝到晚不停，我爺爺、奶奶、大奶奶、二奶奶、三奶奶、四奶奶，沒一個不給韃子殺了。滿洲鬼從東門殺到西門，從南門殺到北門，都是這鰲拜下的命令。我……我跟他有不共戴天之仇。」他記起聽人所說「揚州十日」大屠殺慘事，越說越眞。衆人聽得聳然動容，連連點頭。

關安基道：「怪不得，怪不得！」韋小寶道：「不但我爺爺、奶奶，連我爹爹也讓鰲拜給一起殺了。」祁彪清道：「可憐，可憐。」崔瞎子問道：「你今年幾歲啦？」韋小寶道：「十三歲。」崔瞎子道：「揚州大屠城，已有二十多年，怎麼你爹爹也會給鰲拜殺了？」韋小寶一想不對，撒謊說溜了嘴，隨口道：「我怎知道？那時我又還沒生出來，那是我媽說的。」崔瞎子道：「就算是遺腹子，那也不成啊。」祁彪清道：「崔兄弟，你這話可不對了。這小兄弟只說他爹爹給鰲拜殺了，並沒說是『揚州十日』那一役中殺的。鰲拜做大官一直做到現在，那一年不殺人？咱們尹香主給鰲拜害死，也不過是兩年多前的事。」崔瞎子點頭道：「是，是！」

賈老六忽問：「小……小朋友，你說鰲拜殺了無數英雄好漢，又關你甚麼事了？」韋小寶道：「怎麼不關我事？我有個好朋友，就給鰲拜捉到淸宮之中害死了。我和他是一起給捉進去的。」衆人齊問：「是誰？是誰？」韋小寶道：「這人江湖上大大有名，那便是茅十八！」十幾個人一齊「哦」的一聲。賈老六道：「茅十八是你朋友？他可沒死啊。」韋小寶喜道：「他沒死？那當眞好！賈老六，你在揚州大罵鹽梟，茅十八爲了你跟人打架，我還幫著他打呢。」賈老六搔了搔頭，道：「可眞有這回事。」關安基道：「很好！這小朋友到底是友是敵，事關重大。老六，你帶幾位兄弟，去將茅十八請來，認一認人。」賈老六應道：「是！」轉身出廳。

祁彪淸拉過一張椅子，道：「小兄弟，請坐！」

韋小寶老實不客氣，就坐下來。跟著有人送上一碗麵，一杯茶。韋小寶原餓得狠了，吃了個乾淨。關安基、祁彪淸，還有那個人人叫他「李大哥」的李力世陪著他閒談，言語中頗爲客氣，其實是在盤問他的身世和經過遭遇。韋小寶也不隱瞞，偶然吹幾句牛，罵幾句鰲拜，還是將如何幫著康熙皇帝擒拿鰲拜等情一一說了，只是跟海老公學武、康熙親自出刀子動手等事卻不提及。關安基等原已聽說，鰲拜是爲小皇帝及一羣小太監所擒，聽韋小寶說來活龍活現，多半不假。關安基嘆道：「鰲拜號稱滿洲第一勇士，不但為你所殺，而且也曾為你所擒，那也真是天數了。」

閒談了半個時辰，關安基、李力世、祁彪清等人都是閱歷極富的老江湖，雖覺韋小寶言語有些浮滑，但大關節處卻毫不含糊。忽聽得腳步聲響，廳門推開，兩條大漢抬了一個擔架進來，賈老六跟在後面說道：「姊夫，茅十八茅爺請來啦！」

韋小寶跳起身來，只見茅十八躺在擔架之上，雙頰瘦削，眼眶深陷，容色憔悴，問道：「你……你生病嗎？」

茅十八給賈老六抬了來，只知天地會青木堂有大事相商，不知何事，陡然間見到了韋小寶，大喜若狂，叫道：「小寶，你……你也逃出來啦，那可好極了。我……我這些時候老想著你，只盼傷愈之後，到皇宮來救你出去。這……這真好！」

他這幾句話一說，衆人心中本來還存著三分疑慮的，霎時之間一掃而空。這小太監果然是茅十八的朋友，一起給擄入清宮。茅十八雖非天地會會友，但在江湖上也頗有名聲，向來說一是一，說二是二，近年來又為清廷緝捕，乃衆所周知之事。韋小寶既是他的朋友，自不會真是清宮中的太監，又見茅十八說話時真情流露，顯然跟這小孩子交情極好。

韋小寶道：「茅大哥，你……你受了傷？」茅十八嘆了口氣，道：「唉，那晚從宮中逃出來，將到宮門之外，終於遇上了侍衛，我以一敵五，殺了二人，自己也給砍上了兩刀，拚命逃出宮門。宮中又有侍衛追出，本來是逃不了的，幸好天地會的朋友援手，才救了我性命。你……你也是天地會的好朋友們救出來的嗎？」

關安基等登時神色尷尬，覺得這件事實在並不漂亮。那知韋小寶道：「正是，那老太監逼著我做小太監，直到今日，才逃出來，幸好碰上了天地會這些……這些爺們。」天地會羣豪都暗暗吁了口氣，覺得韋小寶如此說法，顧全了他們臉面，心中暗暗感激，這人年紀雖小，卻很夠朋友。當下賈老六招呼茅十八和韋小寶二人到廂房休息，青木堂羣雄自在廳上繼續會商大事。

茅十八傷得極重，雖已養了好幾個月傷，仍然身子極弱，剛才抬來時途中又顛簸了一會，傷處疼痛，精神疲乏，想要說話，卻沒力氣。

韋小寶心想：「不管怎樣，他們總不會殺我了。」心情一寬，蜷縮在一張太師椅中便睡著了。睡到後來，覺得有人將他抱起，放到床上，蓋上了被子。

次晨醒轉，有一名漢子送上洗臉水、清茶，和一大碗大肉麵。韋小寶心想：「招呼老子越來越好，居然把我當大老爺看待了。」但見廂房外站著兩個漢子，窗外也站著兩名漢子，雖然假裝晃來晃去，無所事事，但顯然是奉命監視，生怕自己逃了。

韋小寶又有點躭心起來：「要是眞當我大客人相待，爲甚麼又派這四名漢子來看守我？」童心忽起：「哼，要守住韋小寶，恐怕也不這麼容易，我偏偏溜出去逛逛，瞧你這四個蠢才又怎奈何得了我？」看明周遭情勢，已有計較，當即伸手用力推開向東的一扇窗。窗聲一響，四名漢子同時向窗子望去，他一引開四人視線，猛力將廂房門向內一拉，立即一骨碌鑽入了床底。

四名漢子聽到門聲，立即回頭，只見兩扇門已經打開，兀自不住晃動，都大吃了一驚。這四人正是奉命監視韋小寶的，突見房門已開，第一個念頭便是他已經逃了，四人齊叫：「啊喲！」衝入廂房，見茅十八在床上睡得甚熟，韋小寶卻已不知去向。一人叫道：「這孩子逃去不遠，快分頭追截，我去稟告上頭。」其餘三人應道：「是！」急衝出房，其中二人躍上了屋頂。

韋小寶咳嗽一聲，從床底下鑽出來，大模大樣的便向外走去，來到大廳。一推開門，只見關安基和李力世並排而坐，一名奉命監視他的漢子正氣急敗壞的稟報：「這……這小孩兒忽然逃……逃走了，不知到……到了那裏……」話未說完，突見韋小寶出現，那人「啊」的一聲，瞪大了雙眼，奇怪得說不出話來。

韋小寶伸了個懶腰，說道：「李大哥、關夫子，你二位好！」關安基和李力世對望了一眼，向那人道：「下去！沒半點用！」隨即向韋小寶笑道：「請坐，昨晚睡得好罷？」韋小寶笑嘻嘻的坐了下來，道：「很好，很好！」

大廳長窗突然推開，兩人衝了進來，一人叫道：「關夫子，那……那小孩不知逃到甚麼地……」忽然見到韋小寶坐著，驚道：「咦！他……他……」韋小寶忍不住哈哈大笑，道：「你們這四條漢子，太也沒用，連個小孩子也看不住。我如想逃走，早就逃了。」另一人儍頭儍腦，問道：「你怎麼走出來的？怎麼我眼睛一花，人影也沒瞧見，你就已經逃了。」韋小寶笑道：「我會隱身法，這法兒可不能傳你。」關安基皺眉揮手，向那兩人道：「下去罷！」那儍頭儍腦之人兀自在問：「當眞有隱身法？怪不得，怪不得。」李力世道：「小兄弟年紀輕輕，聰明機警，令人好生佩服。」

忽聽得遠處蹄聲隱隱，有一大羣人騎馬奔來，關安基和李力世同時站起。李力世低聲道：「韃子官兵？」關安基點點頭，伸指入口，嘘嘘嘘吹了三聲，五個人奔入廳來。關安基道：「大夥兒預備！叫賈老六領人保護茅十八茅爺。韃子官兵如是大隊到來，不可接戰，便照以前的法子分頭退卻。」五人答應了，出去傳令，四下裏天地會衆人齊起。關安基道：「小兄弟，你跟著我好了！」

忽有一人疾衝進廳，大聲道：「總舵主駕到！」關安基和李力世齊聲道：「甚麼？」那人道：「總舵主率同五堂香主，騎了馬正往這兒來。」關李二人大喜，齊聲問道：「你怎知道？」那人道：「屬下在道上遇到總舵主親口吩咐，命屬下先來通知。」

關安基見他跑得氣喘吁吁，點頭道：「好，你下去歇歇。」又吹口哨傳人進來，吩咐道：「不是韃子官兵，是總舵主駕臨！大夥兒出門迎接。」

消息一傳出，滿屋子都轟動起來。關安基拉著韋小寶的手，道：「小兄弟，本會總舵主駕到，咱們一齊出去迎接！」

天地會分爲十堂。居中兩張空椅，一是朱三太子的座位，一是鄭王爺的座位。陳近南坐於其側。各堂堂主依次述説所轄各省的會務。

# 第八回　佳客偶逢如有約　盛名長恐見無因

韋小寶隨著關安基、李力世等羣豪來到大門外，只見二三百人八字排開，臉上均現興奮之色。過了一會，兩名大漢抬著擔架，抬了茅十八出來。李力世道：「茅兄，你是客人，不用這麼客氣。」茅十八道：「久仰陳總舵主大名，當眞如雷貫耳，今日得能拜見，就算……就算即刻便死，那……那也不枉了。」他說話仍有氣沒力，但臉泛紅光，極是高興。

耳聽得馬蹄聲漸近，塵頭起處，十騎馬奔了過來。當先三匹馬上騎者沒等奔近，便翻身下馬。李力世等迎將上去，與那三人拉手說話，十分親熱。韋小寶聽得其中一人說道：「總舵主在前面相候，請李大哥、關夫子幾位過去……」幾個人站著商量了幾句，李力世、關安基、祁彪淸、玄貞道人等六人便即上馬，和來人飛馳而去。

茅十八好生失望，問道：「陳總舵主不來了嗎？」對他這句問話，沒一人回答得出，各人見不到總舵主，個個垂頭喪氣。韋小寶心道：「人家欠了你們一萬兩銀子不還嗎？還是賭錢輸掉了老婆褲子？你奶奶的，臉色這等難看！」

過了良久，有一人騎馬馳來傳令，點了十三個人的名字，要他們前去會見總舵主。那十三人大喜，飛身上馬，向前疾奔。

韋小寶問茅十八道：「茅大哥，陳總舵主年紀很老了罷？」茅十八道：「我……我便是沒……沒見過。江湖之上，人人都仰慕陳總舵主，但要見上他……他老人家一面，可當眞艱難得很。」韋小寶嘿了一聲，心中卻道：「哼，他媽的，好大架子，有甚麼希罕？老子才不想見呢。」

羣豪見這情勢，總舵主多半是不會來了，但還是抱著萬一希望，站在大門外相候，有的站得久了，便坐了下來。有人勸茅十八道：「茅爺，你還是到屋裏歇歇。我們總舵主倘若到了，儘快來請茅爺相見。」茅十八搖頭道：「不！我還是在這裏等著。陳總舵主大駕光臨，在下不在門外相候，那……那可太也不恭敬了。唉，也不知我茅十八這一生一世，有沒福份見他老人家一面。」

韋小寶跟著茅十八從揚州來到北京，一路之上，聽他言談之中，對一般武林中人物都不大瞧在眼內，唯獨對這陳總舵主卻十分敬重，不知不覺間受了感染，心中也不敢再罵人了。

忽聽得蹄聲響動，又有人馳來，坐在地下的會衆都躍起身來，大家伸長了脖子張望，均盼總舵主又召人前去相會，這次有自己的份兒。果然來的又是四名使者，爲首一人下馬抱拳，說道：「總舵主相請茅十八茅爺、韋小寶韋爺兩位，勞駕前去相會。」

茅十八一聲歡呼，從擔架中跳起，但「唉唷」一聲，又跌入擔架，叫道：「快去，快去！」韋小寶也十分高興，心想：「人家叫我『公公』叫得多了，倒沒甚麼人叫我『韋爺』，哈哈，老子是『韋小寶韋爺』。」

兩名使者在馬上接過擔架，雙騎相並，緩緩而行。另一名使者將坐騎讓給了韋小寶，自己另乘一馬，跟隨在後。六人沿著大路行不到三里，便轉入右邊一條小路。一路上都有三三兩兩的漢子，或坐或行，巡視把守。爲首的使者伸出中指、無名指、小指三根手指往地下一指，把守二人點點頭，也伸手做個暗號。韋小寶見這些人所發暗號個個不同，也不知是何用意。又行了十二三里，來到一座莊院之前。

守在門口的一名漢子大聲叫道：「客人到！」跟著大門打開，李力世、關安基，還有兩名沒見過面的漢子出來，抱拳說道：「茅爺、韋爺，大駕光臨，敝會總舵主有請。」

韋小寶大樂，心想：「我這個『韋爺』畢竟走不了啦！」茅十八掙扎著想起來，說道：「我這麼去見陳總舵主，實在，實在……唉唷……」終於支撐不住，又躺倒在擔架上。李力世道：「茅爺身上有傷，不必多禮。」讓著二人進了大廳。一名漢子向韋小寶道：「韋爺請到這裏喝杯茶，總舵主想先和茅爺談談。」當下將茅十八抬了進去。

韋小寶喝得一碗茶，僕役拿上四碟點心，韋小寶吃了一塊，心道：「這點心比之皇宮裏的，可差得實在太遠了，還及不上麗春院的。」對這個總舵主的身分，不免有了一點瞧不起。但肚中正餓，還是將這些瞧不在眼裏的點心吃了不少。

過了一頓飯時分，李力世等四人又一起出來，其中一個花白鬍子老者道：「總舵主有請韋爺。」韋小寶忙將口中正在咀嚼的點心用力吞落，雙手在衣襟上擦了擦，跟著四人入內，來到一間廂房外。那老者掀起門帷，說道：「『小白龍』韋小寶韋爺到！」

韋小寶又驚又喜，心想：「他居然知道我這杜撰的狗屁外號，定是茅大哥說的了。」房中一個文士打扮的中年書生站起身來，笑容滿臉，說道：「請進來！」韋小寶走進房去，兩隻眼睛骨碌碌的亂轉。關安基道：「這位是敝會陳總舵主。」

韋小寶微微仰頭向他瞧去，見這人神色和藹，但目光如電，直射過來，不由得吃了一驚，心中登虛，雙膝一曲，便即拜倒。

那書生俯身扶起，笑道：「不用多禮。」韋小寶雙臂讓他一托，突然間全身發熱，打了個顫，便拜不下去。那書生笑道：「這位小兄弟擒殺滿洲第一勇士鰲拜，爲我成千成萬死在鰲拜手裏的漢人同胞報仇雪恨，數日之間便名震天下。年紀輕輕，立此大功，成名如此之早，當眞古今罕有。」

韋小寶本來臉皮甚厚，倘若旁人如此稱讚，便即跟著自吹自擂一番，但在這位不怒自威的總舵主面前，竟吶吶的不能出口。

總舵主指著一張椅子，微笑道：「請坐！」自己先坐了，韋小寶便也坐下。李力世等四人卻垂手站立。

總舵主微笑道：「聽茅十八茅爺說道，小兄弟在揚州得勝山下，曾用計殺了一名淸軍軍官黑龍鞭史松，初出茅廬第一功，就已不凡。但不知小兄弟如何擒拿鰲拜？」

韋小寶抬起頭來，和他目光一觸，一顆心不由得突突亂跳，滿腹大吹法螺的胡說八道霎時間忘得乾乾淨淨，一開口便是眞話，將如何得到康熙寵幸、鰲拜如何無禮、自己如何和小皇帝合力擒他之事說了。只是顧全對康熙的義氣，不提小皇帝在鰲拜背後出刀子之事。但這樣一來，自己撒香爐灰迷眼、舉銅香爐砸頭，明知若不是下三濫、便不免是下二濫的手段，卻也沒法隱瞞了。

總舵主一言不發的聽完，點頭道：「原來如此。小兄弟的武功和茅爺不是一路，不知尊師是那一位？」韋小寶道：「我學過一些功夫，可算不得有甚麼尊師。老烏龜不是眞的教我武功，他教我的都是假功夫。」

總舵主縱然博知廣聞，「老烏龜」是誰卻也不知，問道：「老烏龜？」

韋小寶哈哈大笑，道：「老烏龜便是海老公，他名字叫做海大富。茅十八大哥和我，就是給他擒進宮裏去的……」說到這裏，突然驚覺不對，自己曾對天地會的人說，茅十八和自己是給鰲拜擒去的，這會兒卻說給海老公擒進宮去，豈不是前言不對後語？好在他撒謊圓謊的本領著實不小，跟著道：「這老兒奉了鰲拜之命，將我二人擒去，想那鰲拜是個極大的大官，自然不能輕易出手。」

總舵主沉吟道：「海大富？海大富？凊宮的太監之中，有這樣一號大物？小兄弟，他教你的武功，你演給我瞧瞧。」

韋小寶臉皮再厚，也知自己的武功實在太不高明，說道：「老烏龜教我的都是假功夫。他恨我毒瞎了他眼睛，因此想盡辦法來害我。這些功夫是見不得人的。」

總舵主點了點頭，左手一揮，關安基等四人都退出房去，反手帶上了門。總舵主問道：「你怎樣毒瞎了他眼睛？」

在這位英氣逼人的總舵主面前，韋小寶只覺說謊十分辛苦，還是說眞話舒服得多，這種情形那可是從所未有，當下便將如何毒瞎海老公、如何殺死小桂子、如何冒充他做小太監等情形說了。

總舵主又吃驚，又好笑，左手在他胯下一拂，發覺他陽具和睪丸都在，並未淨身，的的確確不是太監，不由得吁了口長氣，微笑道：「好極，好極！我心中正有個難題，好久拿不定主意，原來小兄弟果然不是給淨了身、做了太監！」左手在桌上輕輕一拍，道：「定當如此！尹兄弟後繼有人，青木堂有主兒了。」

韋小寶不明白他說些甚麼，只是見他神色歡愉，確是解開了心中一件極爲難之事，也不禁代他高興。

總舵主負著雙手，在室內走來走去，自言自語：「我天地會所作所爲，無一不是前人從所未行之事。萬事開創在我，駭人聽聞，物議沸然，又何足論？」他文謅謅的說話，韋小寶更加不懂了。

總舵主道：「這裏只有你我二人，不用怕難爲情。那海大富教你的武功，不論眞也好，假也好，你試演給我瞧瞧。」

韋小寶這才明白，他命關安基等四人出去，是爲了免得自己怕醜，眼見無可推托，說道：「是老烏龜教的，可不關我事，如太也可笑，你罵他好了。」

總舵主微笑道：「放手練好了，不用躭心！」

韋小寶於是拉開架式，將海老公所教的小半套「大慈大悲千葉手」使了一遍，其中有些忘了，有些也還記得。總舵主凝神觀看，待韋小寶使完後，點了點頭，道：「從你出手看來，似乎你還學過少林派的一些擒拿手，是不是？」

韋小寶學「大擒拿手」在先，自然知道這門功夫更加不行，原想藏拙，但總舵主似乎甚麼都知道，只得道：「老烏龜還教過我一些擒拿法，是用來和小皇帝打架的。」於是將「大擒拿手」中的一些招式也演了一遍。總舵主微微而笑，說道：「不錯！」韋小寶道：「我早知你見了要笑。」

總舵主微笑道：「不是笑你！我見了心中歡喜，覺得你記性、悟性都不錯，是個可造之材。那一招『白馬翻蹄』，海大富故意教錯了，但你轉到『鯉魚托鰓』之時，能自行略加變化，並不拘泥於死招。那好得很！」

韋小寶靈機一動，尋思：「總舵主的武功似乎比老烏龜又高得多，如果他肯敎我武功，我韋小寶定能成爲一個眞英雄，不再是冒牌貨的假英雄。」斜頭向他瞧去，便在這時，總舵主一雙冷電似的目光也正射了過來。韋小寶向來憊懶，縱然皇太后如此威嚴，他也敢對之正視，但在這位總舵主跟前，卻半點不敢放肆，目光和他一觸，立即收回。

總舵主緩緩的道：「你可知我們天地會是幹甚麼的？」韋小寶道：「天地會反淸復明，幫漢人，殺胡虜。」總舵主點頭道：「正是！你願不願意入我天地會做兄弟？」

韋小寶喜道：「那可好極了。」在他心目中，天地會會衆個個是眞正英雄好漢，想不到自己也能爲會中兄弟，又想：「連茅大哥也不是天地會的兄弟，我難道比他還行？」說道：「就怕……就怕我夠不上格。」霎時間眼中放光，滿心盡是患得患失之情，只覺這筆天外飛來的橫財，多半不是眞的，不過總舵主跟自己開開玩笑而已。

總舵主道：「你要入會，倒也可以。不過我們幹的是反淸復明的大事，以漢人的江山爲重，自己的身家性命爲輕。再者，會裏規矩嚴得很，如果犯了，處罰很重，你須得好好想一想。」韋小寶道：「不用想，你有甚麼規矩，我守著便是。總舵主，你如許我入會，我可快活死啦。」總舵主收起了笑容，正色道：「這是極要緊的大事，生死攸關，可不是小孩子們的玩意。」韋小寶道：「我當然知道。我聽人說，天地會行俠仗義，做的都是驚天動地的大事，怎會是小孩子的玩意？」

總舵主微笑道：「知道了就好，本會入會時有誓詞三十六條，又有十禁十刑的嚴規。」說到這裏，臉色沉了下來，道：「有些規矩，你眼前年紀還小，還用不上，不過其中有一條：『凡我兄弟，須當信實爲本，不得謊言詐騙。』這一條，你能辦到麼？」

韋小寶微微一怔，道：「對你總舵主，我自然不敢說謊。可是對其餘兄弟，難道甚麼事也都要說眞話？」總舵主道：「小事不論，只論大事。」韋小寶道：「是了。好比和會中兄弟們賭錢，出手段騙人可不可以？」

總舵主沒想到他會問及此事，微微一笑，道：「賭錢雖不是好事，會規倒也不禁。可是你騙了他們，他們知道了要打你，會規也不禁止，你豈不挨打吃虧？」

韋小寶笑道：「他們不會知道的，其實我不用出手段，贏錢也十拿九穩。」

天地會的會衆多是江湖豪傑，賭錢酗酒，乃是天性，向來不以爲非，總舵主也就不加理會，向他凝視片刻，道：「你願不願拜我爲師？」

韋小寶大喜，立即撲翻在地，連連磕頭，口稱：「師父！」總舵主這次不再相扶，由他磕了十幾個頭，道：「夠了！」韋小寶喜孜孜的站起。

總舵主道：「我姓陳，名叫陳近南。這『陳近南』三字，是江湖上所用。你今日既拜我爲師，須得知道爲師的眞名。我眞名叫作陳永華，永遠的永，中華之華。」說到自己眞名時壓低了聲音。

韋小寶道：「是，徒弟牢牢記在心裏，不敢洩漏。」

陳近南又向他端相半晌，緩緩說道：「你我既成師徒，相互間甚麼都不隱瞞。我老實跟你說，你油腔滑調，狡猾多詐，跟爲師的性格十分不合，我實在並不喜歡，所以收你爲徒，其實是爲了本會的大事著想。」韋小寶道：「徒兒以後好好的改。」

陳近南道：「江山易改，本性難移，改是改不了多少的。你年紀還小，性子浮動些，也沒做了甚麼壞事。以後須當時時記住我的話。我對徒兒管教極嚴，你如犯了本會規矩，心術不正，爲非作歹，爲師的要取你性命，易如反掌，也決不憐惜。」說著左手一探，嚓的一聲響，將桌子角兒抓了一塊下來，雙手搓了幾搓，木屑紛紛而下。

韋小寶伸出了舌頭，半天縮不進去，隨即歡喜得心癢難搔，笑道：「我一定不做壞事。一做壞事，師父你就在我頭上這麼一抓，這麼一搓。再說，只消做得幾件壞事，師父你這手功夫便不能傳授徒兒了。」

陳近南道：「不用幾件，只一件壞事，你我便無師徒之份。」韋小寶道：「兩件成不成？」陳近南臉一板，道：「你給我正正經經的，少油嘴滑舌。一件便一件，這種事也有討價還價的？」韋小寶應道：「是！」心中卻說：「我做半件壞事，卻又如何？」

陳近南道：「你是我的第四個徒兒，說不定便是我的關門弟子。天地會事務繁重，我沒功夫再收弟子。你的三個師兄，兩個在與胡虜交戰時陣亡，一個死於國姓爺光復臺灣之役，都是爲國捐軀的大好男兒。爲師的在武林中位份不低，名聲不惡，你可別給我丟臉。」

韋小寶道：「是！不過……不過……」陳近南道：「不過甚麼？」韋小寶道：「有時我並不想丟臉，不過眞要丟臉，也沒法子。好比打不過人家，給人捉住了，關在棗子桶裏，當貨物一般給搬來搬去，師父你可別見怪。」

陳近南皺起眉頭，又好氣，又好笑，嘆了口長氣，說道：「收你爲徒，只怕是我生平所做的一件大錯事。但以天下大事爲重，只好冒一冒險。小寶，待會另有要務，你一切聽我吩咐行事，少胡說八道，那就不錯。」韋小寶道：「是！」

陳近南見他欲言又止，問道：「你還想說甚麼？」韋小寶道：「徒兒說話，總是自以爲有理才說。我並不想胡說八道，你卻說我胡說八道，那豈不冤枉麼？」陳近南不願再跟他多所糾纏，說道：「那你少說幾句好了。」心想：「天下不知多少成名的英雄好漢，在我面前都恭恭敬敬，大氣也不敢透一聲，這個刁蠻古怪的頑童，偏有這許多廢話。」站起身來，走向門口，道：「你跟我來。」

韋小寶搶著開門，掀開門帷，讓陳近南出去，跟著他來到大廳。

廳上本來坐著二十來人，一見總舵主進來，登即肅立。陳近南點了點頭，走到上首的第二張椅上坐下。韋小寶見居中有張椅子空著，在師父之上還空著一張椅子，心下納罕：「難道總舵主還不是最大？怎地在師父之上還有兩個人？」

陳近南道：「衆位兄弟，今日我收了個小徒。」向韋小寶一指，道：「就是他！」

衆人一齊上前，抱拳躬身，說道：「恭喜總舵主。」又向韋小寶拱手，紛紛道喜。各人臉色有的顯得十分歡喜，有的大爲詫異，有的則似不敢相信。

陳近南吩咐韋小寶：「見過了衆位伯伯、叔叔。」韋小寶向衆人磕頭見禮。李力世在旁介紹：「這位是蓮花堂香主蔡德忠蔡伯伯。」「這位是洪順堂香主方大洪方伯伯。」「這位是家后堂香主馬超興馬伯伯。」韋小寶在這些香主面前逐一磕頭，一共引見了九個堂的香主，以後引見的便是位份和職司較次之人。

那九堂香主都還了半禮。連稱：「不敢，小兄弟請起。」其餘各人竟不受他磕頭，他剛要跪下，便給對方伸手攔住。韋小寶身手敏捷，有時跪得快了，對方不及攔阻，忙也跪下還禮，不敢自居爲長輩。廳上二十餘人，韋小寶一時也記不清衆人的姓名和會中職司，只知個個是天地會中的首腦人物，心想：「我一拜總舵主爲師，大家都當我是自己人了，便將身分姓名都說了出來。」心下好生歡喜。

陳近南待韋小寶和衆人相見已畢，說道：「衆位兄弟，我收了這小徒後，想要他入我天地會。」衆人齊聲道：「那再好也沒有了。」

蓮花堂香主蔡德忠是個白髮白鬚的老者，說道：「自來明師必出高徒。總舵主的弟子，必是一位智勇兼全的小俠，在我會中，必將建立大功。」家后堂香主馬超興又矮又胖，笑容可掬，說道：「今日和韋家小兄弟相見，也沒甚麼見面禮。姓馬的向來就會精打細算，這樣罷，我和蔡香主二個，便做了小兄弟入會的接引人，就算是見面禮了。蔡兄以爲如何？」蔡德忠哈哈大笑，說道：「老馬打的算盤，不用說，定然是響的。這一份不用花錢的見面禮，算我一個。」

衆人嘻笑聲中，陳近南道：「兩位伯伯天大的面子，當你的接引人，快謝過了。」韋小寶道：「是！」上前磕頭道謝。

陳近南道：「本會的規矩，入會兄弟的言行好歹，和接引人有很大干係。我這小徒人是很機警的，就怕他靈活過了頭，做事不守規矩。蔡馬二位香主旣做他接引人，以後也得幫我擔些干係，如見到他有甚麼行止不端，立即出手管教，千萬不可客氣。」蔡德忠道：「總舵主太謙了。總舵主門下，豈有不端之士？」陳近南正色道：「我並非太謙。對這個小孩兒，我委實好生放心不下。大夥兒幫著我管教，也幫我分擔些心事。」馬超興笑道：「管教是不敢當的。小兄弟年紀小，倘若有甚麼事不明白，大家自己兄弟，自然是開誠布公，知無不言，言無不盡。」陳近南點頭道：「我這裏先多謝了。」

韋小寶心想：「我又沒做壞事，師父便老是躭心我做壞事。是了，他聽了我對付老烏龜的手段，怕我老毛病發作，對他也會如此這般。老烏龜想害死我，又不是我師父，我才毒瞎了他眼睛。你眞是我師父，教我眞功夫，我怎會來作弄你？你卻把話說在前頭，這裏許多人個個都來管教管教，我動也不能動了。」

只聽陳近南道：「李兄弟，便請你去安排香堂，咱們今日開香堂，讓韋小寶入會。」李力世答應了出去安排。

陳近南道：「照往日規矩，有人要入本會，經人接引之後，須得查察他的身世和爲人，少則半年，多則一年兩年，查明無誤，方得開香堂入會。但韋小寶在淸宮之中擔任職司，是韃子小皇帝身邊十分親近之人，於本會辦事大有方便，咱們只得從權。可不是我爲了自己弟子而特別破例。」

衆人都道：「弟兄們都理會得。」

洪順堂香主方大洪身材魁梧，一部黑鬚又長又亮，朗聲說道：「咱們能有這麼一位親信兄弟，在韃子小皇帝身邊辦事，當眞上天賜福，合該韃子氣數將盡，我大明江山興復有望。這叫做知己知彼，百戰百勝。那一個不明白總舵主的用心？」

韋小寶心想：「你們待我這麼好，原來要我在皇上身邊做奸細。我到底做是不做？」想起康熙待自己甚好，不禁頗感躊躇。

蔡德忠當下將天地會的歷史和規矩簡略向韋小寶說知，說道：「本會的創始祖師，便是國姓爺，原姓鄭，大名上成下功。當初國姓爺率領義師，進攻江南，圍困江寧，功敗垂成，在退回臺灣之前，接納總舵主的創議，設立了這天地會。那時咱們的總舵主，便是國姓爺的軍師。我和方兄弟、馬兄弟、胡兄弟、李兄弟，以及青木堂的尹香主等人，都是國姓爺軍中的校尉士卒。」

韋小寶知道「國姓爺」便是鄭成功，當年得明朝皇帝賜姓爲朱，因此人們尊稱他爲「國姓爺」。鄭成功在江浙閩粵一帶聲名極響，他於康熙元年去世，其時逝世未久，人人提到他時，語氣之間仍十分恭敬。茅十八也曾跟他說起過的。

蔡德忠又道：「咱們大軍留在江南的甚多，沒法都退回臺灣，有些退到廈門，那也只是一小部分，因此總舵主奉國姓爺之命，在中土成立天地會，聯絡國姓爺的舊部。凡曾隨同國姓爺攻打江浙的兵將，自然都成爲會中兄弟，不必由人接引，也不須察看。但外人若要入會，就得查察明白，以防有奸細混入。」

他說到這裏，頓了一頓，臉上忽然現出異樣神采，繼續說道：「想當年咱們大軍從臺灣出發，一共是一十七萬人馬，五萬水軍、五萬騎兵、五萬步兵、一萬人游擊策應，又有一萬『鐵人兵』，個個身披鐵甲，手持長矛，專斫清兵的馬足，兵刃羽箭傷他不得。鎮江揚篷山那一戰，總舵主領兵二千，大破清兵一萬八千人，當眞是威風凜凜，殺氣騰騰。我是總舵主麾下第八鎭的統兵官，帶兵衝殺過去，只聽得清兵人人大叫：『馬魯，馬魯！契胡，契胡！』」

韋小寶只聽得眉飛色舞，問道：「那是甚麼？」蔡德忠道：「『馬魯，馬魯』是韃子話『媽啊，媽啊』的意思，『契胡，契胡』便是『逃啊，逃啊』！」衆人都笑了起來。

馬超興笑道：「蔡香主一說起當年攻克鎭江、大殺韃子兵的事，便興高采烈，三日三夜也說不完。你接引人給韋兄弟說會中規矩，這般說來，說到韋兄弟的鬍子跟你一般長了，還說不完……」說到此處，突然想到韋小寶是個小太監，怎麼會有鬍子？偷眼向韋小寶瞧了一眼，見他不以爲意，才放了心。

這時李力世進來回報，香堂已經設好。陳近南引著衆人來到後堂。韋小寶見一張板桌上供著兩個靈牌，中間一個寫著「大明天子之位」，側邊一個寫著「大明延平郡王、招討大將軍鄭之位」，板桌上供著一個豬頭、一個羊頭、一隻鷄、一尾魚，插著七枝香。衆人一齊跪下，向靈位拜了。蔡德忠在供桌上取過一張白紙，朗聲讀道：

「天地萬有，回復大明，滅絕胡虜。吾人當同生同死，倣桃園故事，約為兄弟，姓洪名金蘭，合為一家。拜天為父，拜地為母，日為兄，月為姊妹，復拜五祖及始祖萬雲龍為洪家之全神靈。吾人以甲寅七月二十五日丑時為生時。凡昔二京十三省，當一心同體。今朝廷王侯非王侯，將相非將相，人心動搖，即為明朝回復、胡虜剿滅之天兆。吾人當行陳近南之命令，歷五湖四海，以求英雄豪傑。焚香設誓，順天行道，恢復明朝，報仇雪恥。歃血誓盟，神明降鑒。」（按：此項誓詞，根據清代傳下之天地會文件記錄，原文如此。）

蔡德忠唸罷演詞，解釋道：「韋兄弟，這番話中所說桃園結義的故事，你知道嗎？」韋小寶道：「劉關張桃園三結義，不願同年同月同日生，但願同年同月同日死。」蔡德忠道：「對了，你入了天地會，大家便都是兄弟了。我們和總舵主是兄弟，你拜他老人家為師，大家是你的伯伯叔叔，因此你見了我們要磕頭。但從今而後，大家都是兄弟，你就不用再向我們磕頭了。」韋小寶應道：「是。」心想：「那好得很。」

蔡德忠道：「我們天地會，又稱為洪門，洪就是明太祖的年號洪武。姓洪名金蘭，就是洪門兄弟的意思。我洪門尊萬雲龍為始祖，那萬雲龍，就是國姓爺了。一來國姓爺的眞姓眞名，兄弟們不敢隨便亂叫；二來如果給胡虜的鷹爪們聽了諸多不便，所以兄弟之間，稱國姓爺為萬雲龍。『萬』便是千千萬萬人，『雲龍』是雲從龍。千千萬萬人保定大明天子，恢復我錦繡江山。韋兄弟，這是本會的機密，可不能跟會外的朋友說起，就算茅十八茅爺是你的好朋友、好兄弟，也不能跟他說。」韋小寶點頭道：「我知道了。茅大哥挺想入咱們天地會，咱們能讓他入會嗎？」蔡德忠道：「日後韋兄弟可以做他的接引人，會中再派人詳細查察之後，那自然也是可以的。」（按：「萬雲龍」到底是誰，史上各家說法不同。本書中關於天地會之事蹟人物，未必盡與流傳之記載相符，除史有明文之外，其餘不少爲作者之想像及創造。）

蔡德忠又道：「七月二十五日丑時，是本會創立的日子時辰。本會五祖，乃是我軍在江寧殉難的五位大將，第一位姓甘名輝。想當年我大軍攻打江寧，我統率鎭兵，奉了總舵主軍師之命，埋伏在江寧西城門外，韃子兵……」他一說到當年攻打江寧府，指手劃腳，不由得越說越遠。

馬超興微笑插嘴：「蔡香主，攻打江寧府之事，咱們慢慢再說不遲。」

蔡德忠一笑，伸手輕輕一彈自己額頭，道：「對，對，一說起舊事，就是沒了沒完。現下我讀〈三點革命詩〉，我讀一句，你跟著唸一句。」當下讀詩道：「三點暗藏革命宗，入我洪門莫通風。養成銳勢從仇日，誓滅淸朝一掃空。」韋小寶跟著唸了。

蔡德忠道：「我這洪門的洪字，其實就是我們漢人的『漢』字，我漢人的江山給胡虜佔了，沒了土地，『漢』字中去了個『土』字，便是『洪』字了。」當下將會中的三十六條誓詞、十禁十刑、二十一條守則，都向韋小寶解釋明白，大抵是忠心義氣、孝順父母、和睦鄉黨、兄弟一家、患難相助等等。若有洩漏機密、扳連兄弟、投降官府、奸淫擄掠、欺侮孤弱、言而無信、吞沒公款等情由，輕則割耳、責打，重則大解八塊，斷首分屍。

韋小寶一一凜遵，發誓不敢有違。他這次是誠心誠意，發誓時並不搗鬼。

馬超興取過一大碗酒來，用針在左手中指上一刺，將血滴入酒中。陳近南等人也都刺了血，最後韋小寶刺血入酒，各人喝了一口血酒，入會儀典告成。衆人和他拉手相抱，甚是親熱。韋小寶全身熱呼呼地，只覺從今而後，在這世上再也不是無依無靠。

陳近南道：「本會共有十堂，前五房五堂，後五房五堂。前五房蓮花堂、洪順堂、家后堂、參太堂、宏化堂。後五房青木堂、赤火堂、西金堂、玄水堂、黃土堂。九堂的香主，都已聚集在此，只有青木堂香主尹兄弟，前年爲鰲拜那惡賊害死，至今未有香主。青木堂中兄弟，昔日曾在萬雲龍大哥靈位和尹香主靈位前立誓，那一個殺了鰲拜，爲尹香主報得大仇，大夥兒便奉他爲本堂香主。這件事可是有的？」衆人都道：「正是，確有這事。」

陳近南銳利的目光，從左至右，在各人臉上掃了過去，緩緩說道：「聽說青木堂中的好兄弟們，為了繼立香主之事，曾發生一些爭執，雖然大家顧全大局，仁義為重，並沒傷了和氣，但此事如沒妥善了斷，青木堂之內總伏下一個極大的隱憂。青木堂是我天地會中極重要的堂口，統管江南、江北各府州縣，近年來又漸漸擴展到了山東、河北，這一次更攻進了北京城裏。青木堂香主是否得人，與本會的興衰、反清大業的成敗有極大干係。如堂中衆兄弟意見不合，不能同心協力，這大事就幹不成了。」頓了一頓，問道：「鰲拜那奸賊，乃韋小寶所殺，這是青木堂衆兄弟都親眼目睹的，是不是？」

李力世和關安基同聲說道：「正是。」李力世跟著道：「大夥兒在萬雲龍大哥靈位之前發過的誓，決不能說了不算。如這樣的立誓等如放屁，以後還能在萬雲龍大哥的靈位之前立甚麼誓，許甚麼願？韋小寶兄弟年紀雖小，我李力世願擁他為本堂香主。」

關安基給他搶了頭，心下又想：「這小孩是總舵主的徒兒，身分已非比尋常。聽總舵主說這番話，顯是要他這個小徒當本堂香主。李老兒一味和我爭當香主，眼看誰也不服誰，索性一拍兩散。他已先出口向總舵主討好，我可不能輸給了他，反顯得自己存了私心。」便道：「李大哥的話甚是。韋兄弟機警過人，在總舵主調教之下，他日定是一位威震江湖的少年英俠。關安基願擁韋小寶兄弟為青木堂香主。」

韋小寶嚇了一跳，雙手亂搖，叫道：「不成，不成！這……這個甚麼香主、臭主，我可做不來！」

陳近南雙眼一瞪，喝道：「你胡說甚麼？」韋小寶不敢再說。

陳近南道：「這小孩手刃鰲拜，那是不能改變的事實，我們遵守在萬雲龍大哥靈位前所立的誓言，只得讓他來當青木堂香主。我是爲了要讓他當香主，才收他爲徒；可不是收了他爲弟子之後，才想到要他當香主。這小孩氣質不佳，以後不知要讓我頭痛幾百次。」

方大洪道：「總舵主的苦心，兄弟們都理會得。總舵主跟韋兄弟非親非故，今日才第一次見面。總舵主破例垂青，自然是爲了本會的大事著想。不過……不過……總舵主也不必躭心。本會兄弟都是江湖上人，讀書的人少，那一個不口出粗言俗語？韋兄弟年紀小，李大哥和關夫子都願全力輔佐，決不會出甚麼亂子。」

陳近南點頭道：「咱們所以讓韋小寶當青木堂香主，是爲了在萬雲龍大哥靈位之前立過誓，決不能不算。但只要他做了一天香主，也算是做過了。明天倘若他胡作非爲，擾亂青木堂事務，有礙本會反淸復明大業，咱們立即開香堂廢了他，決不有半分姑息。李大哥、關二哥，我拜託你們兩位用心幫他。如這小孩行事有甚麼不妥當，務須一一向我稟報，不得隱瞞。」李力世和關安基躬身答應。

陳近南轉過身來，從香爐中拿起三枝香來，雙手捧住，在靈位前跪下，朗聲道：「屬下陳近南，在萬雲龍大哥靈位之前立誓：屬下的弟子韋小寶若違犯會規，又或才德不足以服衆，屬下立即廢了他青木堂香主的職司，決不敢有半分偏私。我們封他爲香主，是遵守誓言，他日如果廢他，也是遵守誓言。屬下陳近南若不遵此誓，萬大哥在天之靈，教我天雷轟頂，五馬分屍，死於胡虜鷹爪之手。」說著舉香拜了幾拜，將香插回香爐，又磕下頭去。

眾人齊聲稱讚：「總舵主如此處事，大公無私，沒一個心中不服。」

韋小寶心道：「好啊！我還道你們眞要我當甚麼香主臭主，卻原來將我當作一座木板橋來過河，過了河便拆橋。今日封我爲香主，你們就不算背誓。明日找個岔頭，將我廢了，又不算背誓。那時李大哥也好，關夫子也好，再來當香主，便順理成章了。」大聲說道：「師父，我不當香主！」

陳近南一愕，問道：「甚麼？」韋小寶道：「我不會當，也不想當。」陳近南道：「不會當，慢慢學啊。我會教你，李關二位又答允了幫你。香主的職位，在天地會中位份甚高，你爲甚麼不想當？」

韋小寶搖頭道：「今天當了，明天又給你廢了，反而丟臉。我不當香主，甚麼事都馬馬虎虎；一當上了，人人都來鷄蛋裏尋骨頭，不用半天，馬上完蛋大吉。」陳近南道：「鷄蛋裏沒骨頭，人家要尋也尋不著。」韋小寶道：「鷄蛋要變小鷄，就有骨頭了。就算沒骨頭，人家來尋的時候，先把我蛋殼打破了再說，搞得蛋黃蛋白，一塌子胡塗！」眾人忍不住都笑了起來。

陳近南道：「咱們天地會做事，難道是小孩子兒戲嗎？你只要不做壞事，人人敬你是青木堂香主，那一個會得罪你？就算不敬重你，也得敬你是我的弟子。」

韋小寶想了一想，道：「好，咱們話說明在先。你們將來不要我當香主，我不當就是。可不能亂加罪名，又打又罵，甚麼割耳斬頭，大解八塊。」

陳近南皺眉道：「你就愛討價還價。你不做壞事，誰來打你殺你？韃子倘若打你殺你，大夥兒給你報仇。」頓了一頓，誠誠懇懇的道：「小寶，大丈夫敢作敢為，當仁不讓，既入了我天地會，就當奮勇爭先，為民除害。老是為自己打算，豈是英雄豪傑的行徑？」

韋小寶一聽到「英雄豪傑」四字，便想到說書先生所說的那些大英雄，胸中豪氣登生，說道：「對，師父教訓得很是。最多砍了腦袋，碗大的疤。十八年後，又是一條好漢！」這是江湖漢子給綁上法場時常說的話，韋小寶聽說書先生說得多了，這時用了出來，雖然不大得體，倒博得廳上衆人一陣掌聲。

陳近南微笑道：「做香主是件大喜事，又不是綁上法場斬首。這裏九位香主，人人做得歡歡喜喜，你該當學他們的樣才是。」

關安基走到韋小寶跟前，抱拳躬身，說道：「屬下關安基，參見本堂香主。」韋小寶轉頭向陳近南道：「我怎麼辦？」陳近南道：「你就當還禮。」韋小寶抱拳還禮，道：「關夫子你好。」陳近南微笑道：「『關夫子』三字，是兄弟們平時叫的外號。日常無事，可以叫他『關夫子』，正式見禮之時，便叫他作關二哥。」韋小寶改口道：「關二哥你好。」李力世這一次給關安基佔了先，當下跟著上前見禮。

其餘九位香主逐一重行和韋小寶敘禮。衆人回到大廳，總舵主和十堂香主留下議事。

青木堂是後五堂之長，在天地會十堂之中，排列第六。韋小寶的座位排在右首第一位，赤火堂等堂香主有的白鬚垂胸，反而坐在他下首。李力世、關安基等退在廳外，廳上便只陳近南等十一人，乃天地會中第一級的首腦。

陳近南指著居中的一張空椅，道：「這是朱三太子的座位。」指著其側的一張空椅，道：「這是臺灣鄭王爺的座位。鄭王爺便是國姓爺的公子，現今襲爵爲延平郡王。咱們天地會集議，朱三太子和鄭王爺倘若不到，總是空了座。」這幾句話自是解釋給韋小寶聽的。他繼續說道：「衆位兄弟，請先說說各省的情形。」

那前五房中，長房蓮花堂該管福建，二房洪順堂該管廣東，三房家后堂該管廣西，四房參太堂該管湖南、湖北，五房宏化堂該管浙江。後五房中，長房青木堂該管江蘇，二房赤火堂該管貴州，三房西金堂該管四川，四房玄水堂該管雲南，五房黃土堂該管中州河南。天地會爲鄭成功舊部所組成，主力在福建，因此蓮花堂爲長房，實力最強，其次爲兩廣、兩湖，更其次爲浙江、江蘇。（按：天地會中確有前五房、後五房十堂，蔡德忠、方大洪、馬超興等人歷史上確有其人，各堂該管之地區亦大致如史書所載。此後爲便於小說之敘述描寫，有所更改，不再說明。）

當下蔡德忠首先敘述福建的天地會會務，跟著方大洪述說廣東會務。韋小寶聽了一會，一來不懂，二來絲毫不感興趣，到後來聽而不聞，心中自行想像賭錢玩耍之事。

輪到青木堂香主述說時，陳近南說道：「青木堂本來是在江南江寧、蘇州一帶跟官兵周旋，後來尹兄弟把香堂移到了江北徐州，逐步進入山東、直隸，一直伸展到京城。只可惜尹兄弟命喪鰲拜之手，青木堂元氣大傷。」他頓了一頓，又道：「日前衆兄弟奮勇攻入康親王府，機緣巧合，小寶手刃鰲拜，爲尹兄弟報了大仇。青木堂這件事，幹得轟轟烈烈，可叫韃子心驚肉跳。只不過這麼一來，韃子自然加緊提防，咱們今後行事，可也得加倍小心才是。」衆人齊聲稱是。

此後赤火堂、西金堂兩堂香主分別述說貴州、四川兩省情狀，韋小寶聽得忍不住要打呵欠，忙伸手掩住了嘴巴。

待得玄水堂香主林永超說起雲南會務時，他神情激昂，不斷咒罵，韋小寶才留上了神，只聽他道：「吳三桂那大漢奸處處跟咱們作對，從去年到今年，還沒滿十個月，會中兄弟前前後後已有七十九人死在這王八蛋手裏。他媽巴羔子的，老子跟這狗賊不共戴天。屬下數次派人去行刺，可是這漢奸身邊能人甚多，接連行刺三次，都失了手……」他指指自己掛在頭頸中的左臂，說道：「上個月這一次，他奶奶的，老子還折斷了一條手臂。這大漢奸作惡多端，終有一日，要全家給咱們天地會斬成肉醬。」

一說到吳三桂，人人氣憤填膺。韋小寶在揚州之時，也早聽人說吳三桂引淸兵入關，奪了漢人的天下。淸兵在揚州奸淫燒殺，最大的罪魁禍首便是吳三桂。這人幫淸兵打天下，官封平西王，永鎭雲南，韋小寶聽人提到吳三桂三字之時，無不咬牙切齒，恨之入骨。這林香主如此破口大罵，韋小寶倒也不以爲奇。林永超一罵開了頭，其餘八位香主跟著也罵了起來。他們本來都是軍人，近年來混跡江湖，粗口原是說慣了，只不過在總舵主面前，大家盡力收斂而已，此時一罵上了，誰也不再客氣。韋小寶大喜，一聽到這些污言穢語，登時如魚得水，忍不住插口也罵。說到罵人，韋小寶和這九位香主相比，頗有精粗之別，他一句句轉彎抹角、狠毒刻薄，九位香主只不過胡罵一氣，相形之下，不免見絀。

陳近南搖手道：「夠了，夠了！天下千千萬萬人在罵吳三桂，可是這廝還是好好做他的平西王。罵是罵他不死的，行刺也不是辦法。」

宏化堂香主李式開矮小瘦削，說話很輕，罵人也不多，這時說道：「依屬下之見，就算咱們大舉入滇，將吳三桂殺了，於大局也無多大好處。朝廷另派總督、巡撫，雲南老百姓一般的翻不了身。吳三桂這漢奸罪孽深重，若一刀殺了，未免太也便宜了他。」陳近南點頭道：「此言甚是有理，卻不知李兄弟有何高見？」李式開道：「這件事甚爲重大，大夥兒須得從長計議。屬下也想不出甚麼好法子。還是聽從總舵主的指點。」

陳近南道：「『此事重大，須得從長計議。』李兄弟這一句話，便是高見了。常言道得好：一人計短，二人計長。咱們十個人，不，十一個人，靜下來細細想想，主意兒就更加多了。咱們殺吳三桂，不但爲天地會給他害死的衆位兄弟報仇，也是爲天下千千萬萬漢人同胞報仇。此事我籌思已久，吳三桂那廝在雲南根深蒂固，勢力龐大，單是天地會一會之力，只怕扳他不倒。」

林永超大聲道：「拚著千刀萬剮，也要扳他一扳。」蔡德忠道：「你早扳過了，吳三桂沒扳倒，卻扳斷了自己一隻手。」林永超怒道：「你恥笑我不成？」蔡德忠自知失言，陪笑道：「我是講笑話，林兄弟別生氣。」

陳近南見林永超兀自憤憤不平，溫言慰道：「林賢弟，誅殺吳三桂，乃普天下英雄好漢人人夢寐以求的大事，怎能要林賢弟與玄水堂單獨挑起這副重擔？就算天地會數萬兄弟齊心合力，也未必能動得了他。」林永超道：「總舵主說得是。」這才平了氣。

陳近南道：「我看要辦成這件大事，咱們須得聯絡江湖上各門各派，各幫各會，共謀大舉。吳三桂這廝在雲南有幾萬精兵，麾下雄兵猛將，非同小可。單要殺他一人，未必十分爲難，但要誅他全家，殺盡他手下助紂爲虐的一衆大大小小漢奸惡賊，卻非我天地會一會之力能夠辦到。」

林永超拍腿大叫：「是極，是極！我天地會兄弟已給吳三桂殺了這許多，單殺這賊子一人，如何抵得了命？」

衆人想到要誅滅吳三桂全家及手下衆惡，都十分興奮，但過不多時，大家面面相覷，心中均想：「這件事當眞甚難。」

蔡德忠道：「少林、武當兩派人多勢衆，武功又高，那是一定要聯絡的。」黃土堂香主姚必達躊躇道：「少林寺方丈晦聰大師，在武林中聲望自是極高，不過他向來十分老成持重，不肯得罪官府。這幾年來，更定下一條規矩，連俗家子弟也不許輕易出寺下山，生怕惹禍生事。要聯絡少林派，這中間恐怕有很多難處。」

該管湖廣地面的參太堂香主胡德第點頭道：「武當派也差不多。眞武觀觀主雲雁道人和師兄雲鶴道人失和已久，兩人儘是勾心鬥角，互相找門下弟子的岔兒。殺吳三桂這等冒險勾當，就怕……就怕……」他沒再說下去，但誰都明白，多半雲雁、雲鶴二人都不願幹。

林永超道：「倘若約不到少林、武當，咱們只好自己來幹了。」陳近南道：「那不用性急，武林之中，也並非只少林、武當兩派。」各人紛紛議論，有的說峨嵋派或許願幹，有的說丐幫中有不少好手加入天地會，必願與天地會聯手，去誅殺這大漢奸。

陳近南聽各人說了良久，道：「若不是十拿九穩，咱們可千萬不能向人家提出。」方大洪道：「這個自然，沒的人家不願幹，碰一鼻子灰不算，也傷了我天地會的臉面。」陳近南道：「失面子還不要緊，風聲洩漏出去，給吳三桂那廝加意提防，可更棘手了。」李式開道：「爲了穩重起見，若要向那一個門派幫會提出，須得先經總舵主點頭，別的人可不能隨便拿主意。」衆人都道：「正該如此。」

各人又商議了一會。陳近南道：「此刻還不能擬下確定的方策。三個月後，大家在湖南長沙再聚。小寶，你仍回宮中，青木堂的事務，暫且由李力世、關安基兩位代理。長沙之會，你不用來了。」

韋小寶應道：「是。」心道：「這不是擺明了過河拆橋麼？」

衆香主散後，陳近南拉了韋小寶的手，回入廂房，說道：「北京天橋有個賣膏藥的老頭兒，姓徐。別人賣膏藥的旗子上，膏藥都是黑色的，這徐老兒的膏藥卻是一半紅，一半青。你有事要跟我聯絡，到天橋去找徐老兒便是。你問他：『有沒清惡毒、使盲眼復明的清毒復明膏藥？』他說：『有是有，價錢太貴，要三兩黃金、三兩白銀。』你說：『五兩黃金、五兩白銀賣不賣？』他便知道你是誰了。」

韋小寶大感有趣，笑道：「人家要價三兩，你卻還價五兩，天下那有這樣的事？」

陳近南微笑道：「這是唯恐誤打誤撞，眞有人去向他買『淸毒復明膏藥』。他一聽你還價黃金五兩、白銀五兩，便問：『爲甚麼價錢這樣貴？』你說：『不貴，不貴，只要當眞復得了明，便給你做牛做馬，也是不貴。』他便說：『地振高岡，一派溪山千古秀。』你說：『門朝大海，三河合水萬年流。』他又問：『紅花亭畔那一堂？』你說：『青木堂。』他問：『堂上燒幾炷香？』你說：『五炷香！』燒五炷香的便是香主。他是本會青木堂的兄弟，屬你該管。你有甚麼事，可以交他辦。」

韋小寶一一記在心中。陳近南又將那副對子說了兩遍，和韋小寶演習一遍，一字無訛。陳近南又道：「這徐老頭雖歸你管，武功卻甚了得，你對他不可無禮。」韋小寶答應了。

陳近南道：「小寶，咱們大鬧康親王府，韃子一定偵騎四出，咱們在這裏不能久留。今日你就回宮去，跟人說是給一幫強人擄了去，你夜裏用計殺了看守的強人，逃回宮來。如有人要你領兵來捉拿，你可以帶兵到這裏來，我們把鰲拜的屍身和首級埋在後面菜園裏，你領人來掘了去，就沒人懷疑。」

韋小寶道：「大夥當然都不在這裏了，是不是？」陳近南道：「你一走之後，大夥兒便散，不用躭心。三天之後，我到北京城裏來傳你武功。你到東城甜水井胡同來，胡同口有兄弟們等著，自會帶你進來見我。」韋小寶應道：「是。」

陳近南輕輕撫摸他頭，溫言道：「你這就去罷！」

韋小寶當下進去和茅十八道別。茅十八不知他已入了天地會，做了香主，問長問短，極是關心。韋小寶也不說穿。這時他讓奪去的匕首等物早已取回。陳近南命人替他備了坐騎，親自送出門外。李力世、關安基、玄貞道人等青木堂中兄弟，更直送到三里之外。

韋小寶問明路徑，催馬馳回北京城，進宮時已是傍晚，即去叩見皇帝。

康熙早已得知鰲拜在康親王府囚室中爲韋小寶所殺的訊息，心想他爲鰲拜的黨徒所擄，定然凶多吉少。事情一發，淸廷便立即四下緝捕鰲拜的餘黨拷問，人是捉了不少，卻查不出端倪。康熙正自老大煩惱，忽聽得韋小寶回來，又驚又喜，急忙傳見，一見他走進書房，忙問：「小桂子，你……你怎麼逃了出來？」

韋小寶一路之上，早已想好了一大片謊話，如何給強人捉去、如何給裝在棗子箱中運去等情倒不必撒謊，跟著說衆奸黨如何設了靈位祭奠，爲了等一個首腦人物，卻暫不殺他，將他綁在一間黑房之中，他又如何在半夜裏磨斷手上所綁繩索，殺了看守的人，逃了出來，如何在草叢中躲避追騎，如何偷得馬匹，繞道而歸，說得繪聲繪影，生動之至。

康熙聽得津津有味，連連拍他肩頭，讚道：「小桂子，眞有你的。」又道：「這一番可眞辛苦了。」

韋小寶道：「皇上，鰲拜這些奸黨，勢力也眞不小。奴才逃出來時，記明了路徑，咱們馬上帶兵去捉，好不好？」

康熙喜道：「妙極！你快去叫索額圖帶領三千兵馬，隨你去捉拿。」

韋小寶退了出來，命人去通知索額圖。索額圖聽說小桂子給鰲拜手下人捉去，心想宮中少了個大援，正在發愁，雖說能吞沒四十五萬兩銀子，畢竟是所失者大，所得者小，突然得悉小桂子逃歸，登時精神大振，忙帶領人馬，和韋小寶去捕拿餘黨。行到半路，康親王差人將韋小寶的玉花驄趕著送來。韋小寶騎上名駒，左顧右盼，得意非凡。

到得天地會聚會之所，自然早已人影不見。索額圖下令搜索，不久便在菜園中將鰲拜的首級和屍身掘了出來，又找到一塊「大淸少保一等超武公鰲拜大人之靈位」的靈牌，幾幅弔唁鰲拜的輓聯，自然都是陳近南故意留下的。

韋小寶和索額圖回到北京，將靈牌、輓聯等物呈上康熙，韋小寶神色間倒頗似立了一件大功。康熙獎勉幾句，吩咐葬了鰲拜的屍身，令兩人繼續小心查察。

韋小寶嘴裏連聲答應，臉上忠誠勤奮，肚中暗暗好笑。

風際中身子躍起，從半空撲擊下來。玄貞道人斜身閃開。風際中倏地搶到玄貞身前，左腿向右橫掃，右臂向左橫掠，正是沐家拳中的那招「橫掃千軍」。

# 第九回　琢磨頗望成全璧　激烈何須到碎琴

過了三天，韋小寶稟明康熙，要出去訪查鰲拜的餘黨，逕自到東城甜水井胡同來。離胡同口十來丈處停著一副餛飩擔子，賣餛飩的見到韋小寶，拿起下餛飩的長竹筷，在盛錢的竹筒上托托托的敲了三下，停一停，敲了兩下，又敲三下。隔著數丈處，有人挑了擔子在賣青蘿蔔，那人用削蘿蔔的刀子在扁擔上也這般敲擊。韋小寶料想是天地會傳訊之法，隨著一個賣冰糖葫蘆的小販進了胡同，來到漆黑大門的一座屋子前。門口蹲著三人，正用石灰粉刷牆壁，見到韋小寶後點了點頭，石灰刀在牆上敲擊數下，大門便即開了。

韋小寶走進院子，進了大廳，見陳近南已坐在廳中，立即上前磕頭。陳近南甚是歡喜，說道：「你來得早，再好也沒有了。我本想多躭幾天傳你功夫，但昨天接到訊息，福建有件事要我去料理。這次我只能停留一天。」韋小寶心中一喜，暗道：「你沒空多傳我功夫，將來我練得不好，那是你的事，可不能怪我。」臉上卻盡是失望之色。

陳近南從懷中取出一本薄薄的册子，說道：「這是本門修習內功的基本法門，你每日照著自行用功。」打開册子，每一頁都繪有人像，當下教了修習內功的法門和口訣。韋小寶一時之間也未能全盤領悟，只用心記憶。

陳近南花了兩個多時辰，將這套內功授完，說道：「本門功夫以正心誠意爲先。你這人心猿意馬，和本門功夫格格不入，練起來加倍艱難，須得特別用功才是。你牢牢記住，倘若練得心意煩躁，頭暈眼花，便不可再練，須待靜了下來，收拾雜念，再從頭練起，否則會有重大危險。」韋小寶答應了，雙手接過册子，放入懷中。

陳近南又細問海大富所授武功的詳情，待韋小寶連說帶比的一一說完，陳近南沉吟道：「這些功夫，你也早知是假的，當眞遇上敵人，半點也不管用。我只是奇怪，怎地韃子太后傳授給韃子小皇帝的武功，卻也是假的。」韋小寶道：「老婊子不是小皇帝的親娘，而且……而且老婊子不是好人，是個大大的壞人。」心想老婊子害死小皇帝的母親等等情由，牽連太過重大，對師父也不能說，何況此事跟師父毫不相干。

陳近南點點頭，跟著又查問海大富的爲人和行事，只覺這老太監的所作所爲之中，充滿了詭秘。韋小寶說了一些，突然間「哇」的一聲，哭了出來。

陳近南溫言問道：「小寶，怎麼啦？」韋小寶抽抽噎噎的將海大富在湯中暗下毒藥的事說了，最後泣道：「師父，我這毒是解不了的啦。我死之後，青木堂的兄弟們可不能再用老法子。」陳近南問道：「甚麼老法子？」韋小寶道：「鰲拜害死尹香主，我殺了鰲拜，大夥兒就叫我做青木堂香主。海老烏龜害死韋香主，老婊子殺了海老烏龜。大夥兒可不能請老婊子來做青木堂香主。」

陳近南哈哈一笑，細心搭他脈搏，又詳詢他小腹疼痛的情狀，伸指在他小腹四周穴道上或輕或重的按捺，沉吟半晌，說道：「不用怕！海大富的毒藥，或許世上當眞無藥可解，但我可用內力將毒逼出。」韋小寶大喜，連說：「多謝師父！」

陳近南領他到臥室之中，命他躺在床上，左手按在他胸口「膻中穴」，右手按住他背脊「大椎穴」。過得片刻，韋小寶只覺兩股熱氣緩緩向下遊走，全身說不出的舒服，迷迷糊糊的就睡著了。

睡夢之中，突覺腹中說不出的疼痛，「啊喲」一聲，醒了過來，叫道：「師父，我……我要拉屎！」陳近南帶他到茅房門口。韋小寶剛解開褲子，稀屎便已直噴，但覺腥臭難當，口中跟著大嘔。

韋小寶回到臥室，雙腿酸軟，幾難站直。陳近南微笑道：「好啦，你中的毒已去了十之八九，餘下來的已不打緊。我這裏有十二粒解毒靈丹，你分十二天服下，餘毒就可驅除乾淨。」從懷中取出一個小瓷瓶，交給韋小寶。韋小寶接了，好生感激，說道：「師父，這藥丸你自己還有沒有？你都給了我，要是你自己中毒……」陳近南微微一笑，說道：「人家想下我的毒，也沒這麼容易。」

眼見天色已晚，陳近南命人開出飯來，和韋小寶同食。韋小寶見只有四碗尋常菜餚，心想：「師父是大英雄，卻吃得這等馬虎。」他既知身上劇毒已解，心懷大暢，吃飯和替師父裝飯之時，臉上笑咪咪地，甚是歡喜。

飯罷，韋小寶又爲師父斟了茶。陳近南喝了幾口，說道：「小寶，盼你做個好孩子。我一有空閒，便到京城來傳你武藝。」韋小寶應道：「是。」陳近南道：「好，你這就回皇宮去罷。韃子狡猾得緊，你雖也聰明，畢竟年紀小，要事事小心。」

韋小寶道：「師父，我在宮裏好悶，甚麼時候才可以跟著你行走江湖？」

陳近南凝視他臉，道：「你且忍耐幾年，爲本會立幾件大功。等……等再過幾年，你聲音變了，鬍子也長出來時，不能再冒充太監，那時再出宮來。」

韋小寶心想：「我在宮裏做好事還是做壞事，你們誰也不知，想廢去我的香主，可沒那麼容易。將來我年紀大了，武功練好了，或許你們便不廢了。」想到此處，便開心起來，說道：「是，是。師父，我去啦。」

陳近南站起身來，拉著他手，說道：「小寶，韃子氣候已成，這反淸復明的大事，是艱難得很的。你在皇宮之中，時時刻刻會遇到兇險，你年紀這樣小，又沒學到甚麼眞實本領，我實在放心不下。不過咱們既入了天地會，這身子就不是自己的了，只要於反清復明大業有利，就算明知是火坑，也只好跳下去。只可惜……只可惜你不能時時在我身邊，我可好好教你。但盼將來你能多跟我一些時候。現下會中兄弟們敬重於你，只不過瞧在我的份上，但我總不能照應你一輩子。將來人家敬重你，還是瞧你不起，一切全憑你自己。」

韋小寶道：「是。我丟自己的臉不打緊，師父的臉可丟不起。」陳近南搖頭道：「你自己丟臉，那也不成啊。」韋小寶應道：「是，是。那麼我丟小桂子的臉好了。小桂子是韃子太監，咱們丟小桂子的臉，就是丟韃子的臉，那就是反清復明。」

陳近南長嘆一聲，實不知如何教導才是。

韋小寶進宮回到自己屋裏，將索額圖交來幾十張、一共四十六萬六千五百兩的銀票反覆細看，心下大樂。原來索額圖爲了討好他，本來答應四十五萬兩銀子，後來變賣鰲拜家產，得價較預計爲多，又加了一萬多兩。他看了多時，收起銀票，取出陳近南的那本武功册子，照著所傳秘訣，盤膝而坐，練了起來。他點收銀票，看到票子上銀號、票號的硃印時神采奕奕，一翻到武功圖譜，登時興味索然，何況書中的註解一百個字中也識不上一個，練不到小半個時辰，便覺神昏眼倦，倒在床上便睡著了。

次日醒來，在書房中侍候完了皇帝，回到屋裏，又再練功，過不多時又竟入睡。陳近南這一門功夫入門極爲不易，非有極大毅力，難以打通第一關。韋小寶聰明機警，卻便是少了這份毅力，第一個坐式一練，便覺艱難無比，昏昏欲睡。一覺醒轉，已是半夜，心想：「師父叫我練功，可是他的功夫乏味之極。但如偷懶不練罷，下次見到師父，他一查之下，我功夫半點也沒長進，一定老大不高興。說不定便將我的青木堂香主給廢了。」起身再拿那册子來看，依法打坐修習，過不多時，雙眼又沉重之極，忍不住要睡，心想：「他們打定了主意，要過河拆橋，我這座橋是青石板大橋也罷，是爛木頭獨木橋也罷，他們總是要拆的，我練不練功夫，也不相干。」既找到了不練功夫的藉口，心下大寬，倒頭呼呼大睡。

他既不須再練武功，此後的日子便過得甚是逍遙自在，十二粒藥丸服完，小腹上的疼痛已無影無蹤。日間只在上書房中侍候康熙幾個時辰，空下來便跟溫氏兄弟等擲骰子賭錢。他此刻是身有數十萬兩銀子家財的大富豪，擲骰子原已不用再作弊行騙，但羊牯當前，不騙上幾下，心中可有說不出的不痛快，溫氏兄弟、平威、老吳等人欠他的賭債自然越積越多。好在韋小寶不討賭債，而海大富又已不在人世，溫氏兄弟等雖債台高築，卻也不怎樣躭心。

至於尙膳監的事務，自有手下太監料理，每逢初二、十六，管事太監便送四百兩銀子到韋小寶屋子裏來。這時索額圖早已替他將幾萬兩銀子分送宮中嬪妃和有權勢的太監、侍衛，韋小寶嘴頭上旣來得，康熙又正對他十分寵幸，這幾個月中，在宮中衆口交譽，人人見了他都笑顏相迎。

秋盡冬來，天氣日冷一日，這天韋小寶從上書房中下來，忽然想起：「師父吩咐，倘若有事，便去天橋找賣膏藥的徐老頭聯絡。雖然沒甚麼事，也不妨去跟他對答一下，甚麼『地振高岡，一派溪山千古秀。門朝大海，三河合水萬年流』，倒也有趣。喂，你這張膏藥要三兩黃金、三兩白銀，太貴啦，太貴啦！五兩黃金、五兩白銀賣不賣？哈哈，哈哈！」

他走出宮門，在大街上轉了幾轉，見一家茶館中有個說書先生在說書，便踱進去泡了壺茶坐下。說書先生說的正是《英烈傳》，說到朱元璋和陳友諒在鄱陽湖大戰，如何周顚抱了朱元璋換船，如何陳友諒戰船上一砲轟來，將朱元璋原來的座船轟得粉碎。這些情節韋小寶早已聽得爛熟，那說書的穿揷也不甚佳，但他一坐下來，便聽了大半個時辰，東逛西混，直到天黑，這天竟沒去天橋。

第二天、第三天也始終沒去。每晚臨睡，心裏總說，明天該去瞧瞧那徐老頭兒了，可是第二天不是去擲骰子賭錢，便是去聽說書，要不然到街市之中亂花銀子。這些日子在皇宮裏逍遙快樂，做太監比做天地會的甚麼香主、臭主要適意得多，自知這念頭十分沒出息，也不敢多想，偶爾念及，便自己安慰：「反正我又沒事，去找徐老頭兒幹麼？洩漏了機密，送了我小命不打緊，反而連累了天地會的大事。」

如此又過月餘，韋小寶這一日又在茶館中聽《英烈傳》。茶博士見他是宮中太監，給的賞錢又多，總是給他留下最好的座頭，泡的是上好香茶。韋小寶這些日子來給人奉承慣了，對茶博士的恭謹巴結雖不怎麼希罕，聽在耳裏，卻也著實受用。壇上說書說的是大將軍徐達掛帥出征，將韃子兵趕回蒙古。京師之地，茶館裏聽書的旗人甚多，說書先生不敢公然提「韃子」二字，只說是元兵元將，但也說得口沫橫飛，精神十足。

韋小寶正聽得出神，忽有一人說道：「借光！」在他的茶桌邊坐下。韋小寶眉頭一皺，有些不耐煩。那人輕聲說道：「小人有張上好膏藥，想賣與公公，公公請看。」韋小寶一轉頭，見桌上放著一張膏藥，一半青，一半紅，他心中一動，問道：「這是甚麼膏藥？」那人道：「這是除清惡毒、令雙目復明的膏藥。」壓低了聲音，道：「有個名目，叫作『清毒復明膏藥』。」

韋小寶看那人時，見他三十來歲年紀，英氣勃勃，並不是師父所說的那個徐老頭，心下起疑，問道：「這張膏藥要賣多少銀子？」那人道：「三兩白銀，三兩黃金。」韋小寶道：「五兩白銀、五兩黃金賣不賣？」那人說道：「那不是太貴了嗎？」韋小寶道：「不貴，不貴，只要當眞復得了明，便給你做牛做馬，也是不貴。」那人將膏藥向韋小寶身前一推，低聲道：「公公，請借一步說話。」說著站起身來，走出茶館。

韋小寶將二百文錢丟在桌上，取了膏藥，走了出去。那人候在茶館之外，向東便走，轉入一條胡同，見四下無人，站定了腳，說道：「地振高岡，一派溪水千古秀。」韋小寶道：「門朝大海，三河合水萬年流。」不等他問，先行問道：「閣下在紅花亭畔住那一堂？」那人道：「兄弟是青木堂。」韋小寶道：「堂上燒幾炷香？」那人道：「三炷香！」韋小寶點了點頭，心想：「你比我的職位可低了兩級。」那人叉手躬身，低聲道：「哥哥是青木堂燒五炷香的韋香主？」韋小寶道：「正是。」心想：「你年紀比我大得多，卻叫我哥哥，當眞要叫得好聽，怎麼又不叫爺爺、阿叔？」

那人道：「兄弟姓高，名叫彥超，是韋香主的下屬，久仰香主的英名，今日得見，實是大幸。」韋小寶心中一喜，笑道：「高大哥好說，大家是自己人，何必客氣。」

高彥超道：「本堂有一位姓徐的徐三哥，向在天橋賣藥，今日給人打得重傷，特來報知韋香主。」韋小寶一驚，說道：「我連日宮中有事，沒去會他。他怎地受了傷？是給誰打的？」高彥超道：「此處不便詳告，請韋香主跟我來。」韋小寶點了點頭。

高彥超大步而行，韋小寶遠遠跟著。

過了七八條街，來到一條小街，高彥超走進一家藥店。韋小寶見招牌上寫著五個字，自然一個也不識，也不用細看，料想是藥店的名字，便跟著進去。

櫃台內坐著一個肥肥胖胖的掌櫃，高彥超走上前去，在他耳畔低聲說了幾句。那胖掌櫃連聲應道：「是，是！」站起身來，向韋小寶躬身行禮，神態恭敬，道：「客官要買上好藥材，請進來罷！」引著韋小寶和高彥超走進內室，反手帶上了門，俯身掀開一塊地板，露出一個洞來，有石級通將下去。

韋小寶見地道中黑黝黝地，心下驚疑不定：「這兩人眞是天地會的兄弟嗎？只怕有點兒靠不住。下面若是宰殺韋小寶的屠房，豈不糟糕？」但高彥超跟在身後，其勢已無可退縮，只得跟著那掌櫃走入地道。

幸好地道極短，只走得十來步，那掌櫃便推開了一扇板門，門中透出燈光。韋小寶走進門內，見是一間十來尺見方的小室，室中卻坐了五人，另有一人躺在一張矮榻之上。待得再加上三人，幾乎已無轉身餘地，幸好那胖掌櫃隨即退出。

高彥超道：「衆位兄弟，韋香主駕到！」

室中五人齊聲歡呼，站起來躬身行禮，地窖太小，各人擠成一團。韋小寶抱拳還禮。見其中一人是個道人，那是曾經會過的，道號玄貞，記得他曾開玩笑，叫關安基跟他妻子「十足眞金」離婚，另有一人姓樊，也是見過的。韋小寶見到熟人，當即寬心。

高彥超指著臥在矮榻上那人，說道：「徐三哥身受重傷，不能起來見禮。」

韋小寶道：「好說，好說！」走近身去，只見榻上那人一張滿是皺紋的臉上，已沒半點血色，雙目緊閉，呼吸微弱，白鬚上點點斑斑都是血漬，問道：「不知是誰打傷了徐三哥？是……是韃子的鷹爪子嗎？」

高彥超搖頭道：「不是，是雲南沐王府的人。」

韋小寶一驚，道：「雲南沐王府？他們……他們跟咱們是一路的，是不是？」

高彥超緩緩搖頭，說道：「啓稟香主大哥：徐三哥今朝支撐著回到這回春堂藥店來，說道下手打傷他的，是沐王府的兩個年輕人，都是姓白……」韋小寶道：「姓白？那不是沐王府四大家將的後人嗎？」高彥超道：「多半是的。大概就是白寒松、白寒楓兄弟，叫做甚麼『白氏雙木』的。」韋小寶喃喃道：「兩根爛木頭，有甚麼了不起啦！」高彥超道：「聽徐三哥說，他們爲了爭執擁唐擁桂，越說越僵，終於動起手來。徐三哥雙拳難敵四手，身受重傷。」韋小寶道：「兩個打一個，不是英雄好漢。甚麼糖啊桂的，莫非……莫非……」心想甚麼「擁桂」，莫非爲了擁護我小桂子，但覺得不大像，縮住了不說。

高彥超道：「沐王府是桂王手下，咱們天地會是當年唐王天子手下。徐三哥定是跟他們爭名份，以致言語失和。」韋小寶還是不懂，問道：「甚麼桂王手下、唐王手下？」高彥超道：「那桂王不是眞命天子，咱們唐王才是眞命天子。」

玄貞道人明白韋小寶的底細，知他肚中料子有限，插口道：「韋香主，當年李闖攻入北京，逼死了崇禎天子。吳三桂帶領淸兵入關，佔我花花江山。各地的忠臣義士，紛紛推戴太祖皇帝的子孫爲王。先是福王在南京做天子。後來福王給韃子害了，咱們唐王在福建做天子，那是國姓爺鄭家一夥人擁戴的，自然是眞命天子。那知另一批人在廣西、雲南推戴桂王做天子，又有一批人在浙江推戴魯王做天子，那都是假的天子。」

韋小寶點頭道：「天無二日，民無二主。既有唐王做了天子，桂王、魯王就不能做天子了。」高彥超道：「是啊，韋香主說得對極！」

玄貞道人道：「可是廣西、浙江那些人爲了貪圖富貴，爭著說道，他們擁立的才是眞命天子，大家自夥裏爭得很厲害。」嘆了口氣，續道：「後來唐王、魯王、桂王，先後都遭了難。這些年來，江湖上的豪傑不忘明室，分別找了三王的後人，奉以爲主，幹反淸復明的大業。桂王的手下擁戴桂王子孫，魯王的手下擁戴魯王子孫，那是桂派和魯派，他們又稱咱們天地會爲唐派。唐、桂、魯三派，都是反淸復明的。不過只有咱們天地會才是正統，桂派、魯派卻是篡位。」韋小寶點頭道：「我明白了。沐王府那些人是桂派，是不是？」玄貞道人道：「正是。這三派人十幾年來相爭不休。」

韋小寶想起那日在蘇北道上遇到沐王府的人物，甚爲傲慢無禮，那人也是姓白，但不知是不是這兩根爛木頭之一，當時見茅十八對他怕得厲害，早就不忿，便道：「唐王既是眞命天子，他們就不該再爭。聽說沐公爺是很好的，只怕他老人家歸天之後，他手下那些人有點兒亂七八糟。」地窖中衆人齊聲道：「韋香主的話，一點也不錯。」

玄貞道人道：「江湖上好漢瞧在沐天波沐公爺盡忠死節的份上，遇上了沐王府的人物，都容讓三分。這樣一來，沐王府中連阿貓阿狗也都狂妄自大起來。我們這位徐三哥人是再好也沒有的，他從前服侍過唐王天子，當眞是忠心耿耿，提到先帝時便流眼淚。定是沐王府的人說話不三不四，言語中輕侮了先帝，否則的話，徐老哥怎能跟沐王府的人動手？」

高彥超道：「徐三哥在午前淸醒了一會兒，要衆兄弟給他出這口氣。在直隸境內，眼下本會只韋香主一位香主，按照本會規矩，遇上這等大事，須得稟明韋香主而行。倘若是對付韃子的鷹爪子，那也罷了，殺了韃子和鷹爪固然很好，弟兄們爲本會殉難，也是份所當爲。但沐王府在江湖上名聲很響，說來總也是自己人，去跟他們交涉，說不定會大動干戈，後果怎樣，就很難料。」韋小寶嗯了一聲。

高彥超又道：「徐三哥說，他一直在等候韋香主駕到，已等了好幾個月，有時見到韋香主在街市採購物品，有時在茶館裏聽書。」韋小寶臉上微微一紅，說道：「原來他早見到我了。」高彥超道：「徐三哥說，總舵主吩咐過的，韋香主倘若有事，自會去找他，因此徐三哥雖然見到韋香主，卻不敢上前相認。」

韋小寶點了點頭，向榻上的老頭瞧了一眼，心想：「原來這老狐狸暗中早就跟上了我。我在街上買了東西亂吃，胡花銀子，早就落入他眼中。他媽的，日後他見了我師父，定會搬弄是非，最好是這隻老狐狸傷勢好不了，嗚呼哀哉！」

玄貞道人道：「咱們一商量，迫不得已，只好請韋香主到來主持大局。」

韋小寶心想：「我一個小孩子，能主持甚麼大局？」但見這些人對自己十分恭謹，心下也不禁得意。他初入天地會時，除了師父之外，九位香主都比自己年長資深，此刻這些人中卻以自己地位最高，輕飄飄之感登時油然而興。

一名中年的粗壯漢子氣憤憤的道：「大夥兒見到沐王府的人退讓三分，那是敬重沐公爺為人忠義，為主殉難，說到所做事業的驚天動地，咱們國姓爺比之沐王爺可勝過了十倍。」那姓樊的樊綱道：「我敬你五尺，你就該當敬我一丈。怎地我們客氣，他們反當是運氣？這件事若不分說清楚，以後天地會給沐王府壓得頭也抬不起來，大夥兒還混個甚麼？」眾人你一言，我一語，都十分氣惱。

玄貞道人道：「這件事如何辦理，大夥兒都聽韋香主的指示。」

要韋小寶想法子去偷鷄摸狗，混蒙拐騙，他還能拿些主意，現下面臨這種大事，要他拿個主意出來，當眞是要他好看了，擺明了叫他當場出醜露乖。可是他不折不扣，確是陳近南的弟子，天地會十大香主之一，直隸全省之中，天地會眾兄弟以他為首，這姓徐的老頭和別的幾人，又都是他青木堂的嫡系下屬，眼見人人的目光都注視在他臉上，不由得大是發窘，心中直罵：「辣塊媽媽，這……這如何是好？」

他心中發窘，一個個人瞧將過去，盼望尋到一點線索，可以想個好主意，看到那粗壯漢子時，忽見他嘴角邊微有笑容，眼光中流露出狡猾神色。此人剛才還在大叫大嚷，滿腔子都是怒火，怎地突然間高興起來？一凝神間，猛地想起：「啊喲，辣塊媽媽，這批王八蛋不懷好意，要我來掮爛木梢。他們想去跟沐王府的人打架，卻生怕我師父將來責怪，於是找了我來，要我出頭。」

他越想越對，尋思：「我只是個十來歲的小孩子，雖說是香主，難道還眞會有勝過他們的主意？他們是要拿我來作擋箭牌，日後沒事，那就罷了，有甚麼不妥，都往我頭上一推，說道：『青木堂韋香主率領大夥兒幹的。香主有令，咱們不敢不從。』哼，他們本就要鷄蛋裏找骨頭，廢了我這香主，我領頭去跟沐王府的人打架，不論是輸是贏，總之是大大的一塊骨頭。好啊，辣塊媽媽，老子可不上這個當。」

他假裝低頭沉思，過了一會，說道：「衆位兄長，小弟雖然當了香主，只不過碰巧殺了鰲拜，本事是一點也沒有的，計策更加沒有。我看還是請玄貞道長出個主意，一定比我高明得多。」他這一招叫作「順水推舟」，將一根爛木梢向玄貞道人肩頭推去。

玄貞道人笑了一笑，向樊綱道：「樊三哥的腦筋可比我行得多，你瞧怎麼辦？」

樊綱是個直性漢子，說道：「我看也沒第二條路好走，咱們就找到姓白的家裏，他們要是向徐三哥磕頭賠罪，那就萬事全休。否則的話，哼哼，說不得，只好先禮後兵。」

人人心中想的，其實都是這一句話，只是沐王府在江湖上威名甚盛，又是反清復明的同道，誰也不願首先將這句話說出口來。樊綱這麼一說，幾個人都附和道：「對，對！樊三哥的話對極！能不動武自然最好，否則咱們天地會可也不是好欺的，給人家打成這副樣子，難道便罷了不成？」

韋小寶向玄貞和另一個漢子道：「你二位以為怎樣？」那漢子道：「這叫作逼上梁山，沒有法子，咱們確是給趕得絕了。」玄貞卻微笑著點了點頭，不置可否。

韋小寶心想：「你不說話，將來想賴，我偏偏叫你賴不成。」問道：「玄貞道長，你以為樊三哥的主意不大妥當，是不是？」

玄貞道：「也不是不妥當，不過大家須得十分鄭重，倘若跟沐王府的人動手，第一是敗不得，第二是殺不得人。倘若打死了人，可是一件大事。」樊綱道：「話是這麼說，但如徐三哥傷重不治，卻又怎樣？」玄貞又點了點頭。

韋小寶道：「請大家商量個法子出來。各位哥哥見識多，吃過的鹽比我吃過的米還多，走過的橋比我走過的路還多，想的主意也一定比我好得多。」玄貞向他瞧了一眼，淡淡的道：「韋香主很了不起哪！」韋小寶笑道：「道長你也了不起。」

眾人商量了一會，還是依照樊綱的法子，請韋小寶率同眾人，去向沐王府的人興問罪之師，各人身上暗帶兵刃，但須儘量忍讓，要佔住地步，最好是沐王府的人先動了手、打了人，這才還手。

玄貞道：「咱們不妨再約北京城裏幾位成名的武師同去，請他們作個見證，免得傳了開來，說咱們天地會上門欺人。日後是非不明，只怕總舵主見罪。」

韋小寶喜道：「好極，要請有本事的，越多越好。」在蘇北道上的飯店之中，沐王府那姓白的一根根筷子擲出去，只打得吳三桂手下一個個摔倒在地，這情景此刻猶似便在眼前。他們要是再搞甚麼銅角渡江、火箭射象的玩意兒，就算北京城裏擺不出大象陣，單是擺上個把老鼠陣，青木堂韋香主吃不了就得兜著走，本想推托不去，又有點說不出口，聽玄貞道人說要約同北京城裏著名武師前去，正中下懷。

玄貞微微一笑，說道：「咱們只約有聲望名氣的，倒不是請他們去助拳，武功好不好卻在其次。」高彥超道：「名氣大的，武功多半就高。」他是在幫著韋小寶說話。玄貞點了點頭。樊綱道：「咱們去請那幾位武師？」當下眾人商議請誰同去，邀請的人要在武林中頗有名望，與官面上並無來往，而與天地會多少有些交情。

商議定當後，正要分頭去請人，那徐老頭忽然呻吟道：「不……不……不……不能請外人。」樊綱問道：「徐三哥，你說不能請外人？」徐老頭道：「韋香主，他……他在宮裏當差，這……這件事可不能洩漏出去，那……那是性命交關……交關的大事。」

衆人一聽，都覺有理，韋小寶在宮中做太監，自然是奉了總舵主之命，暗中必有重大圖謀，一有外人知道，難保不走漏風聲。樊綱道：「韋香主倒也不必親自出馬。咱們去跟那兩個姓白的理論，結果怎樣，回來稟報韋香主便是。」

韋小寶本來對沐王府頗爲忌憚，但既邀武林中一批大有名望之人同去，那就篤定泰山，有勝無敗，這好比用灌鉛骰子跟羊牯賭錢，怎可置身局外？說道：「我如不去，那就不好玩了。我的姓名身分，你們別跟外人說就是。」

玄貞道人道：「倘若韋香主喬裝改扮了，那就沒人知道他在宮裏辦事……」

韋小寶沒聽他說完，當即拍手叫好，連稱：「妙極，妙極！」這主意正投其所好，上門生事，本已十分有趣，改裝後再去生事，更是妙上加妙。

衆人本來都覺若非韋香主率領，各人擔的干係太大，見他如此熱心，爭著要去，自無異議。徐老頭道：「大夥兒……大夥兒千萬要小心。韋香主扮……扮作甚麼人？」衆人望著韋小寶，聽他示下。

韋小寶心想：「我扮個富家公子呢，還是扮個小叫化？」他在妓院之中，見到來嫖院的王孫公子衣飾華貴，向來甚是羨慕，一直沒機會穿著，微一沉吟，從懷中摸出三張五百兩銀子的銀票來，道：「這裏是一千五百兩銀子，相煩那一位大哥去給我買些衣衫。」

眾人都微微一驚，幾個人齊聲道：「那用得著這許多銀子？」韋小寶道：「我銀子有的是，衣衫買得越貴越好，再買些珠寶戴了起來，誰也不知我是宮裏的小……小太監了。」玄貞道人道：「韋香主說得是。高兄弟，你去買韋香主的衣衫。」

韋小寶又取出一千兩銀子的銀票，道：「多花些錢好了，不打緊。」旁人見這小小孩童身邊銀票極多，都暗暗稱異，說甚麼也想不到他屋裏的銀子竟有四十幾萬兩之多。按照韋小寶本來脾氣，身邊便有二三兩銀子，也要花光了才舒服，可是四十幾萬兩銀子如何花用得掉？能夠買些華貴衣服來穿戴穿戴，出出風頭，當真機會難得，心裏快活之極，見眾人目瞪口呆，便又伸手入懷。

他手伸出來時，掌中已有三千五百兩銀子的銀票，交給玄貞道人，道：「兄弟跟各位大哥今日初見，沒甚麼孝敬。這些銀子，是韃子那裏拿來的，都是不義……不義的銀（他本想說「不義之財」，但這句成語太難，說不上來），請大夥兒幫著花用花用。」天地會規矩嚴明，不得胡亂取人財物，樊綱、高彥超等早窮得久了，忽見韋香主取出這許多銀票給大家花用，又言明是取自韃子的不義之財，他既在清宮中當差，此言自然不假，各人情不自禁的都歡呼起來。

玄貞道：「咱們要分頭請人，今天是來不及了。韋香主，明日大夥兒在這裏恭候大駕，不知你甚麼時刻能到？」韋小寶道：「上午我要當差，午後準到。」玄貞道：「很好。明日午後，咱們在這裏會齊，然後同去跟那兩個姓白的算帳。」

當晚韋小寶便心癢難搔，在屋裏跳上跳下，指手劃腳。次日從上書房下來，便匆匆去珠寶店買了一隻大翡翠戒指，又叫店中師傅在一頂緞帽上釘上一大塊白玉、四顆渾圓明珠，這一來便花了四千多兩銀子。珠寶店中見這位貴客是宮中太監，絲毫不以爲奇，既是內官來採購珠寶，花錢再多十倍也是常事。

韋小寶趕到回春堂藥店，衆人已在地窖中等候，說道已請了北京四位知名武師，同去作見證，每人已送了二百兩銀子謝禮。韋小寶心道：「得人錢財，與人消災，這四位武師非幫我們不可。只是二百兩銀子謝禮太少，最好送五百兩。四位武師太少，最好請十六位。」

高彥超取出衣服鞋襪來給韋小寶換了，每件衣物都十分華貴，外面一件長袍是火狐皮的裏子，在領口和衣袖外翻出油光滑亮的毛皮。高彥超道：「皮袍是叫他們連夜改小的，多給了三兩六錢銀子的工錢。」韋小寶連說：「不貴，不貴。」一件天青緞子的馬褂，十粒扣子都是黃金打的。饒是如此，他給的銀子還是一半也用不了。

韋小寶在宮中住了將近一年，居移氣，養移體，食用既好，見識又多，這半年來做了尚膳監的首腦，百餘名太監給他差來差去，做首領早做得慣了。這時周身再一打扮，雖然頗有些暴發戶的俗氣，卻也顯得款式非凡，派頭十足，與樊綱、高彥超等草莽豪傑大不相同。

衆人已安排了一乘轎子，等在門外，請韋小寶上轎，以防他改裝之後在城裏行走，撞見宮中太監或朝廷官員。

一行人先到東城武勝鏢局，和四位武師會齊。那四位武師第一位是北京潭腿門掌門人老武師馬博仁，那是清眞教門的；第二位跌打名醫姚春，徐老頭受了傷，便由他醫治，此人既是名醫，擒拿短打也是一絕；第三位是外號「虎面霸王」的雷一嘯，鐵布衫功夫大大有名；第四位便是武勝鏢局的總鏢頭金槍王武通。

馬博仁等四人早已得知天地會領頭的韋香主年紀甚輕，一見之下，竟是這樣一個豪富少年，都十分詫異，但各人久仰陳近南的大名，心想天地會總舵主的弟子，年紀雖小，也必有驚人藝業，都不敢小覷了他。衆人在鏢局中喝了茶，便同去楊柳胡同那姓白的二人駐足之處。韋小寶和馬博仁、姚春三人坐轎，雷一嘯與王武通騎馬，餘人步行相陪。玄貞道人、樊綱等都是成名人物，王武通要相借坐騎，但玄貞怕惹人注目，堅決拒卻。

一行人來到楊柳胡同一座朱漆大門的宅第之外，高彥超正要上前打門，忽聽得門內傳出隱隱哭聲。衆人一怔，只見大門外掛著兩盞白色燈籠，卻是家有喪事。高彥超輕扣門環，過了一會，大門打開，出來一名老管家。高彥超呈上備就的五張名帖，說道：

「武勝鏢局、潭腿門、天地會的幾位朋友，前來拜會白大俠、白二俠。」

那老管家聽得「天地會」三字，雙眉一豎，滿臉怒容，向衆人瞪了一眼，接過拜帖，一言不發的走了進去。

馬博仁年紀雖老，火氣卻大，登時忍不住生氣，道：「這奴才好生無禮。」

韋小寶道：「馬老爺子的話一點不錯。」他對沐王府的人畢竟甚是忌憚，只盼馬博仁、王武通等人站定在自己這一邊，待會倘若動手，便可多有幾個得力的幫手。

隔了好一會，一名二十六七歲的漢子走了出來，身材甚高，披麻帶孝，滿身喪服，雙眼紅腫，兀自淚痕未乾，抱拳說道：「韋香主、馬老爺子、王總鏢頭，衆位大駕光臨，有失遠迎。在下白寒楓有禮。」衆人抱拳還禮。白寒楓讓衆人進廳。

馬博仁最性急，問道：「白二俠身上有服，不知府上是那一位過世了？」白寒楓道：「是家兄寒松不幸亡故。」馬博仁跌足道：「可惜，可惜！白氏雙木乃沐王府的英雄虎將，武林中大大有名，白大俠正當英年，不知是得了甚麼病？」

衆人剛到廳中，還未坐定，白寒楓聽了此言，陡地轉身，雙眼中如欲射出火光，厲聲道：「馬老爺子，在下敬你是武林前輩，以禮相待。你這般明知故問，是譏嘲於我嗎？」

他陡然發怒，韋小寶出其不意，不由得吃了一驚，退了一步。

馬博仁摸著白鬚，說道：「這可希奇了！老夫不知，這才相問，甚麼叫做明知故問？白二俠死了兄長，就算心中悲痛，也不能向我老頭子發脾氣啊！」白寒楓哼的一聲，道：「請坐！」馬博仁喃喃自語：「坐就坐罷！難道還怕了不成！」向韋小寶道：「韋香主，你請上座。」韋小寶道：「不，還是馬老爺子上座！」

白寒楓看了拜帖，知道來客之中有天地會的青木堂香主韋香主，萬料不到這少年便是韋香主，心下又奇又怒，一伸手，便抓住韋小寶的左腕，喝道：「你便是天地會的韋香主？」

這一抓之力勁道奇大，韋小寶奇痛徹骨，「啊」的一聲，大叫出來，兩道眼淚自然而然流下腮來。

玄貞道人道：「上門是客，白二俠太也欺人！」伸指便往白寒楓脅下點去。

白寒楓左手一擋，放開韋小寶手腕，退開一步，說道：「得罪了。」

韋小寶愁眉苦臉，伸袖擦乾了眼淚。白寒楓固然大出意料之外，馬博仁、王武通，以及天地會中衆人也都驚詫不已，眼見白寒楓這一抓雖手法凌厲，卻也不是無可擋避。這韋香主身爲陳近南的弟子，不但閃避不了，大叫之餘兼且流淚，實是武林中的一大奇事。玄貞、樊綱、高彥超等人都面紅過耳，甚感羞慚。

白寒楓道：「對不住了！家兄不幸爲天地會下毒手害死，在下心中悲痛……」

他話未說完，衆人紛紛道：「甚麼？」「甚麼白大俠爲天地會害死了？」「那有此事？」

「決無此事。」

白寒楓霍地站起，大聲道：「你們說決無此事，難道我哥哥沒死嗎？你們來，大家親眼來瞧瞧。」一伸手，又向韋小寶左臂抓去。

這一次玄貞道人和樊綱都有了預備，白寒楓右臂甫動，二人一襲前胸，一襲後背，同時出手。白寒楓當即斜身拗步，雙掌左右打出。玄貞左掌一抬，右掌又擊了出去，樊綱卻已和白寒楓交了一掌。白寒楓變招反點玄貞咽喉，玄貞側身閃開。

白寒楓厲聲喝道：「我大哥已死在你們手裏，我也不想活了。天地會的狗畜牲，一起上來便是。」

跌打名醫姚春雙手一攔，說道：「且慢動手，這中間恐有誤會。白二俠口口聲聲說道，白大俠爲天地會害死，到底實情如何，且請說個明白。」

白寒楓道：「你們來！」大踏步向內堂走去。

衆人心想己方人多，也不怕他有何陰謀詭計，都跟了進去。

剛到天井之中，衆人便都站定了，只見後廳是個靈堂，靈幔之後是口棺材，死人躺在棺材蓋上，露出半個頭、一雙腳。白寒楓掀起靈幔，大聲叫道：「哥哥你死得沒閉眼，兄弟好歹要殺幾個天地會的狗畜牲，給你報仇。」他聲音嘶啞，顯是哭泣已久。

韋小寶一見到死人面容，大吃一驚，那正是在蘇北道上小飯店中見過的，那人以筷子擊打吳三桂部屬，武功高強，想不到竟死在這裏，隨即想到對方少了一個厲害腳色，驚奇之餘，暗自寬心。

馬博仁、姚春、雷一嘯、王武通四人走近前去。王武通和白寒松有過一面之緣，嘆道：「白大俠果眞逝世，可惜！」姚春特別仔細，伸手去搭了搭死人腕脈。

白寒楓冷笑道：「你若治得我哥哥還陽，我……我給你磕一萬二千個響頭。」

姚春嘆了口氣，道：「白二俠，人死不能復生，還請節哀。傷害白大俠的，果然是天地會的人？白二俠沒弄錯嗎？」白寒楓叫道：「我……我弄錯？我會弄錯？」

衆人見他哀毀逾恆，足見手足之情極篤，都不禁爲他難過，樊綱怒氣也自平了，尋思：「他死了兄長，也難怪出手不知輕重。」

白寒楓雙手叉腰，在靈堂一站，大聲道：「害死我哥哥的，是那平日在天橋賣藥的姓徐老賊。這老賊名叫徐天川，有個匪號叫作『八臂猿猴』，是天地會青木堂中有職司的人，是也不是？你們還能不能賴？」

樊綱和玄貞等幾人面面相覷，他們這夥人到楊柳胡同來，本是要向白氏兄弟問罪，質問他們爲甚麼傷人，不料白氏兄弟中的大哥白寒松竟已死在徐天川手底。樊綱嘆了口氣，說道：「白老二，徐天川徐三哥是我們天地會的兄弟，原是不假，不過他……他……」白寒楓厲聲道：「他怎樣？」樊綱道：「他已給你們打得重傷，奄奄一息，也不知這會兒是死是活。不瞞你說，我們今日到來，原是要來請問你們兄弟，幹麼將我們徐三哥打成這等模樣，那知道……想不到……唉……」

白寒楓怒道：「別說這姓徐的老賊沒死，就算他死了，這豬狗不如的老賊，也不配抵我哥哥的命。」樊綱也怒道：「你說話不乾不淨，像甚麼武林中的好漢？依你說便怎樣？」白寒楓叫道：「我……我不知道！我要將你們天地會這批狗賊，一個個都斬成肉醬。我陪你們一起死，大夥兒都死了乾淨。」一轉身，從死人身側抽出一口鋼刀，隨即身子躍起，直如瘋虎一般，揮刀虛劈，呼呼有聲。

天地會樊綱、玄貞等紛紛抽出所攜兵刃，以備迎敵。韋小寶忙縮在高彥超身後。猛地裏聽得一聲大吼：「不可動手！」聲音震得各人耳鼓嗡嗡作響，只見「虎面霸王」雷一嘯舉起雙手，擋在天地會衆人之前，大聲道：「白二俠，你要殺人，殺我好了！」這人姓得好，名字也取得好，這麼幾聲大喝，確有雷震之威。

白寒楓心傷乃兄亡故，已有些神智失常，給他這麼一喝，頭腦略爲清醒，說道：「我殺你幹甚麼？我哥哥又不是你殺的？」雷一嘯道：「這些天地會的朋友，可也不是殺你哥哥之人。再說，普天下天地會的會衆，少說也有二三十萬，你殺得完麼？」

白寒楓一怔，大叫：「殺得一個是一個，殺得一雙是一雙！」

突然之間，門外隱隱傳來一陣急促的馬蹄聲，似有十餘騎馬向這邊馳來。姚春道：

「只怕是官兵，大夥兒收起了兵刃！」樊綱、玄貞等見雷一嘯擋在身前，白寒楓不易過來揮刀傷人，便都收起了兵刃。白寒楓大聲道：「便是天王老子到來，我也不怕。」

馬蹄聲越來越近，奔入胡同，來到門口戛然而止，跟著便響起門環擊門之聲。門外有人叫道：「白二弟，是我！」人影晃動，一人越牆而入，衝了進來。這人四十來歲年紀，神態威武，面色卻是大變，顫聲道：「果然……果然是白大弟……白大弟……」

白寒楓抛下手中鋼刀，迎了上去，叫道：「蘇四哥，我哥哥……我哥哥……」一口氣說不下去，放聲大哭。

馬博仁、樊綱、玄貞等均想：「這人莫非是沐王府中的『聖手居士』蘇岡？」這時大門已開，擁進十幾個人來，男女都有，衝到屍首之前，幾個女子便呼天搶地的大哭起來。一個青年婦人是白寒松之妻，另一個是白寒楓之妻。

樊綱、玄貞等都感尷尬，眼見這些人哭得死去活來，若再不走，待得他們哭完，就算不動手，也免不了給臭罵一頓。韋小寶先前給白寒楓重重抓住手腕，此刻兀自疼痛，本來仗著人多，打定主意要叫玄貞、樊綱等人抓住了他，好歹也得在他屁股上踢他媽的七八腳，不料對方人手越來越多，打起架來已佔不到便宜，心中怦怦亂跳，見玄貞道人連使眼色，顯是要腳底抹油，溜之大吉，此舉正合心意，當即轉身便走，說道：「大夥兒去買些元寶蠟燭，再來向死人磕頭罷！」

白寒楓叫道：「想逃嗎？可沒這麼容易。」衝上前去，猛揮右掌向樊綱後心拍去。樊綱怒道：「誰逃了？」回身舉左臂擋開，卻不還擊。玄貞等衆人便都站住了。韋小寶卻已逃到了門口，一隻腳先跨出了門檻再說。

那姓蘇的男子問道：「白二弟，這幾位是誰？恕在下眼生。」白寒楓道：「他們是天地會的狗東西，我哥哥……哥哥便是給他們害死的。」此言一出口，本來伏著大哭的人都躍起身來，嗆啷啷響聲不絕，兵刃耀眼，登時將來客都圍住了，連馬博仁、姚春、雷一嘯、王武通等四人都給圍在垓心。

王武通哈哈大笑，說道：「馬大哥、雷兄弟、姚大夫，咱們幾時入了天地會哪？憑咱們幾個，只怕給天地會的朋友們提鞋子也還不配哪。」

那姓蘇的中年漢子抱拳說道：「這幾位不是天地會的嗎？這位姚大夫，想來名諱是個春字。在下蘇岡，得悉白家大兄弟不幸身亡的訊息，從宛平趕來，傷痛之下，未得請教，多有失禮。」說著向衆人作揖爲禮。

王武通抱拳笑道：「好說，好說。聖手居士，名不虛傳，果然是位有見識、有氣度的英雄。」當下給各人一一引見，第一個便指著韋小寶，道：「這位是天地會青木堂韋香主。」

蘇岡知道天地會共分十堂，每一堂香主都是身負絕藝的英雄豪傑，但這韋香主卻顯然是個乳臭未乾的富家少年，不由得心下詫異，但臉上不動聲色，抱拳道：「久仰，久仰。」韋小寶嗤的一聲笑，抱拳還禮，從門邊走了回來，問道：「你久仰我甚麼？」蘇岡一怔，道：「在下久仰天地會十堂香主，個個都是英雄好漢。」韋小寶點點頭，笑道：「原來如此。」蘇岡見他神情油腔滑調，心下更是嘀咕。

當下王武通給餘人都引見了。蘇岡給他同來這夥人引見，其中兩個是他師弟，三人是白氏兄弟的師兄弟，還有幾個是蘇岡的徒弟。白寒松的夫人伏在丈夫屍首上痛哭，白寒楓的夫人一邊哭，一邊勸，幾個女子都不過來相見。

姚春道：「白二俠，到底白大俠爲了甚麼事和天地會生起爭競，請白二俠說來聽聽。」咳嗽一聲，又道：「雲南沐王府在武林中人所共仰，天地會的會規向來極嚴，都不是蠻不講理之人。天下原抬不過一個『理』字，今日之事，也不是單憑打架動武就能了結的。這裏馬老師、雷兄弟、王總鏢頭，以及區區在下，跟雙方就算沒有交情，也都是慕名。白二俠，請你衝著咱們一點薄面，說一說這中間的緣由如何？」

王武通道：「不瞞衆位說，天地會的朋友們，的的確確不知白大俠已經身故，否則的話，他們還會上門來自討沒趣麼？」

蘇岡道：「然則韋香主和衆位朋友來到敝處，又爲了甚麼？」王武通道：「咱們眞人面前不說假話。天地會的朋友說道，他們徐天川徐三哥給沐王府的朋友打得身受重傷，已說不出話，他們只好邀了我們幾個老朽，伴同來到貴處，想問一問緣由。」蘇岡森然道：「如此說來，各位是上門問罪來著？」王武通道：「這可不敢當。我們幾個在江湖上混口飯吃，全仗朋友們給面子。是非曲直，自有公論，誰也不能抹著良心說瞎話。」

蘇岡點了點頭，道：「王總鏢頭說得對，請各位到廳上說話。」

眾人來到大廳。蘇岡命師弟、徒弟們收起兵刃。白寒楓手中鋼刀總是不肯放下。蘇岡讓眾人坐下，說道：「白二弟，當時實情如何，你給大家說說。」

白寒楓嘆了一聲，說道：「前天下午……」只說了四個字，不由得氣往上衝，手中鋼刀揮了一揮。韋小寶吃了一驚，身子向後一縮。白寒楓覺得此舉太過粗魯，鋼刀用力往地下一擲，嗆啷一聲，擊碎了兩塊方磚，呼了口氣，道：「前天下午，我和哥哥在天橋的一家酒樓上喝酒，忽然上來一個官員，帶了四名家丁。那四個家丁神氣挺討人厭，要酒要菜，說的是雲南話。」蘇岡「哦」了一聲。白寒楓道：「我和哥哥一聽他們口音，就留上了神。」

王武通、樊綱等都知道，沐王府世鎮雲南，蘇岡、白寒楓等都生長於雲南，在北京城裏聽到鄉音，自會關注。

白寒楓續道：「我哥哥聽了一會，隔座接了幾句。那官員聽得我們也是雲南人，便邀我們過去坐。我和哥哥離家已久，很想打聽故鄉的情形，見這位官員似是從雲南來，便移座過去。一談之下，這官員自稱叫作盧一峯，原來是奉了吳三桂的委派，去做曲靖縣知縣的。他是雲南劍川人。照規矩，雲南人本來不能在本省做地方官。不過這盧一峯說道，他是平西王委派的官，可不用理會這一套！」

樊綱忍不住罵道：「他奶奶的，大漢奸吳三桂委派的狗官，有甚麼神氣了？」

白寒楓向他瞧了一眼，點了點頭，道：「這位樊……樊兄說得不錯，當時我也這麼想。可是我哥哥爲了探聽故鄉情形，反奉承了他幾句。這狗官更加得意了，說是吳三桂所派的官叫做『西選』，意思說是平西王選的。雲南全省的大小官員，固然都是吳三桂所派，就是四川、廣西、貴州三省，『西選』的官兒也比皇帝所派的官吃香。」

蘇岡聽他說得有些氣喘，接口解釋：「倘若有一個缺，朝廷派了，吳三桂也派了，誰先到任，誰就是正印。雲貴川桂四省的官員，那一個先出缺，自然是昆明知道得早，從昆明派人去快得多。因此朝廷的官兒，總是沒『西選』的腳快。」

白寒楓吁了口氣，接著道：「那官兒說，平西王爲朝廷立下了大功，大淸能得江山，全仗平西王的功勞，因此朝廷對他特別給面子。吳三桂啓奏甚麼事，從來就沒駁回的。」

王武通道：「這官兒的話倒是實情。兄弟到西南各省走鏢，親眼見到，雲貴一帶大家就只知有吳三桂，不知道有皇帝。」

白寒楓道：「這盧一峯說，照朝廷規矩，凡是做知縣的，都先要到京城來朝見皇帝，由皇帝親自封官。他到北京來，就是等著來見皇帝的。他說平西王既封了他官，到京城來朝見皇帝，也不過是例行公事而已。我哥哥說：『盧大人到曲靖做官，本省人做本省的官，那更是造福桑梓了。』那盧一峯哈哈大笑，說道：『這個自然。』突然之間，隔座有人插嘴，這老……這老賊……我和他仇深……」說著霍地站起，滿臉脹得通紅。

蘇岡道：「是『八臂猿猴』徐天川說話麼？」

白寒楓點了點頭，道：「正……正……」急憤之下，喉頭哽住了，說不出話來，隔了一會，才道：「正是這老賊，他坐在窗口一張小桌旁喝酒，插嘴說：『本省人做本省的官，刮起地皮來更加方便些。』這老賊，我們自管自說話，誰要他來多口！」

玄貞冷冷的道：「白二俠，徐三哥這句話可沒說錯。」白寒楓哼了一聲，頓了一頓，說道：「話是沒說錯，我又沒說他這句話錯了。可是……可是……誰要他多管閒事？他若不插這句嘴，怎會生出以後許多事來？」玄貞見他氣急，也就不再說下去。

白寒楓續道：「盧一峯聽了這句話，勃然大怒，一拍桌子，轉過頭來，見這老賊是個彎腰曲背的老頭兒，容貌猥瑣，桌上放著一隻藥箱，椅子旁插著一面膏藥旗，是個賣藥的老頭兒，喝道：『你這個老不死的，胡說些甚麼？』他手下的四名家丁早就搶了上去，在老賊桌上拍桌大罵，一名家丁抓住了他衣領。也是我瞎了眼，瞧不出這老賊武功了得，還道他激於一時義憤，出言譏刺，怕他吃虧，便走上去假意相勸，將這四名家丁都推開了。」

玄貞讚道：「白二俠仁義爲懷，果然是英雄行徑。」心想白寒松已死，徐天川受傷雖然不輕，多半不會死，己方終究已佔了便宜，這件事雙方只好言和，口頭上捧白寒楓幾句，且讓他平平氣。

那知白寒楓不受他這一套，瞪了他一眼，說道：「甚麼英雄？我是狗熊！生了眼睛不識人，瞧不出這老賊陰險毒辣，還道他是好人。那盧一峯打起官腔，破口大罵，大叫：反了，反了，說京城裏刁民眞多，須得重辦。」

樊綱插嘴道：「這官兒狗仗人勢，在雲南欺侮百姓不夠，還到北京城來欺人。」

白寒楓道：「要欺侮人，也沒這麼容易。這官兒連聲吆喝，叫家丁將這姓徐的老賊綁起來送官，打他四十大板，戴枷示衆。那老賊笑嘻嘻的道：『大老爺，你這麼大聲嚷嚷，不吃力嗎？我送張膏藥給你貼貼。』他從藥箱裏取了張膏藥出來，雙掌夾住，跟著便將那張本來摺攏的膏藥拉平了。我初見那老賊對這兇神惡煞的家丁並不害怕，心下已自起疑，待見他拉膏藥的手勢，和哥哥對望了一眼，已然明白。膏藥中間的藥膏硬結在一塊，總得點了火烘焙多時，才拉得開。可是他只是在雙掌間夾得片刻，便以內力烘軟藥膏，這份功力可就了不起。他拉平了膏藥，藥膏熱氣騰騰。那盧一峯兀自不悟，一疊連聲的催促家丁上前拿人。我便不再攔阻那官兒的走狗，由得他們去自討苦吃。一名家丁見我讓開，當即向那老賊衝去。那老賊笑道：『你要膏藥？』將那張膏藥放在家丁手中。那家丁罵道：『老狗，你幹甚麼？』那老賊在他手臂上一推，那家丁移過身去，啪的一聲響，那張熱烘烘的膏藥，正好貼在盧一峯那狗官的嘴上……」

韋小寶聽到這裏，再也忍耐不住，哈的一聲笑了出來，拍手叫好。白寒楓哼了一聲，惡狠狠的瞪視著他。韋小寶心中害怕，便不敢再笑。蘇岡問道：「後來怎樣？」

白寒楓道：「那狗官的嘴巴讓膏藥封住，忙伸手去拉扯。那老賊推動四名家丁，說道：『去幫大老爺！』只聽得啪啪啪啪聲響不停，四名家丁你一掌，我一掌，都向那狗官打去。原來那老賊推撥四名家丁的手臂，運上了巧勁，以這四人的手掌去打那狗官。片刻之間，那狗官的兩邊面皮給打得又紅又腫。」

韋小寶又哈哈大笑，轉過了頭，卻不敢向白寒楓多看一眼。

蘇岡點頭道：「這位徐老兄渾名叫作『八臂猿猴』，聽說擒拿小巧功夫算得是武林一絕，果然名不虛傳。」他想白寒松死在他手下，這老兒的武功自然甚高，抬高了他武功，也是爲白氏雙雄留了地步。

白寒楓道：「我和哥哥只是好笑，但見那狗官已給打得兩邊面皮鮮血淋漓，酒樓上不少閒人站著瞧熱鬧。那老賊大聲叫嚷：『打不得，打不得，大老爺是打不得的！你們這些大膽奴才，以下犯上，怎麼打起大老爺來？』在四名家丁身後跳來跳去，活脫像是一隻大猴子，伸手推動家丁的手臂，反似是在躲閃，那些閒人都瞧不出是他在搞鬼。直打得那狗官暈倒在地，他才住手，回歸原座。這四名家丁還道是撞邪逼鬼，說甚麼也不明白怎麼會伸手去打大老爺，可是自己手掌上都是鮮血，卻又不假。四人呆了一陣，便扶著那狗官去了。」

樊綱道：「痛快，痛快！吳三桂手下的走狗，原該如此整治。徐三哥痛打狗官，正是給天下百姓出一口胸中惡氣。白二俠，你當時怎麼不幫著打幾拳？」

白寒楓登時怒氣又湧了上來，大聲道：「老賊在顯本事打人，我爲甚麼要幫他？是他在打人，又不是他在挨打！」

玄貞道：「白二俠說得是，先前他不知徐三哥身有武功，可不是見義勇爲，出手阻止狗官的家丁行兇嗎？」

白寒楓哼了一聲，續道：「那狗官和家丁去後，我哥哥叫酒樓的掌櫃來，說道一應打壞的桌椅器皿，都由他賠，那老賊的酒錢也算在我們帳上。那老賊笑著道謝。我哥哥邀他過來一同喝酒。那老賊低聲道：『久慕松楓賢喬梓的英名，幸會，幸會。』我和哥哥都是一驚，心想原來他早知道了我們的來歷，我們卻不知他是誰。我哥哥道：『慚愧得緊，請問老爺子尊姓大名。』那老賊笑道：『在下徐天川，一時沉不住氣，在賢喬梓跟前班門弄斧，可眞見笑了。』那時我們還不知道徐天川是甚麼來頭，但想他毆打狗官，自然跟我們是同一條路上的。這狗官倘若不挨這一頓飽打，我兄弟倆一樣的也要痛打他一頓。我們三人喝酒閒談，倒也十分相投，酒樓之中不便深談，便邀他到這裏來吃飯。」

樊綱「哦」了一聲，道：「原來徐三哥到了這裏，是在府上動起手來了？」白寒楓道：「誰說在這裏動手了？在我們家裏，怎能跟客人過招，那不是欺侮人麼？」玄貞點頭道：「白氏兄弟英風俠骨，這種事是決計不做的。」

白寒楓聽他接連稱讚自己，終於向他點點頭，以示謝意，說道：「我兄弟將老賊請到這裏，恭謹相待，問起他怎麼認得我兄弟。他也不再隱瞞，說道自己是天地會的，我兄弟來到北京之時，他天地會已得到訊息，原是想跟我兄弟交朋友。他在酒樓上毆打狗官，一來是痛恨吳三桂，二來也是爲了要跟我兄弟結交。這老賊能說會道，哄得我兄弟還當他是好人。後來說到反淸復明之事，三個人，不，兩個人一隻狗，越說越投機……」

韋小寶接口道：「兩個人和一隻狗越說越投機，倒也希奇。」衆人忍不住好笑，只是礙著白寒楓的面子，不敢笑出聲來。

白寒楓大怒，喝道：「你這小鬼，胡說八道！」樊綱道：「白二俠，這位韋香主年紀雖輕，卻是敝會青木堂的香主，敝會上下，對他都是十分尊敬的。」白寒楓道：「香主便怎麼樣？」蘇岡岔開話頭，說道：「我白兄弟心傷兄長亡故，說話有些氣急，各位請勿介意。韋香主，你包涵些。」他想天地會的香主身分非同小可，白寒楓直斥爲「小鬼」，終究理虧。

白寒楓也非蠢人，一點便透，眼光不再與韋小寶相觸，說道：「後來我們三個……」韋小寶道：「不，兩個人、一隻狗。」白寒楓怒喝：「你……你……」終於忍住了，吁了口大氣，續道：「大家說到反清復明之事，說道日後將韃子殺光了，扶保洪武皇帝的子孫重登龍庭。我哥哥說：『皇上在緬甸宴駕賓天，只留下一位小太子，倒是位聰明睿智的英主，目下在深山中隱居。』那老賊卻道：『眞命天子好端端是在臺灣。』」

白寒楓一引述徐天川這句話，蘇岡、姚春、王武通等人便知原來雙方爭執是由擁桂、擁唐而起。崇禎皇帝吊死煤山，淸兵進關，明朝的宗室福王、唐王、魯王、桂王分別在各地稱帝，當時便有紛爭，各王死後，手下的孤臣遺老仍互相心存嫌隙。

白寒楓續道：「那時我聽了老賊這句話，便問：『我們小皇帝幾時到臺灣去了？』那老賊道：『我說的是隆武天子的小皇帝，不是桂王的子孫。』我哥哥道：『徐老爺子，你是英雄豪傑，我兄弟倆是很佩服的，只不過於天下大事，您老人家見識卻差了。崇禎天子崩駕，福王自立。福王爲淸兵所俘，唐王不幸殉國，我永曆天子爲天下之主。永曆天子殉國之後，自然是由他聖上的子孫繼位了。』」隆武是唐王的年號，永曆是桂王的年號。他們是唐王、桂王的舊臣，對主子都以年號相稱。

樊綱聽到這裏，插口道：「白二俠，請你別見怪。隆武天子殉國之後，兄終弟及，由聖上的親兄弟紹武天子在廣州接位。桂王卻派兵來攻打紹武天子。大家都是太祖皇帝的子孫，不打韃子，卻去打自己人，豈非大錯而特錯？」

白寒楓怒道：「那老賊的口吻，便跟你一模一樣！可是這到底是誰起的釁？我永曆天子好好派了使臣去廣州，命唐王除去尊號。唐王非但不奉旨，反興兵抗拒天命，這等行爲明明是犯上作亂，大逆不道，可說是罪魁禍首。」

樊綱冷笑道：「三水那一戰，區區在下也在其內，卻不知是誰全軍覆沒？」白寒楓大怒，站起身來，厲聲道：「你還在算這舊帳麼？」韋小寶聽了樊綱的話，便知三水這一仗是唐王勝而桂王敗，忙問：「樊大哥，三水一仗是怎麼打的？」樊綱道：「桂王聽了手下奸臣的教唆，派了一個名叫林桂鼎的，帶兵來打廣州……」蘇岡插口道：「樊大哥，這話與事實不符。那是唐王先派兵去攻肇慶，我永曆天子才不得已起而應戰。」

雙方你一言，我一語，說的多是舊事，漸漸的劍拔弩張，便要動起手來。

姚春連連搖手，大聲道：「多年前的舊事，還提起它幹麼？不論誰勝誰敗，都不是甚麼光采之事，最後還不是都教韃子給滅了。」衆人一聽，登時住口，均有慚愧之意。

蘇岡道：「白二弟，大義之所在，原是非誓死力爭不可的，後來怎樣？」

白寒楓道：「那老賊所說的話，便和這……這位姓樊的師傅一模一樣，我兄弟倆自然要跟他剖析明白。雙方越說越大聲，誰也不讓。我哥哥盛怒之下，一掌將一張茶几拍得粉碎。那老賊冷笑道：『你道理說不過人，便想動武麼？沐王府白氏雙木威名遠震，我天地會的一個無名小卒，卻也不懼。』他這句話顯然是說，他是天地會的一個無名小卒，還勝似沐王府的成名人物。我哥哥道：『我自拍碎我家裏的茶几，關你甚麼事了？你出言輕侮沐王府，仗的是甚麼勢頭？』雙方越說越僵，終於約定，當晚子時，在天壇較量。」

蘇岡嘆了口氣，黯然道：「原來這場紛爭，由此而起。」

白寒楓道：「當晚我們到天壇赴約，沒說幾句，便和這老賊動起手來……」韋小寶道：「想必是二對一了，但不知是白大俠先上，還是白二俠先上？」白寒楓臉上一紅，大聲道：「我兩兄弟向來聯手，對付一個是二人齊上，對付一百個也是二人齊上。」

韋小寶點頭道：「原來如此。倘若跟我這小孩子動手，你兩兄弟也是齊上了。」白寒楓怒吼一聲，揮掌便向韋小寶頭頂擊落。蘇岡左手伸出，抓住白寒楓手腕，說道：「白二弟，不可！」白寒楓叫道：「這……這小鬼譏刺我哥哥。」韋小寶貪圖口舌之便，沒想到連已死的白寒松也說在其內，眼見他猶如發瘋一般，心下害怕，便不敢再說。

蘇岡道：「白二弟，冤有頭，債有主，是那姓徐的害死了白大哥，咱們只能找那姓徐的算帳。」白寒楓狠狠的向韋小寶道：「終有一日，我抽你的筋，剝你的皮。」

韋小寶向他伸伸舌頭，料想蘇岡在旁，白寒楓不能對自己怎樣，眞要抽筋剝皮，總也不是今日的事。

樊綱道：「蘇四哥，你說白大俠給我們徐三哥害死，這個『害』字，恐怕還得斟酌。白二俠說道，雙方在天壇比武較量，徐三哥以一敵二，既不是使甚麼陰謀毒計，又不是恃多爲勝，乃是光明正大的動手過招，怎說得上一個『害』字？」

白寒楓怒道：「我哥哥自然是給老賊害死的。我兄弟倆去天壇赴約之前曾經商量過。我哥哥說道，這老兒雖然頭腦胡塗，不明白天命所歸，終究是反淸復明的同道，比武之時，須當瞧在天地會的份上，只可點到爲止，不能當眞傷了他。我兩兄弟手下留情，那料到這老賊心腸好毒，竟下殺手，害死了我哥哥。」

蘇岡問道：「那姓徐的怎生害死了白大弟？」

白寒楓道：「我們動上手，拆了四十幾招，也沒分出甚麼輸贏。那老賊跳出圈子，拱手道：『佩服，佩服！今日不分勝敗，不用再比了。沐王府武功馳名天下，果然高明。』」

樊綱道：「那很好啊，大家就不用再打了，免傷和氣，豈不甚好？」

白寒楓怒道：「你又沒瞧見那老賊說話的神氣，你還道他眞是好心嗎？他嘴角邊微微冷笑，顯然是說，沐王府的白氏雙木以二敵一，也勝不了他一個老頭兒，甚麼『武功馳名天下』，只不過吹牛而已。我當然心下有氣，便道：『不分勝敗，便打到分出勝敗爲止。』這老頭雖然靈活，長力卻不及我兄弟，鬥久了非輸不可，他想不打，不過想乘機溜去。於是我們又打了起來，打了好一會，我使一招『龍騰虎躍』，從半空中撲擊下來。那老賊果然上當，側身斜避。這一招我兩兄弟是練熟了的，我哥哥便使『橫掃千軍』，左腿向右橫掃，右臂向左橫擊，叫他避無可避。」他說到這裏，將「橫掃千軍」那一招比了出來。

玄貞道人點頭道：「這一招左右夾擊，令人左躲不是，右躲也不是，果然厲害。」

白寒楓道：「這老賊身子一縮，忽然向我哥哥懷中撞到。我哥哥雙掌翻轉，按上他胸膛，笑道：『哈哈，你輸……』就在這時，噗的一聲響，那老賊卻好不毒辣，竟然使出重手。我眼見勢道不對，一招『高山流水』，雙掌先後擊在那老賊的背心。那老賊身子一晃，退了開去。我哥哥已口噴鮮血，坐倒在地。我好生焦急，忙去扶起哥哥，那老賊乾笑了幾聲，一跛一拐的走了。我本可追上前去，補上幾拳，立時將他打死，但顧念哥哥的傷勢，沒空去理會那老賊。我抱著哥哥回到家來，他在途中只說了四個字：『給我報仇。』便咽了氣。蘇四哥……咱們此仇不報，枉自爲人！」說到這裏，淚如泉湧。

玄貞道人轉頭向一人道：「風二弟，白二俠剛才所說的那幾招，咱們來比劃比劃。」這姓風的名叫風際中，模樣貌不驚人、土裏土氣。昨日在回春堂藥店地窖中引見之後，從沒開口說過話，韋小寶也沒對他留意。他點點頭站起，發掌輕飄飄的向玄貞拍出。

玄貞左掌架開，身子一縮，雙手五指都拿成了爪子，活脫是隻猴子一般，顯是模仿

「八臂猿猴」徐天川的架式。風際中左足一點，身子躍起，從半空撲擊下來。姚春叫道：「好一招『龍騰虎躍』！」叫聲未畢，玄貞已斜身閃開。便在此時，風際中倏地搶到玄貞身前，左腿向右橫掃，右臂向左橫掠，正是白寒楓適才比劃過的那一招「橫掃千軍」。

風際中一身化而為二，剛使完白寒楓的一招「龍騰虎躍」，跟著便移形換位，搶到玄貞道人身前，使出白寒松那招「橫掃千軍」，身法之快，實是匪夷所思。眾人喝采聲中，玄貞縮攏身子，直撞入對方懷中。風際中雙掌急推，按在玄貞胸口，說道：「哈哈，你輸……」便在這時，玄貞右拳擊在風際中胸口，左掌拍中他小腹。兩人拳掌都放在對方身上，凝住不動。玄貞道：「白二俠，當時情景，是不是這樣？」

白寒楓尚未回答，風際中身子一晃，閃到了玄貞背後，雙掌從自己臉面右側直劈下來，虛擬玄貞背心，說道：「高山流水！」這兩掌並沒碰到玄貞身子，眾人眼前一花，他又已站在玄貞面前，雙掌按住他胸口，讓玄貞的拳掌按住自己胸腹，回復先前的姿式。

這兩下倏去倏來，直如鬼魅，這些人除了韋小寶外，均是見多識廣之人，但風際中這等迅捷無倫的身手，卻是見所未見。眾人駭佩之餘，都已明白了他的用意，當時徐天川以一敵二，情勢兇險無比，若對白寒松下手稍有留情，只怕難逃背後白寒楓「高山流水」這一擊。玄貞又問：「白二俠，當時情景，是不是這樣？」

白寒楓臉如死灰，緩緩點了點頭。風際中身法兔起鶻落，固然令人目眩神馳，而他模仿自己兩兄弟這幾下招式，竟也部位手法絲毫無誤，宛然便是自己師父教出來的一般。「龍騰虎躍」、「高山流水」和「橫掃千軍」三招，都是「沐家拳」中的著名招式，流傳天下，識者甚多，風際中會使，倒也不奇，但以一人而使這三招拳腳，前後易位，身法之快，實所罕見，加之每一招都清清楚楚，中規中式，法度嚴整，自己兄弟畢生練的都是「沐家拳」，卻也遠所不及。

風際中收掌站立，說道：「道長，請除下道袍，得罪了！」

玄貞一怔，不明他的用意，但依言除下道袍，略一抖動，忽然兩塊布片從道袍上飄了下來，卻是兩隻手掌之形，道袍胸口處赫然是兩個掌印的空洞。原來適才風際中已用掌力震爛了他道袍。玄貞不禁臉上變色，情不自禁的伸手按住胸口，心想風際中的掌力既將柔軟的道袍震爛，自己決無不受內傷之理，一摸之下，胸口卻也不覺有何異狀。

風際中道：「白大俠掌上陰力，遠勝在下。徐三哥胸口早已受了極重內傷，再加上背心受了『高山流水』的雙掌之力，只怕性命難保。」

眾人見風際中以陰柔掌力，割出玄貞道袍上兩個掌印，這等功力，比之適才一身化二、前後夾攻的功力更加驚人，無不駭然，連喝釆也都忘了。韋小寶心想：「海老烏龜當日在我袍子胸口上割下一個掌印，只怕用的也便是這手段。」

蘇岡和白寒楓對望了一眼，都不禁神色沮喪，眼見風際中如此武功，己方任誰都跟他相去甚遠，又給他這等試演一番，顯得徐天川雖下重手殺了人，卻也是迫於無奈，在白氏兄弟厲害殺手前後夾擊之下，奮力自保，算不得如何理虧。

蘇岡站起身來，說道：「這位風爺武功高強，好教在下今日大開眼界。倘若我白大弟眞有風爺的武功，也決不會給那姓徐的害死了。」

韋小寶道：「白大俠的武功是極高的，江湖上衆所周知，蘇四俠也不必客氣了。」白寒楓狠狠瞪了他一眼，可又不能說自己兄長武功不行。韋小寶又道：「白二俠的武功也是挺高的，江湖上也衆所周知。」

樊綱生怕他更說出無聊話來，多生枝節，向蘇岡和白寒楓拱手道：「今日多有打擾，這就別過。」玄貞道：「且慢！大夥兒到白大俠靈前去磕幾個頭。這件事……這件事，唉，說來大家心裏難受，可別傷了沐王府跟天地會的和氣。」說著邁步便往後堂走去。

白寒楓雙手一攔，厲聲道：「我哥哥死不瞑目，不用你們假惺惺了。」玄貞道：「白二俠，別說這是比武失手，誤傷了白大俠，就算眞是我們徐三哥的不是，你也不能恨上了天地會全體。我們到靈前一拜，乃是武林中同道的義氣。」蘇岡道：「道長說得是。白二弟，咱們不可失了禮數。」

當下韋小寶、玄貞、樊綱、風際中、姚春、馬博仁等齊到白寒松靈前磕頭。

韋小寶一面磕頭，一面口中唸唸有詞，磕了三個頭，站起身來。白寒楓厲聲道：「你剛才說些甚麼？」韋小寶道：「我暗暗禱祝，向白大俠在天之靈說話，關你甚麼事？」白寒楓道：「你嘴裏不清不楚，禱祝些甚麼？」韋小寶道：「我說：『白大俠，你先走一步，也沒甚麼。在下韋小寶，給你的好兄弟打得遍體鱗傷，命不長久，過幾天就來陰世，跟你老人家相會了。』」白寒楓道：「我幾時打過你了？」韋小寶拉起衣袖，露出右腕，只見手腕上腫起了又黑又紫的一圈，指痕宛然，正是剛才給白寒楓揑傷的，說道：「這不是你打的麼？」

蘇岡向白寒楓瞧了一眼，見他不加否認，臉上就微有責備之意，轉頭向韋小寶道：「韋香主，這件事一言難盡。咱們日後慢慢再說。」韋小寶道：「只怕我傷重不治，一命嗚呼，日後也沒甚麼可說的了。」蘇岡見他說話流利，毫無受傷之象，知他是耍無賴，心想：「天地會怎地叫這樣一個小流氓做香主？」說道：「韋香主長命百歲，大夥兒都死光了，你還活上幾十歲呢。」韋小寶道：「我此刻腹痛如絞，五臟六腑，全都倒轉，也不知能不能活到明天。風二哥、玄貞道長，我倘若死了，你們不必找白二俠報仇。江湖上義氣爲重，咱們可不能傷了沐王府跟天地會的和氣。」

蘇岡皺起了眉頭，將衆人送出門外。

玄貞向馬博仁、姚春、雷一嘯、王武通四人道了勞，抱拳作別。

天地會一行人回去回春堂藥店。剛到店門口，就見情形不對，櫃台倒坍，藥店中幾百隻小抽屜和藥材散了一地。衆人搶進店去，叫了幾聲，不聽得有人答應，到得內堂，只見那胖掌櫃和兩名夥計都已死在地下。這藥店地處偏僻，一時倒無人聚觀。

玄貞吩咐高彥超：「上了門板，別讓閒人進來。咱們快去看徐三哥。」拉開地板上的掩蓋，奔進地窖，叫道：「徐三哥，徐三哥！」地窖中空空如也，徐天川已不知去向。

樊綱憤怒大叫：「他奶奶的，咱們去跟沐王府那些賊子拚個你死我活。」

玄貞道：「快去請王總鏢頭他們來作個見證。沐王府若要害死徐三哥，已在這裏下手，既將他擄去，不會即行加害。」當下派出人去，將王武通、姚春等四人請來。

王武通等見到胖掌櫃的死狀，都感憤怒，齊道：「事不宜遲，咱們立即到楊柳胡同去要人。」一行人又到楊柳胡同。

白寒楓開門出來，冷冷的道：「衆位又來幹甚麼了？」樊綱大聲道：「白二俠何必明知故問？這等行徑，太也給沐王府丟臉。」白寒楓怒道：「丟甚麼臉？甚麼行徑？」

樊綱道：「我們徐三哥在那裏？快送他出來。你們乘人不備，殺死了我們回春堂的三個夥計，當眞卑鄙下流。」白寒楓大聲道：「胡說八道！甚麼回春堂、回秋堂，甚麼三個夥計？」

蘇岡聞聲出來，問道：「眾位去而復回，有甚麼見教？」

雷一嘯道：「蘇四俠，這一件事，那可是你們的不是了。你們就算要報仇，也不能任意殺害無辜啊。京城之中做了這等事出來，牽累可是不小。」

蘇岡問白寒楓：「他們說甚麼？」白寒楓道：「誰知道呢，眞是莫名其妙。」

王武通道：「蘇四俠、白二俠，天地會落腳之處，有三個夥計給人殺了，徐天川師傅也給人擄了去。是非曲直，大家慢慢再說，請你們瞧著我們幾個的薄面，先放了徐師傅。」蘇岡奇道：「徐天川給人擄了麼？那可奇了！各位定然疑心是我們幹的了。可是各位一直跟我們在一起，難道誰還有分身術不成？」樊綱道：「你們當然另外派人下手，那又何難？」蘇岡道：「各位不信，那也沒法。你們要進來搜查，儘管請便。」

白寒楓大聲道：「『聖手居士』蘇岡蘇四哥說話向來一是一、二是二，幾時有過半句虛言？老實跟你說，那姓徐的老賊倘若落在我們手裏，立時就一刀兩段，誰還耐煩捉了來耗費米飯養他？」蘇岡沉吟道：「這中間只怕另有別情。在下冒昧，想到貴會駐馬之處去瞧上一瞧，不知道成不成？」

玄貞等見他二人神情不似作僞，一時倒拿不定主意。樊綱道：「蘇四俠，大夥兒請你拿一句話出來，到底我們徐天川徐三哥，是不是在你們手上？」蘇岡搖頭道：「沒有。我可擔保，我們白二弟跟這件事也絲毫沒干係。」蘇岡在武林中名聲甚響，眾人都知他是個正直漢子，他既說沒拿到徐天川，應該不假。

玄貞道：「既是如此，請兩位同到敝處瞧瞧。韋香主，你說怎樣？」

韋小寶心道：「你先邀人家去瞧瞧，再問我『你說怎樣』。」說道：「道長說怎樣，就是怎樣了。反正我們三個人都給人家打死了，請他們兩位去磕幾個頭賠罪，也合道理啊。」

蘇岡、白寒楓都向他瞪了一眼，均想：「你這小鬼，一口就此咬定，是我們打死了你們三個人。」

一行人來到回春堂中，蘇岡、白寒楓細看那胖掌櫃與兩名藥店店夥的死狀，都是身受毆擊斃命，胸口肋骨崩斷，手法尋常，瞧不出使的是甚麼武功家數。白寒楓道：「這件事大夥兒須得查個水落石出，否則我們可蒙了不白之冤。」蘇岡道：「蒙上不白之冤也不打緊，日後總會水落石出。只是徐三哥落入敵人手中，可得儘快想法子救人。」

衆人在藥店前前後後查察，又到地窖中細看，尋不到半點端倪。眼見天色已晚，蘇岡、白寒楓、王武通等人告辭回家，約定分頭在北京城中探訪，樊綱道：「蘇四俠、白二俠，你們瞧明白了沒有？今晚半夜，我們可要放火燒屋，毀屍滅跡了。」蘇岡點頭道：「都瞧明白了。好在鄰近無人，將店鋪燒了也好，免得官府查問。」

蘇岡和白寒楓去後，青木堂衆人紛紛議論，都說徐天川定是給沐王府擄去的，否則那有遲不遲、早不早，剛打死了對方的人，徐天川便失了蹤？最多是蘇岡、白寒楓二人並不知情而已。衆人跟著商議如何放火燒屋。

韋小寶聽得要放火燒屋，登時大爲興奮。玄貞道：「韋香主，天色已晚，你得趕快回宮去。放火燒屋不是甚麼大事，韋香主不在這兒主持大局，想來也不會出甚麼岔子。」韋小寶笑道：「道長，自己兄弟，你也不用捧我啦。韋小寶雖然充了他媽的香主，武功見識，那裏及得上各位武林好手？我要留在這裏，不過想瞧瞧熱鬧罷了。」

衆人面子上對他客氣，但見他年幼，在白家又出了個大醜，實在頗有點瞧不起他，聽他這麼說，卻高興起來。他這幾句話說得人人心中舒暢。大家對這個小香主敬意雖是不加，親近之心卻陡然多了幾分。

玄貞笑道：「咱們放火燒屋，也得半夜裏才動手，還得打斷火路，以免火勢蔓延，波及鄰居。韋香主一夜不回宮，恐怕不大方便。」

韋小寶心想此言倒也有理，天一黑宮門便閉，再也無人能入，自己得小皇帝寵幸，宮中人人注目，違禁外宿，罪名可是不小，只得嘆了口氣，道：「可惜，可惜！這把火如果讓我來點，那可興頭得緊了。」高彥超低聲道：「日後咱們要是白天去燒人家的屋，一定恭請韋香主來點火。」韋小寶大喜，握住他手道：「高大哥，大丈夫一言既出，你……你可不能忘了。」高彥超微笑道：「韋香主吩咐過的事，屬下怎敢不遵？」

韋小寶道：「咱們明天就去楊柳胡同，放火燒了白家的屋可好？」高彥超嚇了一跳，忙道：「這可須得從長計議。總舵主知道了，多半要大大怪罪。」

韋小寶登時意興索然，便去換了小太監的服色。高彥超將他換下來的新置衣服鞋帽包做一包，拿在手裏。衆人四下查勘，並無沐王府的人窺伺，這才將韋小寶夾在中間，送到橫街上，僱了一乘小轎，送他回宮。

韋小寶向衆兄弟點點頭，上轎坐好。高彥超將衣帽包好放入轎中。一個會中兄弟走到轎前，鑽頭入轎，低聲道：「韋香主，明兒一早，最好請你到尚膳監的廚房去瞧瞧。」韋小寶道：「瞧甚麼？」那人道：「也沒甚麼。」說著便退了開去。韋小寶想不起他叫甚麼名字，這人留著兩撇鼠鬚，鬼頭鬼腦，市井之中最多這等小商販，到楊柳胡同時他也沒跟著同去，自己一直以爲他是藥店中的夥計，心想他叫我明天到廚房去瞧瞧，不知有甚麼用意？

反正巡視御廚房正是他的職責，第二天早晨便去。頂頭上司一到，廚房中的承值太監以下，人人大忙特忙，名茶細點，流水價捧將上來。韋小寶吃了幾塊點心，說道：「你們這裏的點心，做得也挺不錯了，不過最好再跟揚州的廚子學學。」承值太監忙道：「是，是。若不是韋公公指點，我們可還眞不懂。」

韋小寶見廚房中也無異狀，正待回去，見採辦太監從市上回來，後面跟著一人，手中拿著一桿大秤，笑嘻嘻的連連點頭，說道：「是是，是是！公公怎麼說，便怎麼辦，包管錯不了。」韋小寶一見此人，吃了一驚，那正是昨天要他到廚房來瞧瞧之人。

採辦太監忙搶到韋小寶面前，請安問好。韋小寶指著那人，問道：「這人是誰？」採辦太監笑道：「這人是北城錢興隆肉莊的錢老闆，今兒特別巴結，親自押了十幾口肉豬送來宮裏。」轉頭向錢老闆道：「老錢哪，今兒你可眞交上大運啦。這位桂公公，是我們尙膳監總管，當今皇上跟前的第一大紅人。我們在宮裏當差的，等閒也見不著他老人家一面。你定是前生三世敲穿了木魚，恰好碰上了桂公公。」

那錢老闆跪下地來，向韋小寶連磕了幾個響頭，說道：「這位公公是小號的衣食父母，今日才有緣拜見，眞是姓錢的祖宗積了德。」韋小寶說道：「不用多禮。」尋思：「他混進宮來，想幹甚麼了？怎地事先不跟我說？」

那錢老闆站起身來，滿臉堆笑，說道：「宮裏公公們作成小號生意，小號的價錢特別克己，可說沒甚麼賺頭，不過爲皇上、公主、貝勒們宰豬，那是天大的面子。別人聽說連皇上都吃小號供奉的肉，小號的豬肉自然天下第一，再沒別家比得上了。因此上錢興隆供奉宮裏肉食也只一年多，生意可著實長了好幾倍，這都是仰仗公公們栽培。」說著又連連請安。

韋小寶點點頭，笑道：「那你一定發財啦！」那人道：「托賴公公們的洪福。」從懷中掏出兩張銀票來，笑嘻嘻道：「一點點小意思，不成敬意，請公公留著賞人罷！」說著雙手送到韋小寶手裏。

韋小寶接過來一看，銀票每張五百兩，共是一千兩銀子，正是自己前天分給高彥超他們的，微微一怔間，只見錢老闆嘴巴向著那採辦太監一努，韋小寶已明其意，笑道：「錢老闆好客氣哪！」將兩張銀票交了給承值太監，笑道：「錢老闆的敬意，哥兒們去分了罷，不用分給我。」衆太監見是一千兩銀子的銀票，無不大喜過望。供奉宮中豬羊牛肉、鷄魚蔬菜的商人，平時都給回扣，向有定例，逢年過節雖有年禮節禮，也不過是四五百兩，這其中尙膳房的頭兒太監又先分去了一半。此刻見銀子既多，韋小寶又說不要，各人攤分起來，豈不是小小一注橫財？那承值太監卻想，桂公公口說不要，只不過在外人面前擺擺架子，他是頭兒，豈能當眞省得了的？待會攤分之時，自須仍將最大的份兒給他留著。

錢老闆道：「桂公公，你這般體卹辦事的公公們，可眞難得。你不肯收禮，小人心中難安。這樣罷，小號養得有兩口茯苓花雕豬，算得名貴無比，待會去宰了，一口孝敬皇太后和皇上，另一口抬到桂公公房中，請公公細細品嘗。」韋小寶道：「甚麼茯苓花雕豬？名頭古怪，可沒聽過。」錢老闆道：「這是小號祖傳的秘法，選了良種肉豬，斷奶之後，就餵茯苓、黨參、杞子等等補藥，飼料除了補藥之外，便只鷄蛋一味，渴了便給喝花雕酒……」

他話沒說完，衆太監都已笑了起來，都說：「那有這樣的餵豬法？餵肥一口豬，豈不是要幾百兩銀子？」錢老闆道：「本錢自然不小，最難的還是這番心血和功夫。」

韋小寶道：「好，這等奇豬，倒不可不嘗。」錢老闆道：「不知桂公公今日午後甚麼時候有空，小人準時送來。」韋小寶心想從上書房下來，已將午時，便道：「午末未初，你送來罷！」錢老闆連稱：「是，是！」又請了幾個安出去。

承値太監陪笑道：「桂公公，待會見了皇上，倒不可提起這回事。」韋小寶問道：「爲甚麼？」承値太監道：「宮裏的規矩，凡是希奇古怪的食物，是不能供奉給皇太后、皇上和貝勒、公主們的。倘若吃了有一點兒小小亂子，大夥兒有幾顆腦袋？」韋小寶點頭道：「正是。」承値太監又道：「皇上年少好奇，聽到有這等希奇古怪的茯苓花雕豬，倘若吩咐取來嘗嘗，咱們做奴才的干係太大。再說，這種千辛萬苦餵起來的肉豬，又不是常常都有的，要是皇上吃得對了胃口，下了聖旨，命御廚房天天供奉，大家可只有上吊的份兒了。」

韋小寶哈哈大笑，道：「你倒想得周到。」

承値太監道：「這是尙膳房歷來相傳的規矩罷了。太后和皇上的菜餚，一切時鮮果菜，都是不能供奉的。」韋小寶奇道：「時鮮菜蔬不能供奉，難道反而只供奉過時的、隔宿的果菜？」他雖當了幾個月尚膳監的頭兒，對御廚的事卻一直不曾留心。承值太監笑道：「供奉過時隔宿的菜蔬，那是萬萬不敢。不過有些一年之中只一兩月才有的果菜，咱們就不能供奉了。倘若皇上吃得入味，夏天要冬筍，冬天要新鮮蠶豆，大夥兒又只好上吊了。」

韋小寶笑道：「皇太后、皇上都是萬分聖明的，那有這等事？」承值太監一凜，忙道：「是，是。太后和皇上聖明，那是決計不會的。這些都是打從前朝明宮裏傳下來的老規矩，那些主子們胡裏胡塗的挺難服侍。到了我大清，太后和皇上通情達理，咱奴才們辦起事來，可就容易得多啦。」心下暗暗吃驚，對先前這幾句話好生後悔。

眾武師舞動兵刃，斜劈直刺，橫砍倒打，越使越快。平西王府十六名隨從挺立不動，雙臂垂下，手掌平貼大腿外側，目光向前平視，對眾武師的進襲恍若不見。

# 第十回　儘有狂言容數子　每從高會廁諸公

韋小寶從上書房侍候了康熙下來，又到御膳房去。過不多時，錢老闆帶著四名夥計，抬了兩口洗剝得乾乾淨淨的大肥豬到來，看來每口豬淨肉便有三百來斤，向韋小寶道：「桂公公，你老人家一早起身，吃這茯苓花雕豬最有補益，最好是現割現烤。小人將一口豬送到你老人家房中，明兒一早，你老人家就可割來烤了吃，吃不完的，再命廚房裏做成鹹肉。」

韋小寶知他必有深意，便道：「你倒想得周到。那就跟我來。」錢老闆將一口光豬留在廚房，另一口抬到韋小寶屋中。尚膳監管事太監的住處和御廚相近，那肥豬抬入房中之後，韋小寶命小太監帶領抬豬的夥計到廚房中等候，待三人走後，便掩上了門。

錢老闆低聲問道：「韋香主，屋中沒旁人嗎？」韋小寶搖了搖頭。錢老闆俯身輕輕將光豬翻了過來，只見豬肚上開膛之處，橫貼著幾條豬皮，封住了割縫。韋小寶心想：「這肥豬肚中定是藏著甚麼古怪物事，莫非是兵器之類，天地會想在皇宮中殺人大鬧？」不由得心中怦怦而跳。果見錢老闆撕下豬皮，雙手拉開豬肚，輕輕抱了一團物事出來。

韋小寶「咦」的一聲驚呼，見他抱出來的竟是一個人。

錢老闆將那人橫放地下。只見這人身子瘦小，一頭長髮，卻是個十三四歲的少女，身穿薄薄單衫，雙目緊閉，一動也不動，只胸口微微起伏。

韋小寶大奇，低聲問道：「這小姑娘是誰？你帶她來幹甚麼？」錢老闆道：「這是沐王府的郡主。」韋小寶更加驚奇，睜大了眼睛，道：「沐王府的郡主？」錢老闆道：「正是。沐王府小公爺的嫡親妹子。他們擄了徐三哥去，我們就捉了這位郡主娘娘來抵押，教他們不敢動徐三哥一根寒毛。」韋小寶又驚又喜，說道：「妙計，妙計！怎地捉她來的？」

錢老闆道：「昨天徐天川徐三哥給人綁了去，韋香主帶同眾位哥哥，二次去楊柳胡同評理，屬下便出去打探消息，想知道沐王府那些人，除了楊柳胡同之外，是不是還有別的落腳所在，徐三哥是不是給他們囚禁在那裏；想知道他們在京城裏還有那些人，當眞要動手，咱們心裏可也得先有個底子。這一打探，嘿，沐王府來的人可還當眞不少，沐家小公爺帶頭，率領了王府的大批好手。」韋小寶皺起了眉頭，說道：「他媽的！咱們青木堂在京裏有多少兄弟？能不能十個打他們一個？」錢老闆道：「韋香主不用躭心。沐王府這次來到北京，不是爲了跟咱們天地會打架。原來大漢奸吳三桂的大兒子吳應熊來到了京城。」

韋小寶點頭道：「沐王府要行刺這姓吳的小漢奸？」錢老闆道：「是啊。韋香主料事如神。大漢奸、小漢奸在雲南，動不了他們的手，一離雲南，便有機可乘了。但這小漢奸防備周密，身邊有不少武功高手保護，要殺他可也不是易事。沐王府那些人果然另有住處，屬下過去查看，那些人都不在家，屋裏卻也沒徐三哥的蹤跡，只有這小丫頭和兩個服侍她的女人留在屋裏，那可是難得的良機……」

韋小寶道：「於是你就順手牽羊，反手牽豬，將她捉了來？」錢老闆微笑道：「正是。這小姑娘年紀雖小，沐王府卻當她是鳳凰一般，只要這小郡主在咱們手裏，徐三哥便穩如泰山，不怕他們不好好服侍。」韋小寶道：「錢大哥這件功勞可大得緊呢。」錢老闆道：「多謝韋香主誇獎。」韋小寶道：「咱們拿到了小郡主，卻又怎樣？」說著向躺在地下的那少女瞧了幾眼，心道：「這小娘皮長得可挺美啊。」

錢老闆道：「這件事說大不大，說小不小，要聽韋香主的意思辦理。」

韋小寶沉吟道：「你說怎麼辦？」他跟天地會的人相處的時候雖暫，卻已摸到了他們的脾氣。這些人嘴裏尊稱自己是香主，滿口甚麼聽候香主吩咐云云，其實各人肚裏早就有了主意，只盼得到自己贊同，於是一切責任便推在韋香主頭上，日後他們就不會擔當重大干係。他對付的法子是反問一句：「你說怎麼辦？」

錢老闆道：「眼下只有將這小郡主藏在一個穩妥所在，讓沐王府的人找不到。這次沐家來到京城的人著實不少，雖說是為了殺小漢奸吳應熊，但咱們殺了他們的人，徐三哥又給他們拿了去，這會兒咱們天地會每一處落腳之地，一定都給他們盯得緊緊的。我們便拉一泡尿，放一個屁，只怕沐王府的人也都知道了。」

韋小寶嗤的一笑，覺得這錢老闆談吐可喜，很合自己脾胃，笑道：「錢大哥，咱們坐下來慢慢商量。」錢老闆道：「是，是，多謝香主。」在一張椅上坐了，續道：「屬下將小郡主藏在豬肚裏帶進宮來，一來是為瞞過宮門侍衛的重重搜檢，二來是要瞞過沐王府眾人的耳目。他奶奶的，沐公爺手下，只怕真有幾個厲害人物，不可不防。小郡主若不是藏在宮裏，難保不給他們搶了回去。」

韋小寶道：「你說要將小郡主藏在宮裏？」

錢老闆道：「屬下可不敢這麼說，一切全憑韋香主作主。藏在宮裏，當然是普天下最穩妥的所在。沐王府的高手再多，總敵不過大內侍衛。小郡主竟會在皇宮之中，別說他們決計想不到、查不出，就算知道了，又怎有能耐衝進皇宮來救人？他們如能進宮來將小郡主救出去，那麼連韃子皇帝也能綁架去了。天下決沒這個道理。不過屬下膽大妄爲，事先沒向韋香主請示，擅自將小郡主帶進宮來，給韋香主增添不少危險麻煩，實在該死之極。」

韋小寶心道：「你將人帶都帶進來了，自己說該死，卻也沒死。把小郡主藏在宮裏，果然是好計，沐王府的人一來想不到，二來救不出。你膽大妄爲，難道我膽子就小了？」笑道：「你這計策很好，就將小郡主藏在這裏好了。」

錢老闆道：「是，是，韋香主說這件事行得，那定然行得。屬下又想，將來事情了結之後，小郡主總是要放還給他們的。他們得知郡主娘娘這些日子是住在宮裏，也不辱沒了她身分，倘若老是關在小號屠宰房的地窖裏，聞那牛血豬血的腥氣，未免太對不起人。」

韋小寶笑道：「每天餵她吃些茯苓、黨參、花雕、鷄蛋，也就是了。」

錢老闆嘿嘿一笑，說道：「再說，小郡主年紀雖然幼小，總是女子，跟我們這些臭男人住在一起，於名聲未免有礙，跟韋香主在一起，就不要緊了。」韋小寶一怔，問道：「爲甚麼？」錢老闆道：「韋香主年紀也輕，何況又是……又是在宮裏辦事的，自然……自然沒甚麼。」言語吞吞吐吐，似乎有些不便出口。

韋小寶見他神色忸怩，想了一想，這才明白：「原來你說我是太監，因此小郡主交我看管，於她名聲無礙。你可不知我這太監是冒牌貨。」只因他不是眞的太監，這才要想了一想之後方能明白，否則錢老闆第一句話他就懂了。

錢老闆問道：「韋香主的臥室在裏進罷？」韋小寶點點頭。錢老闆俯身抱起小郡主，走到後進，放在床上。房中本來有大床、小床各一，海大富死後，韋小寶已叫人將小床抬了出去。他隱秘之事甚多，沒要小太監住在屋裏服侍。

錢老闆道：「屬下帶小郡主進宮來時，已點了她背心上的神堂穴、陽綱穴，還點了她後頸的天柱穴，讓她不能動彈，說不出話。韋香主要放她吃飯，就可解開她穴道，不過最好先點她腿上環跳穴，免得她逃跑。沐王府的人武功甚高，這小姑娘倒不會多少武功，卻也不可不防。」

韋小寶想問他甚麼叫神堂穴、環跳穴，如何點穴、解穴，但轉念一想，自己是青木堂香主，又是總舵主的弟子，連點穴、解穴也不會，豈不讓下屬們瞧不起？反正對付一個小姑娘總不是甚麼難事，點頭道：「知道了。」

錢老闆道：「請韋香主借一把刀使。」韋小寶心想：「你要刀幹甚麼？」從靴筒中取出匕首，遞了給他。錢老闆接了過來，在豬背上一劃，沒料到這匕首鋒利無匹，割豬肉如切豆腐，一劍下去，直沒至柄。錢老闆吃了一驚，讚道：「好劍！」割下兩片脊肉、兩隻前腿，道：「韋香主留著燒烤來吃，餘下的吩咐小公公們抬回廚房去罷。屬下這就告辭，會裏的事情，屬下隨時來向韋香主稟告。」

韋小寶接過匕首，說道：「好！」向臥在床上的小郡主瞧了一眼，道：「這小娘皮睡得倒挺安穩。」他本來想說：「這小姑娘在宮裏躭得久了，太過危險，倘若給人發覺，那可糟糕之極。」但想天地會的英雄好漢豈有怕危險的？這等話說出口來，不免給人小覷了。

待錢老闆回去廚房，韋小寶忙閂上了門，又查看窗戶，一無縫隙，這才坐到床邊，去看那小郡主，見她正睜著圓圓的眼睛，望著床頂，見韋小寶過來，忙閉上眼睛。韋小寶笑道：「你不會說話，不會動彈，安安靜靜的躺在這裏，最乖不過。」見她身上衣衫也不污穢，想是錢老闆將那口肥豬的肚裏洗得十分乾淨，不留絲毫血漬，於是拉過被來，蓋在她身上。只見她臉頰雪白，沒半分血色，長長的睫毛不住顫動，想是心中十分害怕，笑道：「你不用怕，我不會殺了你的。過得幾天，就放你出去。」

小郡主睜開眼來，瞧了他一眼，忙又閉上了眼睛。

韋小寶尋思：「你沐王府在江湖上好大威風，那日蘇北道上，你家那白寒松好大架子，絲毫沒將老子瞧在眼裏，這當兒還不是讓我手下的人打死了。他奶奶的……」想到此處，伸起手來，見手腕上黑黑一圈烏青兀自未退，隱隱還感疼痛，心道：「那白寒楓死了哥哥，沒處出氣，揑得老子骨頭也險些斷了。想不到沐王府的郡主娘娘卻落在我手裏，老子要打便打，要罵便罵，你半分動彈不得，哈哈，哈哈！」想到得意處，不禁笑出聲來。小郡主聽到笑聲，睜開眼來，要看他爲甚麼發笑。

韋小寶笑道：「你是郡主娘娘，很了不起，是不是？你奶奶的，老子才不將你放在眼裏呢。」走上前去，抓住她右耳，提了三下，又捏住她鼻子，扭了兩下，哈哈大笑。

小郡主閉著的雙眼中流出眼淚，兩行珠淚從腮邊滾了下來。韋小寶喝道：「不許哭！老子叫你不許哭，就不許哭！」小郡主的眼淚卻流得更加多了。韋小寶罵道：「辣塊媽媽，臭小娘皮，你還倔強！睜開眼睛來，瞧著我！」

小郡主雙眼閉得更緊。韋小寶道：「哈，你還道這裏是你沐王府，你奶奶的，你家裏劉白方蘇四大家將，有他媽的甚麼了不起，終有一日撞在老子手裏，一個個都斬成了肉醬。」大聲吆喝：「你睜不睜眼？」小郡主又用力閉了閉眼。韋小寶道：「好，你不肯睜眼，要這一對臭眼珠子有甚麼用？不如挖了出來，讓老子下酒。」提起匕首，平放刃鋒，在她眼皮上拖了幾拖。小郡主全身打個冷戰，仍不睜開眼睛。

韋小寶倒拿她沒法子，說道：「你不睜眼，我偏要你睜眼，咱哥兒倆耗上了，倒要瞧瞧是你郡主娘娘厲害，還是我這小流氓、小叫化厲害。我暫且不來挖你眼珠。挖了眼珠，倒算是你贏了，就此永遠不能瞧我。我要在你臉蛋上用尖刀子雕些花樣，左邊臉上刻隻小烏龜，右邊臉上刻一堆牛糞。等到將來結了疤，你到街上去之時，成千成萬的人圍攏來瞧西洋鏡，大家都說：『美啊，美啊，來看沐王府的小美人兒，左邊臉上一隻王八，右邊臉上一堆牛糞。』你到底睜不睜眼？」

小郡主全身難動，只有睜眼閉眼能自拿主意，聽韋小寶這麼說，雙眼越閉越緊。

韋小寶自言自語：「原來這臭花娘嫌自己臉蛋兒不美，想要我在她臉上裝扮裝扮，好，我先刻一隻烏龜！」打開桌上硯台，磨了墨，用筆蘸了墨。這些筆墨硯台都是海老公之物，韋小寶一生從沒抓過筆桿，這時拿筆如拿筷子，提筆在小郡主左臉畫了一隻烏龜。

小郡主的淚水直流下來，在烏龜的筆劃上流出了一道墨痕。

韋小寶道：「我先用筆打個樣子，然後用刀子來刻，就像人家刻圖章。對，對，郡主娘娘，咱們刻好之後，我牽了你去長安門大街，大叫：『那一位客官要印烏龜？三文錢印一張！』我用黑墨塗了你臉，有人給三文錢，就用張白紙在你臉上一印，便是一隻烏龜，快得很！一天準能印上一百張。三百文銅錢，夠花的了。」

他一面胡扯，一面偷看小郡主的臉色，見她睫毛不住顫動，顯然又憤怒，又害怕。他甚是得意，說道：「嗯，右臉刻一堆牛糞，可沒人出錢來買牛糞的，不如刻隻豬，又肥又蠢，生意一定好。」提起筆來，在她右邊臉頰上亂畫一通，畫的東西有四隻腳、一條尾巴就是了，也不知像貓還是像狗。他放下毛筆，取過一把剪銀子的剪刀，將剪刀輕輕放在小郡主左頰，喝道：「你再不睜眼，我要刻花了！我先刻烏龜！」

小郡主淚如泉湧，偏偏就是不肯睜眼。韋小寶無可奈何，不肯認輸，便將剪尖在她臉上輕輕劃來劃去。這剪尖其實甚鈍，小郡主肌膚雖嫩，卻也沒傷到她絲毫，可是她驚惶之下，只道這小惡人眞的用刀子在自己臉上雕花，一陣氣急，便暈了過去。

韋小寶見她神色有異，生怕是給自己嚇死了，倒吃了一驚，忙伸手去探她鼻息，幸好尚有呼吸，便道：「臭小娘裝死！」尋思：「你死也不肯睁眼，難道我便輸了給你？咱們騎驢看唱本，走著瞧，韋小寶總不會輸在你臭小娘手裏。」拿了塊濕布來，抹去她兩頰上黑墨，直抹了三把，才抹得乾淨。但見她眉淡睫長，嘴小鼻挺，容顏著實秀麗，自言自語：「你是郡主娘娘，心中一定瞧不起我這小太監，我也瞧不起你，大家還不是扯直？」

過了一會，小郡主慢慢醒轉，一睁開眼，只見韋小寶一雙眼睛和她雙目相距不過一尺，正狠狠的瞪著她，不由得吃了一驚，急忙閉眼。

韋小寶哈哈大笑，道：「你終於睁開眼來，瞧見我了，是老子贏了，是不是？」他自覺得勝，心下高興，只是小郡主不會說話，未免有些掃興，想去解她穴道，卻又不知其法，說道：「你給人點了穴道，倘若解不開，不能吃飯，豈不餓死了？我本想給你解開，不過解穴的法門，從前學過，現下可忘了。你會不會？你如不會，那就躺著做殭屍，一動也別動，要是會的，眼睛眨三下。」

他目不轉睛的望著小郡主，只見她眼睛一動不動，過了好一會，突然雙眼緩緩的連眨三下。

韋小寶大喜，道：「我只道沐王府中的人既然姓沐，一定個個是木頭，木頭木腦，甚麼都不會，原來你這小木頭還會解穴。」將她抱起，坐在椅上，說道：「你瞧著，我在你身上各個部位指點，倘若指得對的，你就眨三下眼睛，指得不對，眼睛睜得大大的，一動也不能動。我找到解穴的部位，就給你解開穴道，懂不懂？懂的就眨眼。」小郡主眨了三下眼睛。

韋小寶點頭道：「很好！我來指點。」韋小寶一伸手，便指住她右邊胸部，道：「是不是這裏？」小郡主登時滿臉通紅，一雙眼睛睜得大大的，那敢眨上一眨？韋小寶又指著她左邊胸部，道：「是不是這裏？」小郡主臉上更加紅了，眼睛睜得久了，忍不住霎了霎眼。韋小寶大聲道：「啊，是這裏了！」小郡主忙睜大眼睛，又羞又急，窘不可言。這二人都是十三四歲年紀，於男女之事似懂非懂。但女孩子早識人事，韋小寶又是在妓院中長大的，平時多見嫖客和妓女的猥褻舉止，雖不明其意，總之知道這類行動極不妥當。

韋小寶見她發窘，得意洋洋，只覺昨日楊柳胡同中所受窘辱此刻都出了氣、報了仇。他在小郡主身上東指西指。小郡主拚命撐住眼睛，不敢稍瞬，唯恐不小心眨了眨眼睛，那就大事去矣，過了不多時，鼻尖上已有一滴滴細微汗珠滲了出來。幸好韋小寶這時手指指向她左腋之下，那正是解開穴道的所在，忙連眨三下眼睛，心中一寬，舒了口長氣。

韋小寶道：「哈哈，果然在這裏，老子也不是不知，但記心不好，一時忽然忘了。」心想：「解開她穴道之後，不知她武功如何，這小丫頭若出手打人，倒也麻煩。」轉過身來，拿過兩根腰帶，先將她雙腳牢牢綁住，又將她雙手反縛到椅子背後綁好。

小郡主不知他要如何大加折磨，臉上不禁流露出驚恐之極的神色。韋小寶笑道：「你怕了我，是不是？你既然怕了，老子就解開你穴道。」伸手到她左腋下輕搔幾下。

小郡主奇癢難當，偏生無法動彈，一張小臉脹得通紅。

韋小寶道：「點穴解穴，我原是拿手好戲，只不過老子近來事情太忙，這種小事，也沒放在心上，倒有些兒忘了。是不是這樣解的？」說著在她腋下揉了幾下。

小郡主又是一陣奇癢，臉上微有怒色。

韋小寶道：「這是我最上乘高深的解穴手法。上乘手法，用在上等人身上，這才管用。你這小丫頭不是上等之人，第一流的手法用在你身上，竟半點動靜也沒有。好，我用第二流的手法試試。」伸手指在她腋下力戳幾下。

小郡主又痛又癢，淚水又在眼眶中滾來滾去。

韋小寶道：「咦，第二流的手法也不行，難道你是第三等的小丫頭？沒法子，只得用第三流的手法了。」伸掌在她腋下拍打一陣，仍不見效。

點穴是武學中的上乘功夫。武功極有根柢之人，經明師指點，尚須數年勤學苦練，方始有成。解穴和點穴是一事之兩面，會點穴方會解穴，認穴既須準確，手指上又須有剛柔並濟的內勁，方能封人穴道，解人穴道。韋小寶既無內功，點穴解穴之法又從沒練過，這麼亂搞一通，又怎解得開小郡主的穴道？

拍打不成，便改而爲抓，抓亦不行，只得改而爲扭。小郡主又氣又急，忍不住淚水又流了下來。韋小寶這時倒不是有心折磨她，但忙了半天，解不開她穴道，自己額頭出汗，不免有些老羞成怒，說道：「我連第八流的手法也用出來了，卻仍是耗子拉王八，全不管用，難道你是第九流的小丫頭？老子是大有身分、大有來歷之人，第九流武功是決不肯使的。看來你沐王府的人，都是他媽的爛木頭，木頭木腦，木知木覺。我跟你說，我現在不顧自己身分，用第九流的武功，再在你這第九流的小娘皮身上試試。」

當下彎起中指，用拇指扳住，用力彈出，彈在小郡主腋下，說道：「這是彈棉花。」唱起兒歌：「拍拍拍，彈棉花。棉花臭，炒黑豆。黑豆焦，拌胡椒。胡椒辣，起寶塔。寶塔尖，衝破天。天落雨，地滑塌，滑倒你沐家木頭木腦、狗頭狗腦，十八代祖宗的老阿太！」

他說一句，彈一下，連彈十幾下，唱到「太」字時，小郡主突然「噢」的一聲，哭了出來。

韋小寶大喜，縱身躍起，跳上跳下，笑道：「我說呢，原來沐王府的小丫頭果然是第九流的，非用第九流武功對付不可。」

小郡主哭道：「你……你才是第第第……第九流。」聲音清脆嬌嫩，帶著柔軟的雲南口音，當眞說不出的好聽。

韋小寶逼緊了喉嚨，學她說話：「你……你才是第第第……第九流。」說著哈哈大笑。

原來他伸指亂彈，都彈在小郡主腋下「淵腋穴」上。淵腋穴屬足少陽膽經，在腋下三寸之處。頭部諸穴如絲空竹、陽白、臨泣等均屬此經脈。他在淵腋穴上又抓又扭，又打又彈，手勁雖然不足，但搞得久了，小郡主頭部諸穴齊活，說話便無窒滯。

韋小寶見居然能解開小郡主的穴道，不勝歡喜，對沐王府的仇恨之心登時消去了大半，說道：「我肚子餓了，想來你也不飽，我先給你些東西吃。」他原是饞嘴之人，既爲尙膳監的頭兒，屬下衆監拍他馬屁，每日吩咐廚房送來各種各樣的新鮮細點。他每天在街上閒遊，街市中諸般餅餌糖食，也是見到就買，因此上屋裏瓶兒、罐兒、盒兒、小竹簍兒不計其數，裝的都是零星食物。一個十來歲的少年，手頭有幾十萬兩銀子，生來又是個胡亂花錢之人，豈有不大買零食之理？

他將糕點拿了出來，說過：「這玫瑰綠豆糕，你吃一塊試試。」小郡主搖了搖頭。韋小寶拿起另一隻盒子，打開盒蓋，說道：「這是北京城裏出名的點心豌豆黃，你們雲南一定沒有的，吃一塊罷！」小郡主又搖了搖頭。韋小寶要賣弄家當，將諸般糕餅糖果堆滿在桌上，道：「你瞧，我好吃的東西多不多？就算你是王府郡主，多半也從來沒吃過這麼多點心。你如不愛吃甜食，就試試我們廚房的蔥油薄脆，又香又脆，世上少有。連皇上都愛吃，你試了一塊，包你愛吃。」

小郡主又搖了搖頭。韋小寶接連拿了最好的七八種糕餌出來，小郡主總是搖頭。這一來韋小寶可氣往上衝，罵道：「臭花娘，你嘴巴這樣刁，這個不吃，那個不吃，到底要吃甚麼？」小郡主道：「我……我甚麼都不吃……」只說了這句話，抽抽噎噎的又哭了起來。韋小寶給她一哭，心腸倒有些軟了，道：「你不吃東西，豈不餓死了？」小郡主道：「我……我寧可餓死。」韋小寶道：「我才不信你寧可餓死。」

正在這時，外面有人輕輕敲門。韋小寶知道是小太監送飯來，生怕小郡主叫喊起來，驚動了旁人，取出一塊毛巾，綁住了她嘴，這才去開門，吩咐小太監：「我今日想吃些雲南菜，你吩咐廚房即刻做了送來。」小太監應了自去。

韋小寶將飯菜端到房中，將小郡主嘴上的毛巾解開了，坐在她對面，笑道：「你不吃，我可要吃了。嗯，這是醬爆牛肉，這是糟溜魚片，這是蒜泥白切肉，還有鎮江肴肉，清炒蝦仁，這一碗口蘑鷄腳湯，當眞鮮美無比。鮮啊，鮮啊！」他舀湯來喝，故意嗒嗒有聲，偷眼去看小郡主時，只見她淚水一滴滴的流下，沒半分饞意。

這一來韋小寶可有些興意索然，悻悻然的道：「原來第九流的小丫頭只愛吃第九流的臭魚、臭肉、臭鴨蛋，我這些好菜好點心，原是第一流上等人吃的。待會我叫人去拿些臭魚、臭肉、臭鴨蛋、臭豆腐來給你吃。」小郡主道：「我不吃臭鴨蛋、臭豆腐。」韋小寶點頭道：「嗯，原來你只吃臭魚、臭肉。」小郡主道：「你就愛瞎說。我也不吃臭魚、臭肉。」

韋小寶吃了幾筷蝦仁，吃了一塊肴肉，大讚：「味道眞好！」見小郡主始終無動於衷，便放下筷子，盤算如何才能令她向自己討吃。

過了好一會，小太監又送飯菜過來，道：「桂公公，廚子叫小人稟告公公，這過橋米線的湯極燙，看來沒一絲熱氣，其實是挺熱的。這宣威火腿是用蜜餞蓮子煮的，煮得急了，或許不很軟，請公公包涵。這是雲南的黑色大頭菜。這一碟是大理洱海的工魚乾，雖不是鮮魚，仍十分名貴，用雲南紅花油炒的。壺裏泡的是雲南普洱茶。廚子說，雲南的名菜汽鍋鷄要兩個多時辰才煮得好，只好晚上再給桂公公你老人家送來。」

韋小寶點點頭，待小太監去後，將菜餚搬入房中。

御廚房在頃刻之間，便辦了四樣道地的雲南菜，也算得功力到家了。原來吳三桂在雲南做平西王，雖然跋扈，但逢年過節，對皇室的進貢、對諸王公大臣的節敬卻豐厚無比，遠勝他省十倍，因此朝廷裏幫他說好話的人著實不少。吳三桂進貢給皇帝的，除了金銀珠寶、象牙犀角等等珍貴物品外，雲南的諸般土產也應有盡有。正因如此，御廚房要在頃刻之間煮幾味雲南菜，並不爲難。

小郡主本就餓了，見到這幾味道地的家鄉菜，忍不住心動，只是她給韋小寶實在欺侮得狠了，不願就此屈服，拿定了主意：「不管這小惡人如何誘我，我總是不吃。」

韋小寶用筷子夾了一片鮮紅噴香的宣威火腿，湊到小郡主口邊，笑道：「張開嘴來！」小郡主牙齒咬實，緊緊閉嘴。韋小寶將火腿在她嘴唇上擦來擦去，擦得滿嘴都是油，笑道：「你乖乖吃了這片火腿，我就解開你手上穴道。」小郡主閉著嘴搖了搖頭。

韋小寶放下火腿，端起那碗熱湯，惡狠狠的道：「這碗湯燙得要命，你如肯喝，我就等湯冷了些，一匙一匙的慢慢餵你。你不喝呢？哼，哼！」左手伸出，揑住她鼻子。

小郡主氣爲之窒，只得張開口來。韋小寶右手拿起一隻匙羹，塞在她口裏，說道：「這碗熱湯我就這樣倒將下來，把你的肚腸也燙得熟了！」讓小郡主喘了幾口氣，才將匙羹從她嘴裏取出，放開左手。

小郡主知道過橋米線的湯一半倒是油，比尋常的羹湯熱過數倍，如此倒入咽喉，只怕眞的給他燙死了，哭道：「你劃花了我的臉，我……我不要活了，這樣醜怪……」

韋小寶心道：「原來你以爲我眞的在你臉上刻了一隻烏龜。」微笑道：「你的臉雖然劃花了，但這隻小烏龜畫得挺美，你走到街上，擔保人人喝采叫好！」小郡主哭道：「難看死了，我……我寧可死了。」韋小寶道：「唉，這樣漂亮的小烏龜，你居然不要，早知如此，我也不必花那麼多心思，在你臉上雕花了。」小郡主道：「雕甚麼花？我……我又不是木頭。」韋小寶道：「你明明姓沐，怎麼不是木頭？」小郡主道：「我家這沐字，是三點水的沐，又不是木頭的木。」韋小寶也分不出沐木二字有何不同，說道：「木頭浸在水裏，不過是一塊爛木頭罷了。」小郡主又哭了起來。

韋小寶道：「那又用得著哭個不休的？你叫我三聲『好哥哥』，我就把你臉蛋兒補好，把小烏龜刮去，一點痕跡不留。」小郡主臉上一紅，道：「怎麼刮得去？再這麼一刮，我的臉還成甚麼模樣？」韋小寶道：「我有靈丹妙藥，第一流的英雄好漢，那是難修補些。你是第九流的小丫頭，修補你的臉蛋兒，可眞容易不過了。」小郡主道：「我不信。你就是愛說話損人。」韋小寶道：「你叫不叫？」小郡主紅著臉搖搖頭。

韋小寶見她嬌羞的模樣，不禁有些心動，說道：「小烏龜新刻不久，修補是很容易的。時間挨得久了，再要修補，如留下一條烏龜尾巴修不去，只怕你將來懊悔。」小郡主雖將信將疑，總是企盼一試，倘若眞如他所說，將來臉上留下一條烏龜尾巴，那仍然難看之極，當下脹紅了臉，囁嚅道：「你……你可不是騙我？」韋小寶道：「我騙你幹甚麼？你越叫得早，我越早動手，你的臉蛋兒越修補得好，乖乖的快叫罷！」

小郡主道：「倘若我……我叫了之後，你補得不好呢？」韋小寶道：「那我加倍賠還，連叫你六聲『好妹妹』！」小郡主又紅暈滿臉，說道：「你這人很壞，我不來！」韋小寶道：「好啦！你既然不放心，咱們分開來叫。你先叫我一聲『好哥哥』，待我補好之後，你叫第二聲。我用鏡子給你照過，果然一點疤痕也沒有，你十分滿意了，再叫第三聲。說不定你開心得很，一連叫上十聲。」小郡主急道：「不，不，你說叫三聲，怎麼又加？」韋小寶微笑道：「好，三聲就是三聲，那你快叫罷！」小郡主嘴唇動了幾下，總是叫不出口。

韋小寶道：「叫一句『好哥哥』，有甚麼了不起？又不是要你叫『好老公』，叫『親親老公』。你再不叫，我的價錢也可越開越高啦。」小郡主倒眞怕他逼自己叫甚麼老公、老公的，結結巴巴的道：「我先叫一個字，等你眞的治好了，我再叫下面……下面兩個字。」韋小寶嘆了一口氣，道：「唉，你眞會討價還價，先給錢後給錢都是一樣。那你叫罷！」

小郡主閉上眼睛，輕輕叫道：「好……」這個「好」字，當眞細若蚊鳴，耳音稍稍差著半點，可再也聽不出來，饒是如此，她臉上已羞得通紅。

韋小寶咕噥道：「這樣叫法，可眞差勁得很，七折八扣下來，還有得賸的麼？也不知你心中在這個『好』字下面接上些甚麼，好王八蛋是好，好小賊也是好。」小郡主急道：「不是的，我心中想的，就……就是那兩個字，我不騙你，眞的不騙你。」韋小寶道：「那兩個甚麼字？是烏龜麼？是小賊嗎？」

小郡主道：「不，不！是哥……」說了一個「哥」字，急忙住口。

韋小寶笑道：「很好，算你有良心，那我給你修補臉蛋之時，便得用出最好手段。請泥水匠去修狗洞，出上第一流的價錢，泥水匠便用第一流的手段，倘若價錢太低，泥水匠用幾塊爛磚頭塞滿了事，石灰也不粉刷一下，豈不難看之極？」

小郡主道：「人家叫也叫過了，你還在笑我是狗洞、爛磚頭。」

韋小寶哈哈一笑，道：「我這是比方。」打開海老公的箱子，取出藥箱，將箱中的幾十個藥瓶都放在桌上，每一瓶藥都倒了些粉末，像煞有其事的凝神思索，調配藥粉。

小郡主本來只信得三分，眼見藥瓶如此之多，不免又多信了兩分。

韋小寶將藥粉放進藥缽，拿到外房，卻倒在紙中包了起來，藏在懷裏，另外拿了一塊綠豆糕、一塊豌豆黃，再從一個廣東月餅中挖了一塊蓮蓉，將藥缽沖洗乾淨，才將蓮蓉、綠豆糕、豌豆黃在缽中舂爛，又加上兩羹匙蜜糖，心念一動，再吐上兩大口唾沫，調得勻了，拿進房中，說道：「這是生肌靈膏，其中有無數靈丹妙藥。」

想了一想，又道：「你的臉是我刻花了的，就算回復原狀，也不過和從前一般，你也不見我的情。」拿起昨日在珠寶鋪中所鑲的帽子，將帽上四顆明珠都拉了下來，放在左手手掌之中，問小郡主道：「這珠子怎樣？」

小郡主祖上世代封王襲爵，雖然出世時沐家已破，但世家貴女，見識畢竟大非尋常，見這四顆珠子都有指頭大小，的溜溜地在他掌中滾動，發出柔和珠光，渾圓無瑕，讚道：「這珠子好得很，四顆一樣大小，很是難得！」

韋小寶大是得意，說道：「這是我昨天花了二千九百兩銀子買來的，很貴，是不是？」這四顆珠子雖然珍貴，卻也不值得二千九百兩，其實是九百兩，他加上了二千兩的虛頭。當下又取過一隻藥缽，將珠子放入缽中，轉了幾轉，珠子和藥缽相碰，互相撞擊，發出清脆的聲音。韋小寶拿起石杵，一杵鎚將下去。

小郡主「啊」的一聲，叫了出來，問道：「你幹甚麼？」

韋小寶見她神情嚴重，一張小臉上滿是詫異之色，更加意氣風發。他賣弄豪闊，原是要換來這副驚詫，當下連舂幾下，將四顆珠子舂得粉碎，然後不住轉動石杵，將珠子磨成細粉，說道：「我倘若只將你臉蛋回復原狀，不顯我韋……顯不出我小桂子公公的本事，定要將你臉蛋兒變得比原來美上十倍，你這十聲『好哥哥』才叫得心甘情願，沒半點勉強。」

小郡主道：「三聲！怎麼又變成十聲了？」

韋小寶微微一笑，將珍珠粉調在綠豆糕、豌豆黃、蓮蓉、蜜糖加唾沫的漿糊之中，用藥杵拌得均勻。小郡主眼睛睜得大大的，不知他搞些甚麼，眼見他將四顆明珠研細，這藥膏之珍貴可想而知。

韋小寶道：「四顆珠子雖貴，比起其他無價之寶的藥粉來，卻又算不得甚麼了。你的相貌本來不錯，但不能說是天下第一流的，等搽了我這藥膏之後，多半會變成一位天下無雙，羞月閉花……」小郡主道：「羞花閉月。」她聽韋小寶說錯了，隨口改正，但話一出口，不由得很不好意思。韋小寶用錯成語，乃是家常便飯，絲毫不以爲意，道：「不錯，變成一個羞花閉月的小美人兒，那才好呢。」說著便抓起豆泥蓮蓉珍珠糊，往她臉上塗去。

小郡主一聲不響，由得他亂塗，片刻之間，一張臉上除了眼耳口鼻之外，都給他塗得滿滿地，只覺這藥膏甜香甚濃，並無刺鼻藥味，渾不覺得難受。

韋小寶見她上當，拚命忍住了笑，心道：「這藥膏中我不拉上一泡尿，算是我客氣，那是瞧在你祖宗沐英沐王爺的份上。他是開國功臣，韋小寶讓了他三分。」

韋小寶塗完藥膏，洗乾淨了手，說道：「等藥膏乾了，我再用奇妙藥粉給你洗去。三塗三洗，那你非羞月……非羞花閉月不可。」

小郡主心想：「甚麼『非羞花閉月不可』，這句話好不彆扭。」問道：「爲甚麼要塗三次？」韋小寶道：「三次還算是少的了，人家做醬油要九蒸九晒呢。就算是煮狗肉，也要連滾三滾。有道是：狗肉滾三滾，神仙站不穩。」小郡主抱怨道：「你又罵我是醬油狗肉。」

韋小寶笑道：「沒有『醬油狗肉』這句話，醬油煮狗肉，就是紅燒狗肉。不用醬油，是淸燉狗肉。」拿筷子夾起一片火腿，送到她嘴邊，道：「吃罷！」

小郡主一來也眞餓了，二來不敢得罪了他，怕他手腳不淸，在自己臉上留下一條烏龜尾巴，三來見他研碎珍珠，毫不可惜，不免承他的情，微一遲疑，便張口將火腿吃了。

韋小寶大喜，讚道：「好妹子，這才乖。」小郡主道：「我不……不是你好妹子。」韋小寶道：「那麼是好姊姊。」小郡主道：「也不是。」韋小寶道：「那麼是我好媽媽。」小郡主噗哧一笑，道：「我……我怎麼會是……」

韋小寶自見到她以來，直到此刻，才聽到她的笑聲。只是她臉上塗滿了蓮蓉豆泥，難見如花笑靨，但單是聽著她銀鈴般的笑聲，亦足已暢懷怡神。韋小寶說她「是我好媽媽」，其實便是罵她「小婊子」，因爲他自己母親是個妓女，但聽她笑得又歡暢又溫柔，不禁微覺後悔，又想：「做婊子也沒甚麼不好，我媽媽在麗春院裏賺錢，未必便賤過他媽的木頭木腦沐王府中的郡主。」又夾了幾片火腿餵她吃了，說道：「你如答允不逃走，我就將你手上穴道也解了。」

小郡主道：「我幹麼逃走？臉上刻了隻小烏龜，逃出去醜也醜死了。」

韋小寶心想：「待你得知臉上其實並沒小烏龜，定然要逃走了。那錢老闆也不說幾時來接她出去。宮裏關著這樣一個小姑娘，給人發覺了可干係不小！」

正凝思間，忽聽得屋外有人叫道：「桂公公，小人是康親王府裏的伴當，有事求見。」韋小寶道：「好！」低聲道：「有人來啦，你可別出聲。這裏是甚麼地方，你知不知道？」小郡主搖了搖頭。韋小寶道：「說出來可嚇你一大跳。那些人個個都要害你。只有我瞧著你可憐，暫且收留了你。如給人知道你在這裏，哼哼……」心想：「說些甚麼重話嚇她最好！她最怕甚麼？」一轉念間，說道：「這些惡人定要剝光你的衣衫，打你屁股，打得痛得不得了。」小郡主臉上一紅，眼光中果然露出恐懼之色。

韋小寶見恐嚇有效，便出去開門。門外是個三十來歲的內監。

那人向韋小寶請安，恭恭敬敬的道：「小人是康親王府裏的。我們王爺說，好久不見公公，很是掛念，今日叫了戲班，請公公去王府喝酒聽戲。」

韋小寶聽說聽戲，精神一振，但自己屋中藏著一個小郡主，既怕給人撞見，又怕她聲張起來，諸多不便，一時頗爲躊躇。那內監道：「王爺吩咐，務必要請公公光臨。今日王府中可熱鬧著呢，擲骰子、賭牌九，甚麼都有。」韋小寶聽到聽戲，不過精神一振，聽到賭錢，那可是精神大振了。他自從發了大財之後，跟溫氏兄弟、平威他們賭錢，早已無甚趣味，擲擲骰子，只聊勝於無，康親王府中既有賭局，自是豪賭，那還理會甚麼小郡主、大郡主？當即欣然道：「好，你等一會兒，我就跟你去。」

他回入房中，將小郡主鬆了綁，放在床上，又將她手腳綁住了，拉過被子蓋在她身上，低聲道：「我有事出去，過一會兒就回來。」見她眼光中露出疑慮之意，說道：「珍珠還不夠，我去珠寶鋪再買些，研碎了給你搽臉，那才十全十美。」小郡主道：「你……你不要去。珍珠又貴。」韋小寶道：「不打緊的，你好哥哥有的是錢，要叫你羞花閉月，多花幾千兩銀子算得甚麼。」小郡主道：「我……我在這裏怕。」

韋小寶見她楚楚可憐，略有不忍之意，但要他不去賭錢，小郡主便再可憐十倍也沒用，夾了一塊工魚乾給她吃了，拿過四塊八珍糕，疊起來放在她嘴上，道：「你一張嘴，便有一塊糕落入口中。可得小心，糕兒一跌到枕頭上，便吃不到了。」

小郡主道：「你……你別去。」嘴上有糕，說話聲音細微幾不可聞。

韋小寶假裝沒聽見，從箱中取出一疊銀票，塞在袋裏，開門出去，把門反鎖了，與匆匆的跟著內監到康親王府去。

一到康親王府門口，只見大門外站立著兩排侍衛，都是一身鮮明錦衣，腰佩刀劍，氣概軒昂，比之韋小寶第一次來時戒備森嚴得多了，那自是懲於「鰲拜黨徒」攻入王府之失，加強了守備。

韋小寶剛進大門，康親王便搶著迎了出來，身子半蹲，抱住韋小寶的腰，笑道：「桂兄弟，多日不見，你可長得越來越高、越來越俊了。」韋小寶笑道：「王爺你好。」康親王笑道：「好甚麼？你也不多到我家裏來玩兒。我多見你就好，少見你就不好。」韋小寶笑道：「王爺吩咐我多來，那可求之不得。」康親王道：「你說過的話可得算數。幾時我向皇上討個情，准你的假，咱們喝酒聽戲，大鬧他十天八天。就只怕皇上一天也少不得你。」攜了韋小寶的手，並肩走進。衆侍衛一齊躬身行禮。

韋小寶大樂。他在皇宮中雖得人奉承，畢竟只是個太監，那有此刻和王爺攜手並行的風光？

到得中門，兩個滿洲大官迎了出來，一個是新任領內侍衛大臣多隆，通常稱之爲侍衛總管的，另一個便是他的結拜哥哥索額圖。索額圖一躍而前，抱住了韋小寶，哈哈大笑，說道：「聽說王爺今日請你，我便自告奮勇要來，咱哥兒倆熱鬧熱鬧。」侍衛總管多隆也上來著實巴結。四人一踏進大廳，廊下的吹打手便奏起樂來。韋小寶從未受人如此隆重的接待，自是眉飛色舞，差一點便手舞足蹈起來。到得二廳，廳中二十幾名官員都已站在天井中迎接，都是尚書、侍郎、將軍、御營親軍統領等等大官。索額圖一一給他引見。

一名內監匆匆走進，打了個千，稟道：「王爺，平西王世子駕到。」

康親王笑道：「很好！桂兄弟，你且寬坐，我去迎客。」轉身出去。

韋小寶心想：「平西王世子？那不是吳三桂的小漢奸兒子嗎？他來幹甚麼？」

索額圖挨到他耳邊，低笑道：「好兄弟，恭喜你今天又要發財啦。」韋小寶笑道：「那得看手氣怎樣？」索額圖笑道：「手氣自然是好的。除了賭錢發財，還有一注逃不了的大財氣。」韋小寶道：「那是甚麼？」索額圖在他耳邊輕聲道：「吳三桂差兒子來進貢，朝中大官，個個都不落空。」韋小寶道：「哦，吳三桂是差兒子來進貢。我可不是朝中大官。」

索額圖道：「你是宮裏的大官，那比朝中大官可威風得多了。吳三桂的兒子吳應熊精明能幹，懂事得很。」低聲道：「待會吳應熊不論送你甚麼重禮，你都不可露出喜歡的模樣，只淡淡的說：『世子來到北京，一路上可辛苦了。』他如見你喜歡，那便沒了下文。你神色冷淡，他定然當你嫌禮物輕了，明天又會重重的補上一份。」

韋小寶哈哈大笑，低聲道：「原來這是敲竹槓的法子。」索額圖低聲道：「雲南竹槓，不砰砰嘭嘭的敲他一頓，那就笨了。他老子坐了雲貴兩省，不知刮了多少民脂民膏。咱哥兒們如不幫他花花，一來對不起他老子，二來可對不起雲南、貴州的老百姓哪！」韋小寶笑道：「正是！」

說話之間，康親王已陪了吳應熊進來。這平西王世子二十四五歲年紀，相貌英俊，步履矯捷，確是將門之子的風範。康親王第一個便拉了韋小寶過來，說道：「小王爺，這位桂公公，是萬歲爺跟前最得力的公公。上書房力擒鰲拜，便是這位桂公公的大功。」

吳三桂派在北京城裏的耳目衆多，京城中有何大小動靜，每天都有急足持信，前往昆明稟報。康熙擒拿鰲拜，是這幾年來的頭等大事，吳應熊自然早知詳情。吳三桂曾和他商議，覺得皇帝剷除權要於不動聲色之間，年紀雖幼，英氣已露，日後做臣子的日子只怕不大好過。吳應熊這次奉父命來京朝覲天子，大攜財物，賄賂大臣，最大的用意，是在察看康熙的性格爲人，以及他手下重用的親信大臣是何等樣人物。今日來康親王府中赴宴，沒料想竟會遇上康熙手下最得寵的太監，不由得大喜，忙伸出雙手，握住韋小寶的右手連連搖晃，說道：「桂公公，我……在下……（他先說了個「我」字，覺得不夠恭敬；想自稱「晚生」，對方年紀太小；如說「兄弟」，跟他可沒這個交情；若說「卑職」，對方又不是朝中大官，自己的品位可比他高得多，急忙之中，用了句江湖口吻）在雲南之時，便聽到公公大名。父王跟大家談起來，都稱頌皇上英明果斷，確是聖明天子，還說聖天子在位，連公公這樣小小年紀，也能立此大功，令人好生仰慕。父王吩咐，命在下備了禮物，向公公表示敬意。只是大清規矩，外臣不便結交內官，在下空有此心，卻不敢貿然求見。今日康王爺賜此良機，當眞不勝之喜。」他口齒便給，一番話說得十分動聽。

韋小寶聽得連吳三桂這樣的大人物，在萬里之外竟也知道自己名字，不由得骨頭大鬆，好在這些奉承的話也聽得多了，早知如何應付，只淡淡的道：「咱們做奴才的，只是奉皇上的聖旨辦事，就是一不怕苦，二不怕死而已，有甚麼功勞好說？小王爺的話可太誇獎了。」心想：「索額圖哥哥料事如神，這小漢奸果然一見面就提到『禮物』二字。」

吳應熊是遠客，又是平西王世子，康親王推他坐了首席，請韋小寶坐次席。席上大官甚多，尚書將軍，個個爵高位尊，韋小寶雖然狂妄，這次席卻也不敢坐，連聲推辭。康親王笑道：「桂兄弟，你是皇上身邊之人，大家敬重你，那也是忠愛皇上的一番忠心，你不用再客氣了。」說著將他按入椅中。索額圖這時已升了國史館大學士，官位在諸人之首，便坐在韋小寶身邊，其餘文武大官按品級、官職高下，依次而坐。

韋小寶忽想：「他媽的！從前麗春院嫖客擺花酒，媽媽坐在嫖客背後，順手拿幾件糕餅給我，王八們還常常把我趕開，那時只想，幾時老子發了達，也到麗春院來擺一枱花酒，叫老鴇、王八、小娘們都來陪酒。那知道今日居然有親王、王子、尚書、將軍們相陪，只可惜麗春院的老鴇、王八們見不到老子這般神氣。」

眾人坐下喝酒。吳應熊帶來的十六名隨從站在長窗之側，對席上眾人敬酒、夾菜，以及僕役傳送酒菜的一舉一動，均目不轉睛的注視。

韋小寶略一思索，已明其理：「是了，這是平西王府中的武功高手，跟隨來保護吳應熊的，生怕有人行刺下毒。沐王府的人只怕早已守在外面。待會最好雙方狠狠打上一架，且看是沐王府的人贏了，還是吳三桂的手下厲害。」他一肚子的幸災樂禍，只盼雙方打得熱鬧非凡，鬥個兩敗俱傷。

這情形康親王自也瞧在眼裏，他身為主人，也不好說甚麼。那侍衛總管多隆外家武功了得，性子又直，喝得幾杯酒，便道：「小王爺，你帶來的這十幾個隨從，一定都是千中挑、萬中選的武功高手了。」

吳應熊笑道：「他們有甚麼武功？只不過是父王府裏的親兵，一向跟著兄弟，知道兄弟的脾氣，出門之時，貪圖個使喚方便而已。」

多隆笑道：「小王爺這可說得太謙了。你瞧這兩位太陽穴高高鼓起，內功已到了九成火候。那兩位臉上、頸中肌肉糾結，一身上佳的橫練功夫。還有那幾位滿臉油光，背上垂的大辮子多半是假髮打的，你如叫他們摘下帽子來，定是禿頂無疑。」吳應熊微笑不答。

索額圖笑道：「我只知多總管武功高強，沒想到你還有一項會看相的本事。」

多隆笑道：「索大人有所不知。平西王當年駐兵遼東，麾下很多錦州金頂門的武官。金頂門的弟子，頭上功夫十分厲害。凡是功夫練到高深之時，滿臉油光，頭頂卻是一根頭髮也沒有的。」

康親王笑道：「可否請世子吩咐這幾位尊价，將帽子摘下來，讓大家瞧瞧多總管的推測到底準不準？」吳應熊道：「多總管目光如炬，豈有不準的？這幾名親兵，的確練過金頂門的功夫，但功夫沒練得到家，頭上頭髮還是不少，摘下帽子，不免令他們當眾出醜，望眾位大人包涵。」眾人哈哈一陣大笑，既見吳應熊不願，也就不便勉強。

韋小寶目不轉睛的細看這幾個人，心癢難搔：「不知那大個兒頭上有多少頭髮？那瘦子功夫差些，想來頭髮一定很多。」忽然想起一事，忍不住哈的一聲，笑了出來。

康親王笑問：「桂兄弟，你有甚麼事好笑？說出來大家聽聽。」韋小寶笑道：「我想金頂門的師傅們大家一定很和氣，既少跟人家動手，自夥裏更加不會打架。」康親王道：「何以見得？」韋小寶笑道：「大家要是氣了，瞪一瞪眼睛，各人將帽兒摘了下來，你數數我頭髮，我數數你頭髮，誰的頭髮少，誰就本事強，頭髮多的人只好認輸。」眾人哈哈大笑，都說韋小寶的想法十分有趣。韋小寶又道：「金頂門的師傅們，想必隨身都要帶一把算盤，否則算起頭髮來可不大方便。」眾人又是一陣大笑。

一位尚書正喝了口酒，還沒咽下喉去，一聽此言，滿口酒水都要噴了出來，生怕噴在桌上失禮，一低頭，噴在自己衣襟之上，不住咳嗽。

多隆說道：「康王爺，上次鰲拜那廝的餘黨到你王府騷擾，聽說你這幾個月來著實招攬了不少高手。」康親王右手慢慢捋著鬍子，臉有得色，緩緩的道：「當眞有身分、有本事的高手，那是極難招到的，肯應官府聘請的，就未必十分高明。」頓了一頓，又道：「總算小王求賢若渴，除了重金禮聘之外，還幫他們辦了幾件事，這才請到了幾個眞正頂兒尖兒的高手。只不過每日須得好好侍候，可也費心得很，哈哈，哈哈！」

多隆道：「王爺聘請高人這個秘訣，可肯傳授麼？」康親王微笑道：「多總管自己便是一等一的高手，還聘請武學高手幹甚麼？」多隆道：「多謝王爺稱讚。想那年咱們滿洲武將在大校場較技，攝政親王親自監臨，王爺和小將都曾得到攝政王的賞賜。聽說這次鰲拜的餘孽前來滋擾，王爺箭不虛發，親手射死了二十多名亂黨。」

康親王微微一笑，並不答話。那日他確是發箭射死了兩名天地會會衆，二十多名云云，未免多了十倍。

韋小寶道：「這件事我是親眼瞧見的。那時我耳邊只聽得颼颼亂響，前面不住大叫『唉唷，唉唷！』後面大叫『好箭，好箭！』」

一個文官不明韋小寶話中意思，問道：「桂公公，怎地前面的人大叫『唉唷』，後面的人大叫『好箭』？」韋小寶道：「康王爺射箭，百發百中，前面給射中之人大叫『唉唷』，後面是咱們自己人，當然大讚『好箭』了。不過叫『好箭』之人，又比叫『唉唷』的多了幾倍，大人可知其中緣故？」那官兒撚鬚道：「想必是咱們這一邊的人，比之亂黨要多了幾倍。」韋小寶道：「大人這一下猜錯了。當時亂黨大舉來攻，康王爺以少勝多，人數是對方多。不過有些亂黨給康王爺一箭射中咽喉，這一聲『唉唷』只到了喉頭，鑽不出口來，而康王爺箭法如神，亂黨之中有不少人打從心坎裏佩服出來，忍不住也大叫『好箭』！明知不該，可便是熬不牢！」那官兒連連點頭，道：「原來如此！」

吳應熊舉起酒杯，說道：「康王爺神箭，晚生佩服之至。敬王爺一杯。」衆人都舉起酒杯，飲盡爲敬。康親王大喜，心想：「小桂子這小傢伙知情識趣，難怪皇上喜歡他。」

多隆道：「王爺，你府裏聘到了這許多武林高手，請出來大家見見如何？」

康親王原要炫耀，便吩咐侍從：「這邊再開兩席，請神照上人他們出來入席。」

過不多時，後堂轉出二十餘人，爲首者身穿大紅袈裟，是個胖大和尚。康親王站起身來，笑道：「衆位朋友，大家來喝一杯！」席上衆賓見康親王站起，也都站立相迎。那神照上人合什笑道：「不敢當，不敢當！列位大人請坐。」說話聲若洪鐘，單是這份中氣，便知內功修爲了得。餘人高高矮矮，或俊或醜，分別在新設的兩席中入座。

多隆既好武，又性急，不待衆武師的第一巡酒喝完，便道：「王爺，小將看王府這些武林高手，個個相貌堂堂，神情威武，功夫定是極高的了。可否請這些朋友們施展一下身手？平西王世子和桂公公都是難得請到的貴客，料來也想瞧瞧康親王門下的手段。」

韋小寶首先附和。吳應熊鼓掌叫好。其餘衆賓也都說：「是極，是極！」

康親王笑道：「衆位朋友，許多貴賓都想見見各位的功夫，卻不知怎樣個練法？」左首武師席上一個中年漢子霍地站起，朗聲說道：「我只道康王爺愛重人才，這才前來投靠，那知卻將我們當作江湖上賣把式的人看待。列位大人要瞧耍猴兒、走繩索的，何不到天橋上去？告辭！」說著左手一起，擊在椅背之上，啪的一聲，椅背登時粉碎，大踏步便向門外走去。衆人愕然失色。

那漢子同席中一個瘦小老者身子一晃，已攔在他面前，說過：「郎師傅，你這般說話，太也豈有此理。王爺對咱們禮敬有加，要咱們獻獻身手，郎師傅如果肯練，固然很好，倘若不願，王爺也不會勉強。你在王府大廳之上拍枱拍櫈，打毀物件，王爺就算寬宏大量，不加罪責，別的兄弟們這張臉，卻往那裏擱去？」

那姓郎的冷笑道：「人各有志。陶師傅愛在王府裏耍把式，儘管耍個夠。兄弟可要少陪了。」說著走上一步。那姓陶的老者道：「你當眞要走，也得向王爺磕頭辭行，王爺點了頭，你才得走。」那姓郎的冷笑道：「我又不是賣身給了王府的奴才，兩隻腳生在我自己身上，要走便走，你管得著嗎？」說著向前便走。

那姓陶老者竟不讓開，眼見他便要撞到自己身上，伸手便往他左臂抓去，說道：「說不得，也只好管管。」姓郎的左臂一沉，倏地翻上，往他腰裏擊去。姓陶的右腳飛出，踢他胸口。姓郎的右手疾伸，托在那姓陶老者踢高的右腿膝彎之中，乘勢向外推出。姓陶老者仰面便跌，總算他身手敏捷，右手在地下一撐，已然躍起，雖沒跌了個仰八叉，卻已出醜，一張老臉脹得通紅。那姓郎漢子嘿嘿冷笑，飛步奔向廳口。

突然之間，本來空無一人的廳口多了個瘦削漢子，拱手道：「郎兄請回。」那姓郎的奔得正快，收勢不住，便往他身上撞去。那瘦子卻不閃避，波的一聲響，兩人已撞在一起。姓郎的一個踉蹌，連退三步，向左斜行兩步，驀地轉身，向右首長窗奔出。將到門檻處，只見那瘦子又已攔在身前。姓郎的知道厲害，不敢再向他撞去，急忙住足，胸膛已和他胸膛相距不過兩寸，鼻尖和他鼻尖已然碰了一碰。那瘦子紋絲不動，連眼睛也不瞬一下。姓郎的倏地向左閃去，可是只一站定，那瘦子便已擋在身前。

姓郎的大怒，發拳向他面門擊去，兩人相距既近，這一拳勁力又大，眼見那瘦子不是側身，便須低頭。卻見他左掌在自己臉前一豎，啪的一聲響，這一拳打在他掌心。他只手掌微彎，姓郎的已給彈得連退數步。廳上眾人齊聲喝采，都道：「好功夫！」

姓郎的神色十分尷尬，走是走不脫，上前動手又和他武功相差太遠，一時手足無措。那瘦子拱手道：「郎兄請坐。王爺吩咐咱們練幾手，咱兩個這可不是練過了嗎？」說著便坐入右首一席的原位。眾人又均喝采。姓郎的滿臉羞慚，低頭入座。

那姓郎的這麼一鬧，康親王本來大感面目無光，幸好這瘦子給他掙回了臉面，逼得這姓郎的武師回席，吩咐侍從：「拿些五十兩銀子的元寶來。」韋小寶笑道：「這位師傳的武功了不起，這一下惡……惡……惡虎攔路（他本來想說「惡狗攔路」），那人便說甚麼也走不了。不知他尊姓大名啊？」康親王摸了摸腮幫，想不起這瘦子的姓名，也不知他幾時來到王府，笑道：「小王記性不好，一時可想不起來了。」

少頃侍從托著一隻大木盤，盤上墊以紅綢，放了二十隻五十兩的大元寶，銀光閃閃，甚是耀眼，站在康親王身邊。康親王笑道：「衆位武師露了功夫，該當有個采頭。這位朋友，請過來拿一隻元寶去。」那瘦子走上前來，請了個安，從康親王手中接過一隻元寶。

韋小寶問道：「朋友，你貴姓？大號叫甚麼？」那瘦子道：「小人齊元凱，多蒙大人垂問。」韋小寶道：「你武功可高得很啊。」齊元凱道：「讓大人見笑了。」

多隆道：「康王爺府中武師，果然身負絕藝。咱們想見識見識平西王手下武師的功夫。小王爺，你挑一人出來，跟這位齊師父過過招如何？」他見吳應熊沉吟未應，又道：「當然是點到爲止，不能傷了大家和氣。誰勝誰敗，都不相干。」

康親王是個愛熱鬧之人，說道：「多總管這主意挺高。讓雙方武師們切磋切磋，勝的賞兩隻大元寶，不勝的也有一隻，把元寶放在桌上罷。」

一盤十九隻大元寶放在筵前，燭光照映，銀氣襯以紅綢，更顯燦爛。

康親王笑道：「敝處仍由這位齊元凱師傅出手，平西王府中不知是那一位師傅下場？」

眾人都興高采烈，瞧著吳應熊手下的十六名隨從，均知這雖是武師們一對一的比武，實則是康親王和平西王兩處王府的賭賽。這瘦子齊元凱適才露了這手功夫，武功確然了得，恐怕雲南武士未必有人敵得過他。

吳應熊沉吟未答。他手下十六人中有一人越眾而出，向康親王躬身說道：「啓稟王爺：小人們武藝低微，不是康王爺府上師傅們的對手。我們隨同世子來京，只是服侍世子的起居飲食。平西王吩咐過的，決不可得罪了京裏王爺大臣們的侍從。這是平西王的將令，小人們不敢違犯。」康親王笑道：「平西王可小心謹慎得很哪！今日只是演一演武，又不是打架生事。你們王爺問起，說是我定要你們出手的好了。」那人又躬身道：「王爺恕罪，小人不敢奉命。」

康親王暗暗惱怒：「你心中就只有平西王，不將我康親王放在眼裏。只怕便是皇上下旨，你也不聽。」說道：「難道別人伸拳打在你們身上，你們也不還手麼？」

那人道：「小人在雲南常聽人說，天子腳下文武百官、軍民人等，個個都講道理。我們是遠地邊疆的鄉下人，來到京城，萬事退讓，說甚麼也不敢得罪了人，想來別人好端端的，也不會打到我們身上。」這人身材魁梧，一臉精幹之色，言辭鋒利，這幾句話一說，倘若康親王定要叫手下武師挑釁，倒似是不講道理了。

康親王愈加惱怒，轉頭說道：「神照上人、齊師傅，他們雲南來的朋友硬是不肯賞臉，咱們可沒法子了。」

神照上人哈哈一笑，站起身來，說道：「王爺，這位雲南朋友只不過怕輸，生怕失了臉面。難道旁人眞的打到他們要害之上，他們也不還手招架？」說畢身形晃處，已站在那人身畔，笑道：「貧僧掌上力道平平而已，但比那位要走又不走的姓郎朋友，說不定還強著這麼一點兒。王爺，貧僧弄壞您廳上一塊磚頭，王爺不會見怪罷？」

康親王知衆武師中以神照武功最高，內外功俱臻上乘，聽他這麼說，自是要顯功夫來著，喜道：「上人請便，便弄壞一百塊磚頭，也是小事一樁。」

神照一矮身，左掌輕輕在地下一拍，提起手來時，掌上已黏了一塊大青磚。這青磚一尺五寸見方，雖不甚重，卻牢牢嵌在地下，將青磚從地下吸起，平平黏在掌上，竟不落下，功夫甚是了得。韋小寶大叫：「好啊！」衆人一齊鼓掌。

神照微微一笑，左掌提高，掌上吸力散去，那青磚便落將下來，待落到胸口之時，他兩臂自外向內一合，雙掌合拍，正好拍在青磚邊緣，波的一聲，一塊大青磚都碎成了細粒，紛紛落地。衆人又大聲喝采。青磚邊緣只不過四五寸處受到掌擊，但掌力彌散，竟將整塊青磚震碎，最大的碎塊也不過一二寸見方，內力之勁，實是非同小可。

神照走到吳應熊那隨從身畔，合什說道：「尊駕高姓大名？」那人道：「大師掌力驚人，當眞令小人大開眼界。小人邊鄙野人，乃無名小卒。」神照笑道：「邊鄙野人，就沒姓名麼？」

那人雙眉一軒，臉上閃過一層怒色，但隨即若無其事的道：「山野匹夫，就算有名字，也不過是阿貓、阿狗，大師知道了也是無用。」神照笑道：「閣下好涵養功夫。康親王今日大宴賓客，高朋滿座，是北京城中罕有的盛會。王爺有命，要咱們獻醜，以博王爺、世子，以及衆位嘉賓一笑。尊駕定然不肯賜教，大掃王爺與衆位大人的興頭，豈不是太也自重身價嗎？」那人道：「在下只學過幾年鄉下佬莊稼把式，如何是滄州鐵佛寺神照上人的對手？大師定要比試，在下便算輸了，大師請去領兩隻大元寶便是。」說著轉身便欲退回。

神照喝道：「且慢！貧僧定欲試試尊駕功夫，雙拳『鐘鼓齊鳴』，要打尊駕兩邊太陽穴，請還手罷！」那人搖了搖頭。神照大喝一聲，大紅袈裟內僧袍的衣袖突然脹起，已然鼓足了勁風，雙臂外掠，疾向內彎，兩個大拳頭便向那人兩邊太陽穴撞去。

衆人適才見他掌碎青磚的勁力，都忍不住叫了出來，心想此人閃避已然不及，若不出手招架，這顆腦袋豈不便如那青磚一般，登時便給擊得粉碎？

豈知那人竟一動不動，手不抬、足不提、頭不閃、目不瞬，便如是泥塑木雕一般。神照上人出手之際，原只想逼得他還手，無意傷他性命，雙拳將到他太陽穴上，卻見他呆呆的不動，心中一驚：「我這雙拳擊出，幾有千斤之力。平西王世子是康親王的貴賓，倘若魯莽打死了他的隨從，可大大不妥。」便在雙拳將碰上他肌膚之際，急忙向上提起，呼的一聲響，從他兩邊太陽穴畔擦過，僧袍拂在他面上。那人微微一笑，說道：「大師好拳法！」

廳上衆人都瞧得呆了，心想此人定力之強，委實大非尋常，倘若神照上人這兩拳中途不轉向，而是擊在他太陽穴上，此刻那裏還有命在？這人以自己性命當兒戲，簡直瘋了。

神照拳勁急轉，震得雙臂一酸，不由得向他瞪視半晌，不知眼前此人到底是狂人還是白痴，若就此歸座，未免下不了台，說道：「尊駕定是不給面子，貧僧沒法可想，只好得罪。下一拳『黑虎偷心』，要打尊駕胸口。」「鐘鼓齊鳴」、「黑虎偷心」這些招數，原是最粗淺的拳招，尋常學過幾個月武功的人都曾練過，他又在發拳之前先叫了出來，本意只是要以勁力取勝，而使用最粗淺的功夫，也頗有瞧不起對手之意。

那人微微一笑，並不答話。神照心下有氣，尋思：「我這一拳將你打成內傷，並不立斃於當場，卻教你三四天之後才死，那就不算掃了平西王的臉面。」坐個馬步，大聲吆喝，右拳呼的一聲打了出去，啪的一聲，正中他胸口。那人身子一晃，退了一步，笑道：「大師贏了，我已退了一步。」神照這一拳雖未使全力，卻也勁道甚厲，不料這人渾如不覺，這兩句話說來輕描淡寫，顯然全沒受傷。文官們不懂其中道理，但學武之人，個個都知他有意容讓。韋小寶不文不武，也就在似懂非懂之間。

神照自負在武林中頗具聲望，怎肯就此算贏？他臉面湧上一層隱隱黑氣，說道：「那麼再吃我一拳。」呼的一拳，仍向他胸口擊去，這一次用上了七成勁力，縱然將他打得口噴鮮血，那是他自討苦吃，那也是無可如何了。

神照這一拳將抵那人衣襟，那人胸部突然一縮，身子向後飄出半丈，似乎給拳力震了出去，其實是乘勢避開他的拳勁。神照這一拳又打了個空，愈益惱怒，搶上兩步，大喝一聲，右腿飛起，向他小腹猛踢過去。那人叫聲：「啊喲！」眼見這一腿已非踢中不可。

眾人不約而同的都站了起來，只見那人身子向後，雙足恰如釘在地上一般，身子齊著膝蓋折屈，自大腿以至腦袋，大半個身子便如是一根大木頭橫空而架，離地尺許。神照這一腿踢了個空，在他雙腿之上數寸處凌空踢過。神照一不做，二不休，鴛鴦連環，左腿「烏龍掃地」，掠地橫掃，踢他雙腿脛骨。那人姿勢不變，仍擺著那「鐵板橋」勢，雙足一蹬，全身向上搬動一尺。神照的左腿在他腳底掃過。那人穩穩落下，身子仍不站直。

廳上眾人采聲如雷。神照到此地步，已知自己功夫和他差著老大一截，對方倘若還手，自己勢必輸得一塌胡塗。只得合什說道：「好功夫，佩服，佩服！」那人站直身子，躬身還禮，說道：「大師拳腳勁道厲害之極，在下不敢招架，只有閃避。」

康親王道：「兩人武功都是極高。世子殿下，尊价客氣得很，一定不肯還手，比武是比不成了。來啊，兩人都領兩隻大元寶去。」那人躬身道：「無功不受祿。」神照見他不肯去拿元寶，自己也不便上前具領。康親王轉頭向侍從道：「給兩位送過去。」那人這才謝了賞錢，神照也訕訕的收了。

康親王明知剛才這一場雖非正式比武，其實是己方輸了，也賞兩錠大銀給神照，不過既替他遮羞，也爲自己掩飾，表示不分勝敗。他心有不甘，又看得太不過癮，心想：「這高個兒的功夫固然不錯，但吳應熊帶來的其餘隨從，定然及不上他。我手下衆武師卻各有驚人絕藝，單是那齊元凱的功夫，比之神照和尚恐怕就只高不低。」他本來稱神照爲上人，適才一顯武功之後，心中對他打了折扣，「上人」登時變成了「和尚」，朗聲道：「剛才比武沒比成，不免有點……有點那個美中不足。齊師傅，請你邀十五位武師，大家拿了兵刃，十六個對十六個，跟平西王世子帶來的十六位隨從過過招。小王爺，你吩咐他們亮兵刃罷！」

吳應熊道：「來到王爺府上作客，怎敢攜帶兵刃？」康親王笑道：「世子可太客氣了。令尊和小王都是武將，一生在刀槍劍戟之間討生活，可不用這些婆婆媽媽的忌諱。來啊，把十八般兵器都拿幾件來，讓平西王府的高手們挑選。」

康親王本是戰將，從關外直打到中原，府中兵刃一應俱全。一聲呼喚，衆侍從登時去搬了一大堆兵器出來，長長短短，都放在那十六名侍從面前。

齊元凱邀集了十四名武師，卻要神照率領。神照要掙回面子，只客氣了幾句，便不再推辭，心想：「好歹也要砍傷幾個南蠻子，出一口胸中惡氣。」甚麼平西王世子是客、須得顧全他臉面等等，早全然置之腦後。這時神照、齊元凱等人的兵刃，也已由手下拿到了廳上。神照雙掌之間倒挾兩柄青鋼戒刀，向康親王一席合什行禮。

康親王等微微欠身，頷首還禮。

韋小寶心下得意：「他媽的，這些人個個武藝高強，是江湖上大有來頭的人物，卻要向老子行禮。老子大模大樣的坐著，點一點頭就算了事，可比他們威風十倍了。」

神照轉過身來，大聲道：「雲南來的朋友們，挑兵刃罷！」先前接過他五招的高身材漢子說道：「我們奉有平西王將令，在北京城裏，決不跟人動手。」神照道：「別人鋼刀砍到頭上，難道也不還手？別人要砍下你們腦袋，你們只伸長了脖子？還是將腦袋縮進了脖子去？」此言一出，平西王府的衆隨從均有怒色。說他們將腦袋縮進脖子，自是罵他們爲烏龜了。那爲首的長身漢子卻仍淡淡的道：「平西王軍令如山。我們犯了將令，回到雲南，一樣也要砍頭。」

神照道：「好，咱們就試試。」他招了招手，將十五名武師召在大廳一角，低聲商議。神照悄聲道：「咱們將兵刃儘往他們身上要害招呼，瞧他們還不還手？」齊元凱道：「當真傷了人，那可不妥。咱們只逼他們還手。」另一人道：「大家手下留神些。」

神照喝道：「好，動手罷。」一聲長嘯，舞動戒刀，白光閃閃，搶先向平西王府十六名隨從砍殺過去。其餘十五人或使長劍，或挺花槍，或揮鋼鞭，或舉銅鎚，十六般兵刃紛紛使動。

那十六名隨從竟都挺立不動，雙臂垂下，手掌平貼大腿外側，目光向前平視，對康王府十六名武師的進襲恍若不見。

那十六名武師見對方不動，都要在康親王和衆賓之前賣弄手段，各人施展兵刃上最精熟巧妙的招數，斜劈直刺，橫砍倒打，兵刃反映燭光，十六般兵器舞了開來，呼呼風聲中，組成一張光幕，將十六名隨從圍在垓心。

衆文官不住叫：「小心！小心！」學武之士見這些兵刃每一招都是遞向對方要害，往往只數寸之差，只須多用上半分力氣，立時便送了對方性命，盡皆心驚。

那十六名隨從向前瞪視，將生死置之度外，對方倘若眞要下手，也只好將性命送了。

神照等人的兵刃越使越快，偶爾兵刃互相撞擊，便火花四濺，叮噹作聲，這一來更增危險。他們雖無意殺傷平西王的手下，但刀劍鞭鎚互相碰撞，勁力既大，相距又如此之近，反彈出去傷到了人，卻不由自主。

果然啪的一聲，一柄鐵鐧和另一人的銅鎚相撞，盪了出去，打中一名平西王府隨從的肩頭。跟著有人揮刀斜劈，在一名隨從右臉旁數寸處掠過，旁邊長劍削來，刀劍相交，鋼刀迴轉，砍在那隨從臉上，立時鮮血長流。兩名隨從受傷不輕，仍一聲不哼，直立不動。

康親王知道再搞下去，受傷的更多，又見比武不成，有些掃興，叫道：「好武功，好武功！大家收手罷！」

神照一聲大叫，兩柄戒刀橫掠過去，將一名隨從的帽子劈了下來。餘人跟著學樣，刀槍劍戟，紛紛將眾隨從的帽子擊落。十六人哈哈大笑，收起兵刃，向後躍開。

韋小寶見那些隨從之中果然有七個是禿頂，頭上亮得發光，不禁拍手大笑，說道：「多總管，你眼光真準，果然是一大批禿……」一句話沒說完，一瞥眼間，只見平西王府的十六名隨從仍挺立不動，但臉上惱怒之極，眼中如欲噴出火來。

韋小寶自幼在市井中廝混，自然而然的深通光棍之道，覺得神照這批人做事太不漂亮，沒給人留半分面子。市井間流氓無賴儘管偷搶拐騙，甚麼不要臉的事都幹，但與人爭競，總留下三分餘地，大江南北，到處皆然。妓院中遇到痴迷的嫖客，將攜來的成萬兩銀子在窯姐兒身上散光，老鴇還是給他幾十兩銀子的盤纏，以免他流落異鄉，若非鋌而走險，便是上吊投河。那也不是這些流氓無賴良心真好，而是免得事情鬧大，後患可慮。

韋小寶與人賭錢，使手法騙乾了對方的銀錢，倘若贏他一兩，最後便讓他贏回一二錢；倘若贏了一百文，最後總給他翻本贏回一二十文。一來以便下回還有生意，二來教對方不起疑心，又免得他老羞成怒，拔出老拳來打架。他見到平西王府衆隨從的神情，心下老大過意不去，便離座走到衆人身前，俯身拾起那長身漢子的帽子，說道：「老兄當眞了不起。」雙手捧了，給他戴在頭上。那人躬身道：「多謝！」

韋小寶跟著將十五頂帽子一頂頂撿起，笑道：「他們這樣幹，豈不是得罪了朋友嗎？」他分不淸楚那一頂帽子是誰的，捧在手裏，讓各人取來戴上。

這些隨從眼見韋小寶坐於本府世子身側，是康親王這次宴請的大貴客，雖然年紀幼小，但席上人人對他十分恭敬，先前已聽人說起，是擒殺鰲拜的桂公公，見他爲自己拾帽子，忙請安行禮，連說：「不敢當，折殺小人了！」

韋小寶對平西王府之人本來毫無好感，原盼吳三桂的手下倒個大霉，但神照等人一再進逼，這些人始終容忍，激發了他鋤強扶弱之意，見他們感激之情十分眞誠，心下更喜，轉頭向康親王道：「王爺，向你借幾兩銀子使使。」康親王笑道：「桂兄弟儘管拿去使，五萬兩夠了嗎？」韋小寶笑道：「那用得著這許多？」向王府的一名侍從道：「快去買十六頂最好的帽子來，越快越好！」那侍從答應著去了。吳應熊拱手道：「桂公公愛屋及烏，在下感激不盡。」韋小寶拱手還禮，心道：「甚麼愛屋及烏？及甚麼烏？及你這隻小烏龜嗎？」

康親王見神照等人削落平西王府衆隨從的帽子，也早覺得未免過份，生怕得罪了吳應熊，但如出口道歉，又覺不妥。韋小寶這麼一來，深得其心，說道：「來人哪！吳世子的手下，每人賞五十兩銀子。」又想：「單賞對方，豈不教我手下的衆武師失了面子？」又道：「咱們府裏的十六位武師，每人也五十兩銀子！」大廳之上，歡聲大作。

索額圖站起身來，給席上衆人都斟了酒，說道：「小王爺，令尊用兵如神，今日一見，果然名不虛傳。令尊軍令森嚴，部屬人人效死，無怪戰無不勝，攻無不克。來來來，大夥兒遙敬平西王一杯！」

吳應熊急忙站起，舉杯道：「晚生謹代家嚴飲酒，多謝各位厚意。」衆人都舉杯飲乾。吳應熊又道：「家嚴鎭守南疆，邊陲平靖，那是賴聖上洪福，再加朝中王公大臣措置得宜，指導有方。家嚴只是盡忠爲皇上效命，秉承朝中各位王公大臣的訓示，不敢偷懶而已。實不敢說有甚麼功勞。」

酒過數巡，王府侍從已將十六頂帽子買來，雙手捧上，送到韋小寶面前。韋小寶向康親王笑道：「王爺，你府中師傅們失手打落了人家的帽子，你該賠還一頂新帽子罷！」康親王笑道：「當得，當得，還是桂兄弟想得周到。」吩咐侍從，將帽子給吳應熊的隨從送去。衆隨從接過了，躬身道：「謝王爺，謝桂公公！」將帽子摺好放在懷內，頭上仍戴舊帽。康親王和索額圖對望了一眼，知道這些人不換新帽，乃是尊重吳應熊。

又飲一會，王府戲班子出來獻技。康親王要吳應熊點戲。吳應熊點了齣〈滿床笏〉，那是郭子儀生日，七子八婿上壽的熱鬧戲。郭子儀大富貴亦壽考，以功名令終，君臣相得。吳應熊點這齣戲，既可說祝賀康親王，也是爲他爹爹吳三桂自況，頗爲得體。

康親王待他點罷，將戲牌子遞給韋小寶，道：「桂兄弟，你也點一齣。」韋小寶不識得戲牌上的字，笑道：「我可不會點了，王爺，你代我點一齣，要打得結棍的武戲。」康親王笑道：「小兄弟愛看武戲，嗯，咱們來一齣少年英雄打敗大人的戲，就像小兄弟擒住鰲拜一樣。是了，咱們演〈白水灘〉，小英雄十一郎，只打得靑面虎落花流水。」其時康熙年間，北京王公貴人府中演戲，戲子乃是崑班，擅演武戲。

〈滿床笏〉和〈白水灘〉演罷，第三齣是〈遊園驚夢〉。兩個旦角啊啊啊的唱個不休，韋小寶聽得不知所云，不耐煩起來，便走下席去，見邊廳中有幾張桌子旁已有人在賭錢，有的是牌九，有的是骰子。骰子桌上做莊的是一名軍官，是康親王的部屬，面前已贏了一大堆銀子，見韋小寶走近，笑道：「桂公公，您也來玩幾手？」

韋小寶笑道：「好！」瞥眼間見吳應熊手下那高個子站在一旁，心中對此人頗有好感，便向他招了招手。那人搶上一步，道：「桂公公有甚麼吩咐？」韋小寶笑道：「賭枱上沒父子，你不用客氣。老哥貴姓，大號怎麼稱呼？」剛才神照問他，他不肯答覆，但韋小寶在衆賓客之前很給了他們面子，問得又客氣，便道：「小人姓楊，叫楊溢之。」

韋小寶不知「溢之」兩字是甚麼意思，隨口道：「好名字，好名字！楊家英雄最多，楊老令公、楊六郎、楊宗保、楊文廣，楊家將個個是英雄好漢。楊大哥，咱哥兒來合夥賭一賭！」

楊溢之聽他稱讚楊家祖宗，心中甚喜，微笑道：「小人不大會賭。」韋小寶道：「怕甚麼？我來教你！你那兩隻大元寶拿出來。」楊溢之便將康親王所賞的那兩隻元寶拿了出來。韋小寶從懷裏摸出一張銀票，往桌上一放，笑道：「我和這位楊兄合夥，押一百兩！」莊家笑道：「好，越多越好！」他們賭的是兩粒骰子，一擲定輸贏。莊家骰子擲下來，湊成張和牌，韋小寶擲了個七點，給吃了一百兩銀子。韋小寶道：「再押一百兩！」這一次卻贏了。

擲得十六七手後，來來去去，老沒輸贏。韋小寶焦躁起來：「我輸幾百兩銀子不打緊，累得這姓楊的輸了那兩隻元寶，可對不住人。」一手擲出一個六點，已輸了九成，不料莊家擲了個五點。韋小寶哈哈大笑，此後連贏幾鋪，一百兩變二百兩，二百兩變四百兩，三把骰子，已贏了四百兩銀子。

做莊的那軍官笑道：「桂公公好手氣。」韋小寶笑道：「你說我好手氣嗎？咱們再試兩把！」將四百兩銀子往前一推，一把骰子擲下去，出來一雙五點。莊家擲成個三點一對，又是贏了。韋小寶轉頭道：「楊大哥，我們再押不押？」楊溢之道：「但憑桂公公的主意。」

韋小寶原來的四百兩銀子再加賠來的四百兩，一共八百兩銀子，向前一推，笑道：「索性賭得爽快些。」喝一聲：「賠來！」

骰子擲下去，骨溜溜的亂轉，過得片刻，一粒骰子已轉成了六點，另一粒卻兀自不住滾動。韋小寶手上使了暗勁，要這粒骰子也成六點，成為一張天牌，但骰子不是自己帶來的，他擲骰的本事畢竟沒練到爐火純青，那粒骰子定將下來，卻是兩點，八點是輸多贏少的了。韋小寶大罵：「直你娘的臭骰子，這麼不幫忙。」

莊家哈哈一笑，說道：「桂公公，這次只怕要吃你的了。」一把擲下去，一粒骰子是五點，另一粒轉個不休。韋小寶叫道：「二，二，二！」這一粒骰子擲出來倘若是一點，那是么五，三點則湊成八點，八吃八，莊家贏，四點則成九點，五點湊成梅花，六點湊成牛頭，都比他的八點大，只有擲出個兩點，莊家才輸了。韋小寶不住吆喝，說也湊巧，骰子連翻幾個身，在碗中定下來，果然是兩點。

韋小寶大喜，笑道：「將軍，你今天手氣不大好。」那軍官笑道：「霉莊，霉莊。桂公正當時得令，甚麼事都得心應手，自然賭你不過。」賠了三張二百兩銀票，再加上兩隻一百兩的元寶。

韋小寶手中揑了把汗，笑道：「叨光，叨光！」向楊溢之道：「楊大哥，咱們沒出息，摘青果子，可不賭啦。」將八百兩銀子往他手中一塞。

楊溢之平白無端的發了一注財，心中甚喜，道：「桂公公，這位將軍是甚麼官名？」韋小寶一怔，低聲道：「倒沒問起。」轉頭問那軍官道：「大將軍，你尊姓大名啊？」那軍官笑逐顏開，站起身來，恭恭敬敬的道：「回桂公公：小將江百勝，記名總兵，在康親王爺麾下辦事的。」韋小寶笑道：「江將軍，你打仗是百戰百勝，賭錢可不大成。」江百勝笑道：「小將和旁人賭，差不多也說得上是百戰百勝。只不過強中還有強中手，今天遇上公公，江百勝變成江百敗了。」

韋小寶哈哈大笑，走了開去，忽然心想：「那姓楊的爲甚麼要我問莊家名字？」正沉吟間，遠遠側眼瞧那江百勝擲骰子的手法，只見他提骰、轉腕、彎指、發骰，手法甚爲熟練，正是江湖上賭錢的一等一好手，適才賭得興起，沒加留神，登時恍然大悟：「原來這傢伙是故意輸給我的。怪不得我連贏五記，否則那有這麼好運氣？他媽的，老子錢多，不在乎輸贏，不然一下場就知道了。這雲南姓楊的懂得竅門，他也不是羊牯，是殺羊的。」

又想：「爲甚麼連一個素不相識的記名總兵，也要故意輸錢給我？自然因爲我在皇上跟前有面子，大家盼我爲他們說好話。就算不說好話，至少也不搗他們的蛋。操你奶奶的，他花一千四百兩銀子，討得老子歡心，可便宜得緊哪！」

他既知人家在故意輸錢，勝之不武，也就不再去賭，又回到席上吃菜聽戲。這時唱的是一齣〈思凡〉，一個尼姑又做又唱，旁邊的人又不住叫好，韋小寶不知她在搗甚麼鬼，大感氣悶，又站起身來。

康親王笑道：「小兄弟想玩些甚麼？不用客氣，儘管吩咐好了。」韋小寶道：「我自己找樂子，你不用客氣。」眼見廊下眾人呼么喝六，賭得甚是熱鬧，心下又有些癢癢地，心想：「眼不見爲淨，今日是不賭的了。」

他上次來過康親王府，依稀識得就中房舍大概，順步向後堂走去。府中到處燈燭輝煌，王府中眾人一見到他，便恭恭敬敬的垂手而立。韋小寶信步而行，忽然便急，想要小解，他也懶得問人廁所的所在，見左首是個小花園，推開長窗，到了黑暗角落裏，拉開褲子，正要小便，忽聽得隔著花叢有人低聲說話。

一人說道：「銀子先拿來，我才帶你去。」另一人道：「你帶我去，找到了那東西，銀子自然不少你的。」先一人道：「先銀後貨。你拿到東西後，要是不給銀子，我又到那裏找你去？」另一人道：「好，這裏是一千兩銀子，先付一成。」韋小寶心中一動：「一千兩銀子只是一成，那是甚麼要緊物事？」當即忍住小便，側耳傾聽。

只聽那人道：「先付一半，否則這件事作罷。這是搬腦袋的大事，你當好玩嗎？」

另一人微一沉吟，道：「好，五千兩銀票，你先收下了。」那人道：「多謝。」跟著發出悉索之聲，當是在數銀票，接著道：「跟我來！」

韋小寶好奇心起，尋思：「甚麼搬腦袋的大事？倒不可不跟去瞧瞧。」聽二人腳步聲向西走去，便從花叢中溜了出來，遠遠跟隨。見兩人背影在花叢樹木間躲躲閃閃，走得數丈，便停步左右察看，生怕給人發見。韋小寶心想：「鬼鬼祟祟，幹的定然不是好事。康親王待我極好，今晚給他拿兩個賊骨頭，也顯得我桂公公的手段。」第一摸，摸一摸靴筒子中那柄削鐵如泥的匕首；第二摸，摸一摸身上那件刀槍不入的寶貝背心，膽子又大了些。見兩人穿過花園，走進了一間精致小屋。韋小寶躡著腳步走近，見雕花的窗格中透出燈光，繞到窗後，伸手指蘸了唾液，濕了窗紙，就一隻眼向內張去。

裏面是座佛堂，供著一尊如來佛像，神座前點著油燈。一個僕役打扮的人低聲道：「我花了一年多時光，才查到這物事的所在，你這一萬兩銀子，可不是好賺的。」另一人背向韋小寶，問道：「在那裏？」那僕役道：「拿來！」那人轉過身來，問道：「拿甚麼？」這人臉孔瘦削，正是適才在大廳上阻止那姓郎武師出去的齊元凱。那僕役笑道：「齊師傅明知故問了，自然是那五千兩啦。」齊元凱道：「你倒厲害得很。」從懷中取了一疊銀票出來。那僕役在燈光下一張張的查看。

韋小寶心中害怕，知道齊元凱武功甚高，而他們所幹的定是一件干係重大的勾當，倘若給知覺了，立刻便會殺了自己滅口，心中一急，一泡尿就撒了出來，索性順其自然，讓尿水順著大腿流下，倒沒半點聲息。

那僕役數完了銀票，笑道：「不錯。」壓低了聲音，在齊元凱耳邊說了幾句話，齊元凱連連點頭，韋小寶卻一句也沒聽見。

只見齊元凱突然縱起，躍上供桌，回頭看了看，便伸手到佛像的左耳中去摸索。他掏了一會，取出一件小小物事，躍下地來，舉起在燭光下一看，卻是一枚鑰匙，金光閃閃，似是黃金所鑄。但這鑰匙不過小指頭長短，還不足一兩黃金。齊元凱笑容滿面，低下頭來數磚頭，橫數了十幾塊，又直數了十幾塊，俯下身來，從靴筒中取出一柄短刀，將一塊方磚撬起，低低的歡呼了一聲。那僕役道：「貨眞價實，沒騙你罷！」

齊元凱不答，將金鑰匙輕輕往下插去，想是方磚之下有個鎖孔。喀的一聲，鎖已打開。齊元凱一呆，說道：「怎麼拉不開？恐怕不對。」那僕人道：「怎麼會拉不開？王爺親自開鎖，我在窗外看得淸淸楚楚。」說著俯下身去，拉住了甚麼東西，向上一提。

驀聽得颼的一聲，一枝機弩從下面射出，正中那僕人胸口，那僕人「啊」的一聲慘叫，向後便倒，手中提著的那塊鐵蓋也脫手飛出。齊元凱斜身探手，接住鐵蓋，免得掉在地下，發出巨聲。他蹲在那僕人身後，右手按住了他嘴，防他呻吟呼叫，驚動旁人，左手輕輕放下鐵蓋，抓著僕人的左腕，又伸到地洞中掏摸。

韋小寶看得目瞪口呆，心想：「原來地洞中另有機關，這姓齊的可厲害得很。」這一次不再有機弩射出。齊元凱自己伸手進去，摸出了一包物事，卻是個包袱。他右手一甩，將那僕人推落在地，長身站起，右足一提，已踏在那僕人口上，不讓他出聲，側身將包袱放上神座的供桌，打了開來。

韋小寶深深吸了口氣，只見包袱中是一部經書。世上書本何止千萬，他識得書名的，卻只《四十二章經》一部，而這一部卻正是《四十二章經》。經書形狀，和鰲拜府中抄出來的一模一樣，只是書函以紅綢子包面。

齊元凱迅速將經書仍以包袱包好，提起左足，在那弩箭尾上用力一踹，噗的一聲輕響，弩箭沒入了那僕役胸中。那僕役本已重傷，這一來自然立時斃命，嘴巴又給他右腳踏著，只一聲悶哼，身子扭了幾下，便不動了。

韋小寶只嚇得心中怦怦亂跳，小便本已撒完，這時禁不住又撒了些在褲襠之中。只見齊元凱俯身到僕役懷中取回銀票，放入自己懷裏，冷笑道：「你這可發財哪！」微一沉吟，將金鑰匙放入那僕役屍首的右掌心，捲起死屍的手指握住鑰匙，這才快步縱出。韋小寶心想：「他這就要逃，我要不要聲張？」

突然間人影一晃，齊元凱已上了屋頂。韋小寶縮成一團，不敢有絲毫動彈，只聽得屋頂有搬動瓦片之聲，過得片刻，齊元凱又從屋頂躍下，大模大樣的走了。

韋小寶心想：「是了，他將經書藏在瓦下，回頭再來拿。哼，可沒這麼便宜。」候了一會，等齊元凱去遠，他可沒能耐一下子便躍上屋頂，沿著廊下柱子爬上，攀住屋簷，這才翻身上屋，回想適才瓦片響動的所在，翻得十幾張瓦片，夜色朦朧中已見到包袱的一角。

他取出包袱，仍將瓦片蓋好，尋思：「這部《四十二章經》到底爲甚麼這般值錢？老烏龜、太后、這姓齊的，還有鰲拜、康親王，個個都當它是無價之寶。我韋小寶若不順手牽羊發這注橫財，這韋字可是白姓了。」解開包袱，將經書平平塞在腰間，收緊腰帶。他袍子本來寬大，外面竟一點也看不出來，將包袱擲入花叢，又回去大廳。

大廳上仍和他離去時一模一樣，賭錢的賭錢，聽曲的聽曲，飾尼姑的旦角兀自在扭扭揑揑的唱個不休。韋小寶問索額圖：「這女子裝模作樣，搞甚麼鬼？」

索額圖笑道：「這小尼姑在庵裏想男人，要逃下山去嫁人，你瞧她臉上春意盪漾，媚眼一個一個的甩過來……」突然想起韋小寶是太監，不能跟他多講男女之事，以免惹他煩惱，說道：「這齣戲沒甚麼好玩。桂公公（他二人雖是結拜兄弟，但在外人之前，決不以兄弟相稱），我給你另點一齣，嗯，咱們來一齣〈雅觀樓〉，嗯，李存孝打虎，少年英雄，非同小可。然後再來齣〈鍾馗嫁妹〉，鍾馗手下那五個小鬼，武打功夫熱鬧之極。」

韋小寶拍手叫好，說道：「只是我趕著回宮，怕來不及瞧。」

一斜眼間，見齊元凱正和一名武師豁拳，「五經魁首」、「八仙過海」，叫得甚是起勁。他豁了一會拳，大聲問道：「神照上人，那姓郎的傢伙呢？」席上衆武師都道：「好久沒見他了，只怕溜了。」神照冷笑道：「這人不識抬舉，諒他也沒臉在王府裏再躭下去。」齊元凱道：「多半是溜了，這人鬼鬼祟祟，別偷了甚麼東西走才好。」一名武師道：「那可難說得很。」

韋小寶心道：「這姓齊的做事挺周到，先讓那姓郎的丟個大臉，逼得他非悄悄溜走不可。待得王府中發現死了人、丟了東西，自然誰都會疑心到姓郎的身上。很好，這個乖須得學學，幹事之前，先得找好替死鬼。」

眼見天色已晚，侍衛總管多隆起身告辭，說要入宮值班。韋小寶跟著告辭。康親王不敢多留，笑嘻嘻的送兩人出去。吳應熊、索額圖等人直送到大門口。

韋小寶剛入轎坐定，楊溢之走上前來，雙手托住一個包袱，說道：「我們世子送給公公一點微禮，還望公公不嫌菲薄。」韋小寶笑道：「多謝了。」雙手接過，笑道：「楊大哥，咱們一見如故，我當你是好朋友，若給你賞錢甚麼，那是瞧你不起了。改天有空，我請你喝酒。」楊溢之大喜，笑道：「公公已賞了七百兩銀子，還不夠麼？」韋小寶大笑，說道：「這是人家代掏腰包，作不得數。」

轎子行出巷子不遠，韋小寶性急，命轎夫停轎，提燈籠在轎外照著，便打開包袱來看禮物，見是三隻錦盒，一隻盒中裝的是一對翡翠鷄，一公一母，雕工極是精細；另一盒裝著兩串明珠，每一串都是一百粒，雖沒他研碎了給小郡主塗臉的珍珠那麼大，難得是兩百顆一般大小，渾圓無瑕，他心中一喜：「我騙小郡主說去買珍珠，吳應熊剛好給我圓謊。」第三隻錦盒中裝的是金票，每張黃金十兩，一共四十張，乃四百兩黃金。

韋小寶心道：「下次見到吳應熊這小漢奸，我只冷冷淡淡的隨口謝他一聲，顯得嫌他的禮物太差勁，他非再大大補一筆不可。這是索大哥所教的妙法。這小漢奸要是假裝不懂，老子就挑他的眼：『喂，小王爺，你送了我一對小小綠鷄兒，倒也挺有趣的，就只不怎麼像鷄。』小漢奸一定要問：『桂公公，怎地不像鷄哪？』老子就說：『世上的公鷄母鷄，哪有這麼小的？麻雀兒也還大得多。再說，綠色的鸚鵡、孔雀倒見得多了，綠鷄就沒見過，不知你們雲南有沒有？』小漢奸只有苦笑。老子又說：『就算有綠鷄，公鷄的鷄冠總該是紅的罷？話又說回來啦，這母鷄老是不下蛋，那算是甚麼寶貝了？』哈哈，哈哈！」

韋小寶回到皇宮，匆匆來到自己屋裏，閂上了門，點亮蠟燭，揭開帳子，笑道：「等得好氣悶嗎？」只見小郡主一動不動的躺著，雙眼睜得大大地，嘴上仍疊著那幾塊糕餅，竟一塊也沒吃。他取出那兩串珍珠，笑道：「你瞧我給你買了這兩串珍珠，研成了末給你一搽上，你若不是天下第一的小美人兒，我不姓……不姓桂！你餓不餓？怎麼不吃糕？我扶你起來吃罷！」伸手去扶她坐起，突然間脅下一痳，跟著胸口又一陣疼痛。

韋小寶「啊」的一聲驚呼，雙膝一軟，坐倒在地，全身酸痳，動彈不得。

注：本回回目「每從高會廁諸公」的「廁」字，是「混雜在一起」的意思。《史記．樂毅傳》：「廁之賓客之中。」

鹿鼎記(大字版) / 金庸作. -- 二版.
-- 臺北市：遠流, 2017.10
冊； 公分. --(大字版金庸作品集；63–72)

ISBN 978-957-32-8144-3 (全套：平裝).

857.9 106016879